위대한 개츠비

위대한 개츠비

F. 스콧 피츠제럴드 | 황재광 옮김

더디

차례

그럼 황금 모자를 쓰렴.

그렇게 해서 그녀를 감동시킬 수 있다면.

높이 뛰어오를 수 있다면

그녀를 위해 높이 뛰어올라도 보렴.

"내 사랑, 황금 모자를 쓰고 높이 뛰어오르는 내 사랑이여,

난 당신을 꼭 차지해야겠어요!" 하고

그녀가 외칠 때까지.

— 토머스 파크 딘빌리어스[*]

[*]   피츠제럴드의 첫 장편이자 자전적 소설인 『낙원의 이쪽』에 등장하는 시인. 프린스턴 대학 시절 피츠제럴드와 가까이 지낸 친구이자 시인인 존 필 비숍을 바탕으로 만들어진 인물로 알려져 있다. 피츠제럴드는 『위대한 개츠비』를 쓴 뒤 이 소설의 제목을 '황금 모자를 쓴 개츠비'나 '높이 뛰어오르는 연인'으로 할 것을 고려하기도 했다.

1장

지금보다 나이가 어리고 철이 없던 시절에 아버지가 나에게 해주신 말씀이 있는데, 나는 그 말씀을 늘 되새겨보곤 했다.

"누구에게든 손가락질하고 싶은 마음이 들 때면 말이다." 아버지가 말씀하셨다. "세상 사람들이 모두 너처럼 좋은 환경 조건을 타고난 게 아니라는 걸 꼭 명심하거라."

아버지가 하신 말씀은 그게 전부였다. 아버지와 나는 말을 많이 주고받지 않는 사이처럼 보였을지 모르지만, 사실은 겉으로 보기보다 훨씬 더 마음이 통하는 사이였다. 그래서 나는 아버지가 하신 말씀에는 깊은 의미가 함축되어 있다고 생각했다. 이 때문에 나는 섣불리 남을 심판하려 들지 않는 습성이 생겼다. 그러다 보니 별의별 사람들이 내 앞에서 거리낌 없이 속마음을 다 털어놓았고, 정말 지루하기 짝

이 없는 사람들 때문에 시달리기도 했다. 정상적인 마음을 가진 사람에게서 이런 면이 드러나 보이면 비정상적인 마음을 가진 이들은 재빨리 알아차리고 달라붙기 마련이다. 나는 잘 알지도 못하는 사람, 희한한 사람들이 마음속에 비밀로 간직하고 있는 온갖 속사정을 다 들어 알게 되었다. 내가 워낙 그들의 푸념을 가타부타 하지 않고 다 들어주다 보니 대학 시절에는 심지어 정치인이라는 억울한 소리까지 들어야 했다. 대부분의 경우 이런 사연들은 내가 자청해서 알게 된 것도 아니었다. 솔직히 누군가가 내 앞에서 지극히 은밀한 사생활 이야기를 털어놓으려 한다는 낌새가 조금이라도 비치면 나는 번번이 잠든 척하거나, 다른 일에 열중하고 있는 척하거나, 혹은 노골적으로 적대적인 자세로 야박하게 행동하고는 했다. 왜냐하면 젊은 남자들이 털어놓는 사생활 이야기나 그 사연을 털어놓는 말투는 대개 어디서 주워들은 이야기를 따라하거나 있는 그대로 털어놓지 않을 게 뻔해서 들어줄 만한 가치도 없기 때문이다. 어떤 사람을 두고 가타부타 심판하지 않는다는 것은 그 사람에 대한 희망의 가능성을 무한히 열어두고 있다는 말이 된다. 우리 아버지가 우리는 우월한 입장에 있다는 투로 내게 시사했듯이, 그리고 나 역시 우월한 입장에 있다는 투로 지금 그대로 따라 말하듯이,* 기본적인 인간 품행 조건은 각자 태어날 때부터 불평등하게 타고난다는 이 사실을 망각하면 뭔가 중요한 것을 간과하는 우를 범할 수 있다고 나는 지금도 믿고 있다.

내가 이렇게 나 자신은 관용적인 편이라고 떠벌리고 있긴 하지만, 내 관용에도 한계가 있음을 인정한다. 행실의 본바탕은 반석처럼 탄탄한 것일 수도, 습지처럼 질퍽한 것일 수도 있다. 하지만 그것도 어느 정도까지다. 어느 단계에 이르면 나는 그 행실의 본바탕이 뭔지 상관하지 않는다. 지난 가을 동부에서 돌아왔을 때, 나는 세상 사람들이 제복 차림으로 도덕적 차렷 자세를 하고 있는 분위기가 영구적으로 잡혀 있기를 바랐다. 나는 더 이상 설레발치며 특혜 받은 자의 입장에서 인간의 심성을 재단하고 싶은 마음이 없었다. 그런데, 이 책의 제목이기도 한 남자, 내가 철저하게 경멸하는 그 모든 면들을 다 대표하고 있는 듯한 이 남자, 개츠비에 대해서만은 예외였다. 한 인간의 개성이 한 치 빈틈없는 일련의 성공적 품행으로 엮이는 것이라면, 그는 뭔가 멋진 면모를 갖춘 남자였다. 그는 마치 수만 리 먼 곳에서 일어나는 지진을 감지하는 정교한 기계 가운데 하나가 아닐까 싶을 정

---

* 원문에서는 'Snobbish'라는 말을 사용했다. 이 말은 '우월감을 갖고 우쭐대는 태도'를 말하는 것으로 긍정적인 의미라기보다 부정적인 의미로 쓰인다. 여기서는 '남들에 비해 우리는 우월한 계층 사람이라는 생각을 바탕으로 우쭐대며 말한다'는 어감을 풍기고 있다.

도로 삶이 지닌 희망에 대한 특출한 예민성을 갖고 있는 남자였다. 이것은 '창의성'이라는 그럴듯한 말로 통하는 그런 구태의연한 감수성의 개념하고는 전혀 무관한 것이었다. 희망에 대한 특출한 재능을 타고난 사람, 지금까지 내가 한 번도 본 적 없고 앞으로도 절대 찾아보게 될 것 같지 않은 그런 낭만적 반응성을 타고난 사람이었다고 할 수 있을까.

아니다. 결국 따져보면 개츠비는 괜찮은 사람이었다. 한동안 허망한 슬픔과 속절없는 쾌락에 대해 환멸을 느끼게 한 것은 개츠비가 아니라 개츠비를 파멸로 몰고간 것, 그의 꿈이 지나간 자리에 너풀댄 더러운 먼지였다.

우리 가족은 이 중서부 지역 도시에서 삼 대에 걸쳐 부유하게 살아온 명문가였다. 캐러웨이 집안은 하나의 일가를 이루고 버클루 공작*의 후손이라는 전통을 가지고 있었지만, 사실 우리 가문의 시조는 큰할아버지다. 그는 1851년 이곳에 정착한 뒤 남북전쟁 때 다른 사람을 대리로 전쟁에 내보내고 철물 도매회사를 창업했는데, 이 가업을 우리 아버지가 승계해 지금까지 경영하고 있었다.

나는 큰할아버지를 한 번도 뵌 적은 없지만, 사람들은 아

* 1660년부터 1685년까지 영국을 통치한 찰스 2세(Chalres II, 1630~1685)의 서자로, 스코틀랜드 최대의 부호였던 것으로 알려진다.

버지 사무실에 걸린 꽤 무뚝뚝해 보이는 그의 초상화를 가리키며 내가 큰할아버지를 닮았다고 말했다. 나는 아버지가 졸업한 지 약 이십오 년 후인 1915년 뉴헤이븐에서 학업을 마쳤고,[*] 얼마 후 게르만 민족이 기어코 침공을 감행함으로써 발발한 세계대전[**]에 참전했다. 미군의 반격에 가담해 워낙 열성적으로 싸웠던 탓에 전쟁에서 돌아왔을 때는 도무지 마음의 안정을 찾지 못하고 있었다.[***] 내게 중서부 지역은 이제 안락한 세상의 중심이 아니라 천하에 둘도 없이 황량한 변두리만 같았다. 그래서 나는 동부로 가서 채권업을 배워보기로 마음먹었다. 내가 아는 사람들이 모두 채권업에 종사하고 있었기 때문에 나 같은 젊은 독신 하나 더 끼어들 여지가 있을 것으로 생각했다. 내 삼촌과 숙모들은 마치 내가 대입 예비학교를 고르는 듯 이 문제에 대해 이러쿵저러쿵 상의한 뒤 결국은 썩 마음에 내키지는 않지만 마지못한 듯, "그래, 한번 해보도록 해" 하고 대답했다. 아버지는 일 년간 재정 지원을 해주기로 동의했고, 나는 이런저런

[*] 아버지와 아들이 다 예일대 출신이지만 출신 대학 이름을 직접 거론하며 명문대 출신임을 굳이 밝히려 들지 않는다.

[**] 제2차 세계대전이 일어나기 전이라 이 당시에는 단지 '대전'이라고만 했다.

[***] 제1차 세계대전을 치른 후 목표 의식과 방향 감각을 잃고 정신적으로 방황한 서양 젊은 이들을 가리키는 '길 잃은 세대'의 전형적인 모습을 보여주고 있다. 서양 작가 가운데 이 세대에 해당하는 작가로는 F. 스콧 피츠제럴드, T. S. 엘리엇, 제임스 조이스, 프란츠 카프카, 헨리 밀러, 존 스타인벡, 윌리엄 포크너, 이사도라 덩컨 등이 손꼽힌다.

이유로 미루다가 1922년 봄 동부로 왔다. 영구적으로 이곳에 눌러 살 생각으로.

시내에 방을 구하는 것이 여러 모로 현실적이었겠지만, 따뜻한 계절인 데다 그동안 넓은 잔디와 정겨운 나무들이 우거진 곳에서 살다온 사람이다 보니 사무실의 한 젊은 친구가 통근할 수 있는 교외 지역에 집을 한번 찾아보자고 제안했을 때 나도 그게 좋겠다는 생각이 들었다. 그가 구한 집은 한 달에 팔십 달러 월세를 지불하는 풍파에 찌든 판자 방갈로였다. 막판에 회사에서 그 사람을 워싱턴으로 발령 내리는 바람에 나는 혼자서 그곳에 가야 했다. 며칠 있다가 달아나버리긴 했지만 그래도 최소한 개 한 마리가 있었고, 닷지 자동차 그리고 핀란드 출신의 가정부를 두었다. 이 가정부는 내 침실 정리와 아침식사를 챙겨주었는데, 전기스토브에서 요리를 할 때면 핀란드 지방에서 내려오는 격언들을 저 혼자 중얼거리는 여자였다.

자리를 잡고 나서 혼자 쓸쓸해하던 첫날인가, 그 이튿날, 나보다 뒤에 여기 도착한 어떤 남자가 길에서 나를 세웠다.

"웨스트에그로 가려면 어디로 가야 하죠?" 그가 막막한 듯 물었다.

그에게 가는 방법을 가르쳐주고 가던 길을 계속 가자니 더 이상 쓸쓸한 기분이 들지 않았다. 이제 나는 안내자이자, 길잡이이자, 이 동네에 먼저 정착한 주민이었던 것이다. 그 사람 덕택에 나는 자연스레 이 동네에 대한 소속감을 갖게 되었다.

고속으로 상영되는 영화에서처럼 나무에서 나뭇잎들이 폭풍 성장하고 햇살이 밝게 비치는 가운데 나는 이 여름부터 내 인생은 완전히 새롭게 다시 시작할 것이라는 편안한 확신을 갖게 되었다.

읽어야 할 책도 물론 많았지만, 젊은 생기를 불어넣어주는 맑은 공기를 마시며 건강을 관리할 시간도 많았다. 나는 금융과 여신 그리고 투자 등에 대한 책을 한 여남은 권 구매했다. 이 책들은 지폐청에서 막 찍어낸 지폐처럼 붉은색과 황금빛을 번쩍이며 내 서재에 꽂힌 채 미다스 왕*이나 모건,** 마케나스, 이런 자들만이 아는 빛나는 비밀들을 내게 가르쳐주겠노라고 약속하는 듯했다. 나는 이 외에도 다른 주제의 책들을 많이 읽을 작정이었다. 대학 시절 『예일 뉴스』지에 꽤 심도 있는 평론을 연재했을 정도로 나는 문학에 자질이 있는 편이었다. 이러한 것들을 다시 파고듦으로써 나는 '다재다능한 사람'이 되고자 했다. 결국 '한 우물을 파야 성공한다'는 옛말이 괜한 말이 아닌 건 사실이기 때문에 모든 전문직 종사자들 가운에 가장 희귀한 사람이 되긴

---

* 만지는 것마다 황금으로 변한다는 전설의 왕이다.
** 체이스 은행 창립자이다.

하겠지만 말이다.

북미 대륙에서 가장 기이한 지역에 내가 집을 임대하게 된 것은 순전히 우연이었다. 집은 뉴욕 시에서 동쪽 방향으로 길쭉하게 뻗어 나가는 어수선한 섬에 위치하고 있었다.[*] 자연이 이곳에 빚어낸 오묘한 것들 가운데 특이한 형태를 한 지형이 두 개 있었다. 이 두 지역은 뉴욕 시에서 이십 마일 떨어진 곳에 한 쌍의 거대한 계란 형태를 하고 있는데, 그 윤곽선이 동일한 데다 다소곳한 만 하나를 사이에 두고 떨어져 있었다. 두 지역은 서반구에서 가장 접근성이 좋은 만을 향해 툭 튀어나온 롱아일랜드 해협의 촉촉한 옥답이었다.[**] 콜럼버스가 똑바로 세우기 위해 아랫부분을 납작하게 깼다는 달걀처럼 이 두 지역도 완벽한 타원형은 아니었지만, 그 외형적 유사성은 바다 위를 나는 갈매기들조차 헷갈릴 것 같았다. 하지만 날개가 없는 존재의 입장에서 보면 두 지역은 그 형태와 크기를 제외한 모든 내면적인 것들이 달랐다.

---

[*] '롱아일랜드'라고 하는 섬으로, 마치 치타가 몸을 쭉 뻗고 있는 형태를 하고 있어 섬 모양만 보면 짐승인 줄 착각하는 사람도 있다. 섬이 그처럼 길쭉하고 윤곽은 들쑥날쑥 울퉁불퉁하다.

[**] 고상한 상류층 사람들이 모여 사는 부유층 지역이다 보니 이 지역은 시쳇말로 '트렌드 세터'라고 할 수 있는 지역이다. 뉴욕의 패션, 문화, 예술 트렌드를 키워내는 기름진 옥답과 같은 지역이다. 서울의 청담동에 비유할 수 있다.

나는 웨스트에그라는 곳에 살았다.* 이곳은 이스트에그에 비해 좀 덜 부티가 나는 곳인데, 이 말은 사실 두 동네 사이에 존재하는 기이하고도 약간은 불미스러운 대조를 표현하기에는 지나치게 피상적인 말이다. 이 계란의 꼭대기 부분에 위치한 우리 집은 해협에서 오십 야드밖에 떨어져 있지 않았고, 한철 임대하는 데 천이백 달러에서 천오백 달러나 하는 으리으리한 대저택 가운데 끼어 있었다. 그중 오른쪽에 있는 저택은 어느 면에서 보나 으리으리한 대저택이었다. 노르망디에 있는 시청 청사를 그대로 본떠 지은 이 저택의 한 켠에는 풋풋한 담쟁이덩굴이 가느다란 수염처럼 덮인** 신축 탑이 솟아 있고, 대리석으로 만든 수영장과 오천 평 이상 규모의 잔디밭과 정원을 갖추고 있었다. 이것이 바로 개츠비의 저택이었다. 이때는 개츠비를 만나기 전이므로 그런 이름의 신사가 사는 저택이라고 해야 맞을 것이다. 내가 살던 집은 흉물이었지만, 아주 조그만 흉물인 데다 눈에 잘 띄지도 않았다. 이렇게 하여 나는 바다가 보이는 전망, 이웃집의 잔디밭 한쪽 그리고 백만장자와 이웃해 사는

---

* 웨스트에그는 현재의 '베이사이드' 부근 지역을 말한다. 거주비가 특히 비싼 편이긴 하지만 학군이 좋은 탓에 한국이나 중국 학부형들이 자녀 교육을 위해 집중적으로 이사 와 아시안 인구가 크게 늘어나고 있다.

** 풋내기 같은 담쟁이덩굴이 새로 지은 탑을 오르고 있는 것은 'new money', 즉 '신흥부자'를 상징하는 것으로 해석된다.

이 모든 것들을 한 달에 단돈 팔십 달러를 내고 누릴 수 있었다.

다소곳한 만 건너편에는 화려한 이스트에그*의 하얀 궁전들이 해안 주변을 장식하고 있었는데, 그곳에 사는 톰 뷰캐넌 부부와 저녁을 먹기 위해 내가 운전해 간 어느 저녁부터 그 여름의 역사는 시작된다. 데이지는 나와 칠촌지간이었고, 톰은 대학 때 알고 지낸 사이였다. 전쟁 직후 시카고에 있을 때 나는 그들 집에 이틀 머문 적이 있다.

데이지의 남편은 몸으로 이루어낸 업적이 두루두루 많다. 그 가운데 하나는 뉴헤이븐에서 활약한 선수 가운데 가장 막강한 풋볼 엔드**였다는 것이다. 어떻게 보면 전국적으로 이름난 선수였다고 할 수 있는, 말하자면 약관의 나이에 너무나 남달리 탁월한 경지에 다다르다 보니 그 이후는 모든 것들이 내리막 같은 기분밖에 들지 않는 그런 사람들 중 하나였다. 그의 집안은 어마어마한 재벌이었는데, 대학 때도 돈을 워낙 펑펑 쓰고 다니다 보니 욕을 얻어먹기도 했다. 하지만 그는 이제 시카고를 떠나 동부로 왔고, 그 이사하는 과정도 그야말로 가관이었다. 예를 들자면 그는 레이크 포레스트에서 폴로 경기용 말을 줄줄이 거느리고 이사를 왔

---

* 현재 '샌드 포인트'와 '포트 워싱턴' 지역을 말한다.
** 미식축구에서 전위선 양쪽 끝을 담당하는 선수.

다. 내 나이 또래 남자가 그럴 만한 여유를 부릴 정도의 부를 소유하고 있다는 건 정말 믿기 어려웠다.

그가 왜 동부로 왔는지 난 모른다. 부부는 특별한 이유 없이 프랑스에서 일 년을 보낸 적도 있고, 어디 한 군데 가만히 있지를 못하고 사람들이 폴로 경기를 하며 부자놀음을 하는 곳이면 여기저기 이사를 다녔다. 이번에는 영구적으로 이사 온 거야, 하고 데이지가 전화상으로 말해도 나는 그걸 믿지 않았다. 데이지 마음속을 들여다볼 수 없긴 하지만 내 생각에 톰은 영원히 떠돌아다니며 살 사람이었다. 다시 맛볼 수 없는 풋볼 경기의 그 극적인 짜릿함을 은근히 기대하는 마음으로.

그리하여 어느 바람 부는 무더운 날 나는 거의 제대로 아는 것이 없는 두 옛 친구를 방문하기 위해 이스트에그로 차를 몰았다. 예상했던 것보다 훨씬 정교한 그들의 집은 붉은색과 하얀색이 화사하게 조화를 이루는 조지 왕조 식민지 시절 스타일로, 만을 굽어보고 있었다. 해안에서부터 시작되는 잔디밭은 해시계, 벽돌을 깐 보도, 불붙은 듯한 정원을 가로질러 현관에 이르기까지 무려 천오백 피트 정도나 줄기차게 뻗어나가다가 마침내 저택에 이르러서는 그 여세를 몰아붙여 튕겨 오른 것처럼 밝은 빛깔의 덩굴이 되어 집 옆을 기어올랐다. 집의 정면 부분에 가지런히 나 있는 프랑스식 창문은 활짝 열린 채 후끈한 바람이 부는 오후를 받아들이며 황금빛 노을로 빛나고 있었고, 그 현관 앞에는 승마복을 입은 톰 뷰캐넌이 다리를 쩍 벌리고 서 있었다.

그는 뉴헤이븐 시절보다 변해 있었다. 그는 이제 앙다문 입에 거만한 행동거지를 가진 황갈색 머리의 건장한 서른 살 사내였다. 오만한 두 눈이 그의 인상을 완전히 장악하고 있다 보니 마치 언제라도 전면 공격할 태세를 갖춘 듯한 모습이었다. 그가 입고 있는 승마복의 여성적인 장식조차 그 몸집에서 느껴지는 우람한 힘을 감출 수 없었다. 번들번들한 부츠의 위쪽 신발끈은 꽉 조여 터질 듯했고, 어깨를 움직이면 얇은 상의 아래 거대한 근육 덩어리가 실룩실룩하는 것을 볼 수 있었다. 그의 몸은 엄청난 괴력을 발휘할 수 있는, 그런 무지막지한 몸이었다.

걸걸한 고음의 허스키한 목소리는 그에게서 풍기는 우악스러운 인상을 더해주었다. 그 속에는 가부장처럼 남을 눈 아래로 얕잡아 보는 듯한 태도가 약간 깔려 있었다. 그건 자기가 좋아하는 사람에 대해서도 마찬가지여서 뉴헤이븐에서는 그를 치가 떨리게 싫어하는 사람도 있었다.

"단지 내가 힘이 세고 더 남자답다고 해서 이런 문제에 대한 내 의견을 절대적인 것으로 받아들이지 않아도 돼" 하고 말하는 듯했다. 우리는 같은 졸업반 사교 클럽에 속해 있었는데, 서로 아주 가까운 사이는 아니었지만 그는 나를 받아들이는 듯했고, 거칠고 투박한 방식으로나마 내가 자기를 좋아해주기 원하는 것 같았다.

우리는 햇빛이 잘 드는 현관 베란다에서 몇 분간 이야기를 나누었다.

"아주 근사한 곳에 살고 있지." 그가 잠시도 눈을 한군데 고정시키지 못하고 두리번거리며 말했다.

한쪽 팔로 나를 돌려세우더니 그는 그 큼직하고 평평한 손으로 집 앞에 보이는 풍경을 주욱 가리켰다. 그 앞에는 널찍한 이탈리아식 정원과 깊고도 짙은 향기를 풍기는 육백 평 정도의 장미 정원, 해안에서 파도에 부딪치고 있는 매부리코 모양의 모터보트 한 대가 있었다.

"석유 재벌 드메인 씨가 소유했던 거야." 그는 공손하게 그러나 갑작스레 또 내 몸을 휙 돌려세웠다. "이제 안으로 들어가지."

우리는 천장이 높은 복도를 지나 양쪽에 있는 프랑스식 창문으로 아슬아슬하게 집과 연결된 화사한 장밋빛 공간으로 걸어 들어갔다. 창문은 활짝 열려 있었고, 집 안으로까지 살짝 들어와 자라고 있는 듯한 바깥의 신선한 풀밭을 배경으로 하얗게 빛나고 있었다. 바람이 이 방 안으로 불어 들어와 한쪽 끝에서는 커튼을 펄럭거리고, 다른 쪽에서는 마치 연한 빛깔의 깃발이 펄럭거리듯 커튼을 크림을 바른 웨딩 케이크 같은 천장을 향해 휘말려 올렸다. 그 때문에 바다에서 바람이 그림자를 만들 듯 와인빛 카펫 위로 울렁울렁 그림자를 만들고 있었다.

그 방에서 완전히 정지해 있는 것이라고는 거대한 소파와 그 위에 끈으로 묶어놓은 풍선을 타고 있는 듯 두둥실 부유하고 있는 두 젊은 여인이었다. 두 여인은 모두 하얀색 옷차림이었고,* 마치 집 전체를 한 바퀴 날아다니다가 이제 금방 제자리로 날아 들어온 것처럼 드레스가 펄럭거리며 물결을 이루고 있었다. 커튼이 퍽퍽 하며 회초리질 하는 소리, 벽에 걸린 그림이 그 매질에 신음하는 소리를 들으며 나는 분명 한순간 정지해 있었음이 틀림없다. 그러다 톰 뷰캐넌이 콰당 하며 뒤 창문을 닫자 방 안에 갇힌 바람이 잠잠하게 잦아들었고, 커튼도 카펫도 두 젊은 여인도 서서히 둥실둥실 바닥으로 내려앉았다.**

두 여인 가운데 나이가 더 어린 여인은 내가 모르는 사람이었다. 그녀는 푹신한 긴 의자의 끝부분까지 몸을 있는 대로 쭉 뻗은 채 미동도 없이 누워 있었는데, 턱은 뭔가 떨어질락 말락 하는 것을 떠받치며 균형을 잡고 있는 듯 살짝 치켜들고 있었다. 곁눈질로 나를 보았는지는 모르지만 전혀 그런 기색은 하지 않았다. 실제로 나는 이렇게 불쑥 들어와

* 하얀색은 소설 전체를 통해 중요한 상징성을 가지는 색이다.
** 이 부분은 현실과 동떨어진 듯한 상류사회의 모습과 현실과 동떨어진 삶을 살고 있는 두 여인의 모습을 상징하는 부분이다. 공중에 부양하듯 두둥실 떠돌아다닌다는 표현으로 두 여인이 설명되고 있다.

방해해서 미안하다는 말이 입에서 튀어나올 뻔했을 만큼 그 모습에 놀랐다.

다른 여인인 데이지는 공을 들이는 표정으로 살짝 몸을 앞으로 굽혀 자리에서 일어나려 하더니 생뚱맞은, 그러나 애교가 넘치는 웃음을 터뜨렸고, 나 역시 덩달아 웃으며 방 안으로 걸어 들어갔다.

"너무 반가워서 몸이 마비되는 것 같아." 데이지는 마치 아주 재치가 넘치는 말을 한 것처럼 또 깔깔 웃더니 내 손을 잡은 채 얼굴을 들여다보며 맹세코 이 세상에 나보다 더 보고 싶었던 사람은 없었노라고 말했다. 데이지는 늘 이런 식이었다. 그녀는 균형을 잡고 있는 여자는 베이커라는 성을 가진 사람이라고 소곤거리는 말로 일러주었다. (데이지가 소곤거리는 것은 사람들로 하여금 자기 쪽으로 몸을 기울이게 하기 위한 것이라는 소리를 들은 적 있다. 그런 같잖은 험담으로 인해 그 애교스러움에 금이 가는 것은 아니지만.)

어쨌든, 미스 베이커는 입술을 살짝 달싹거리며 거의 알아볼 수 없을 정도로 고개를 끄덕이더니 재빨리 머리를 다시 획 쳐들었다. 균형을 잡고 있던 뭔가가 약간 흔들거려 그녀를 기겁시킨 게 분명했다. 다시 한번 내 입에서 사과의 말이 튀어나올 뻔했다. 나는 완벽한 존재감을 과시하는 사람을 보면 언제나 놀라서 감탄이 튀어나온다.

나는 고개를 돌려 조곤조곤하고 떨림이 있는 목소리로

이것저것 물어보기 시작하는 데이지를 바라보았다. 그 목소리는 마치 하는 말마다 모두 두 번 다시 연주될 수 없는 음표로 작곡된 음조처럼 귀를 아래위로 쫑긋거리게 만드는 그런 목소리였다. 얼굴은 애잔하면서도 그 얼굴에 담긴 밝은 것들, 밝은 눈과 밝고 정열적인 입술은 사랑스러웠다. 하지만 그 목소리에는 그녀를 한 번이라도 사랑해본 적이 있는 남자라면 잊을 수 없는 어떤 흥분 같은 것이 들어 있었다. 그 음악 같은 충동성, 속삭이는 듯한 "들어봐요" 하는 말, 마치 조금 전에 뭔가 신나고 즐거운 일을 했었노라, 그리고 조금 있으면 또다시 뭔가 신나고 즐거운 일이 기다리고 있노라고 약속하는 듯한.'

나는 데이지에게 동부로 오는 길에 시카고에 들러 하루를 보냈으며, 열댓 사람들이 내게 사랑한다는 말을 전해달라 하더라고 말했다.

"사람들이 나를 그리워하고 있었어?" 데이지는 황홀해하며 소리 질렀다.

"도시 전체가 적막하더군. 모든 자동차들은 애도의 화환을 대신해 자동차 뒷바퀴를 검게 칠했고, 북부 해안에서는 밤새 곡소리가 끊이지 않았어."

---

* 사람을 끌어들이는 듯한 데이지의 매혹적인 말투는 듣는 사람으로 하여금 현실감각을 일시적으로 마비시키는 면이 있다. 따라서 데이지가 말을 할 때와 데이지가 입을 다물고 있을 때, 닉이 의식하게 되는 것은 차이가 난다.

"어머, 너무 멋있어! 우리 당장 가요, 톰. 내일 당장!" 그러다 데이지는 생뚱맞게 "우리 아기 한번 봐야지" 하고 말했다.

"정말 보고 싶은데."

"애는 지금 자고 있어. 이제 세 살이야. 한 번도 못 봤지?"

"그렇지."

"저런. 꼭 만나봐야 해. 울 아기는 말이야……."

한 자리에 가만 서 있지 못하고 방 안을 왔다 갔다 하던 톰 뷰캐넌이 걸음을 멈추고 내 어깨에 손을 얹으며 말했다.

"닉, 무슨 일을 하고 있지?"

"채권 일을 하고 있어."

"어느 회사?"

회사 이름을 말해줬다.

"한 번도 못 들어본 회사군." 그가 딱 잘라 말했다.

나는 그 말투에 기분이 팍 상했다.

"듣게 될 거야." 나는 대뜸 받아쳤다. "동부에 계속 살다 보면 듣게 될 거야."

"아, 난 여기 계속 살 거니까 걱정 마." 그는 이렇게 말하며 데이지를 힐끗 쳐다보더니 다시 내게 눈을 돌렸다. 마치 그 외 무슨 소리가 더 나올 것을 기대하고 있는 듯. "다른 데서 사는 건 천하에 바보 같은 짓일 테니까."

그때 미스 베이커가 갑작스레 "지당한 말씀!" 하고 말을 해서 나는 깜짝 놀랐다. 내가 이 방에 들어온 이래 그녀가 처음 내뱉은 말이었다. 하품을 하며 주섬주섬 일어나는 투로 보아 자기도 나만큼이나 놀란 게 분명했다.

"몸이 뻣뻣해." 그녀가 툴툴거렸다. "얼마나 오래 이 소파에 앉아 있었는지 몰라."

"날 그렇게 쳐다보지 마." 데이지가 쏘아붙였다. "나는 오후 내내 널 뉴욕으로 데려가려고 했잖아."

"난 안 마실래요." 주방에서 칵테일 네 잔이 나오자 미스 베이커가 말했다. "나는 훈련에 전념하고 있는 중이거든요."

"어련하실까!" 톰은 들고 있던 술을 홀짝 마셨다. 마치 술잔에 술이 단 한 방울밖에 안 남은 것처럼. "당신 같은 사람이 뭐든 해낸다는 것 자체가 난 너무 신기해."

나는 그녀가 '해낸 것'이 뭘까 궁금해하며 미스 베이커를 쳐다보았다. 그녀를 바라보면 눈이 즐거웠다. 그녀는 몸매가 호리호리하고 가슴이 아담했으며, 몸가짐이 꼿꼿했다. 더구나 젊은 사관생도처럼 어깨를 뒤로 뻣뻣하게 펼치고 있어 곧은 몸가짐이 더더욱 두드러졌다.* 파리하면서도 매력적인 얼굴의 그녀 역시 나의 호기심에 정중히 응답하듯, 햇살에 눈부셔 하는 회색빛 눈동자로 나를 다시 쳐다보았다. 문득 예전에 어디선가 그녀나 그녀의 사진을 본 것 같다

---

* 닉은 미스 베이커에 이성적인 관심을 가진다. 미스 베이커는 여성적이면서도 남성적인 면을 가진 여성으로 묘사되고 있는데, 이것은 닉이 양성애자라는 추측을 하게 만드는 한 가지 이유다. 소설 전반에 걸쳐 닉의 성적 취향에 대해 암시하는 내용이 곳곳에 나타난다.

는 생각이 들었다.

"웨스트에그에 사는 분이군요." 그녀가 깔보듯이 말했다. "거기 내가 아는 사람이 있는데."

"저는 단 한 사람도……."

"개츠비는 아실 텐데요."

"개츠비?" 데이지가 무슨 소리냐는 듯 물었다. "무슨 개츠비?"

그 사람은 우리 이웃이라고 내가 대답하기 전에 저녁 준비가 다 되었다고 했다. 톰 뷰캐넌은 자기 팔을 내 팔 아래에 단단히 끼운 채, 마치 체스 판에서 말을 옮기 듯 나를 강제로 그 방에서 끌고 나갔다.

두 여인은 손을 엉덩이에 살짝 얹은 채 사뿐사뿐, 나릿나릿, 우리 앞을 지나 석양을 향해 열려 있는 장밋빛 현관 쪽으로 걸어갔다. 식탁 위에는 네 개의 촛불이 잦아든 바람에 깜빡이고 있었다.

"웬 촛불이람." 데이지가 이맛살을 찌푸리며 손가락으로 촛불을 꺼버렸다.

"이 주 후면 일 년 중 낮이 가장 긴 날이야." 데이지가 환한 표정으로 모두를 보며 말했다. "일 년 중 낮이 가장 긴 날을 내내 기다리다가 막상 그날이 되면 모르고 지나가버리지 않니? 나는 항상 낮이 가장 긴 날을 기다려놓고 그냥 모르고 지나가버리곤 해."

"우리 무슨 계획을 세우든지 해야겠어." 미스 베이커가 마치 잠자리에 드는 양 하품을 하면서 식탁에 앉으며 말했다.

"그래야겠어." 데이지가 말했다. "그런데 무슨 계획을 세우지?" 그녀는 속수무책이라는 표정으로 나를 쳐다봤다. "사람들은 무슨 계획을 세워?"

내가 대답을 하기도 전에 데이지는 깜짝 놀란 표정으로 자기 새끼손가락을 뚫어지게 쳐다봤다.

"이거 봐!" 그녀가 푸념했다. "나, 다쳤어."

모두 시선을 돌려 쳐다보니 손가락 마디 하나가 퍼렇게 멍들어 있었다.

"당신 때문이야, 톰." 그녀가 불평했다. "일부러 그런 게 아니라는 건 알지만, 당신이 이렇게 만든 거야. 이게 다 저 짐승 같은 남자랑 결혼한 대가지. 덩치가 어마어마하게 큰 거구의 표본 같은 남자하고……."

"거구라는 말 정말 듣기 싫어." 톰이 성깔을 부렸다. "농담으로라도."

"거구." 데이지가 한술 더 떴다. 때때로 데이지와 미스 베이커는 한꺼번에 말을 쏟아냈지만, 워낙 격의도 없고 알맹이도 없어 대화라고 하기에도 뭣했고, 그저 순백의 드레스만큼이나 모든 의욕이 사라진 무심한 눈길처럼 처연할 뿐이었다. 두 여인은 자리를 함께하며 톰과 내가 기분 상하지 않게 즐거운 시간을 갖게 해주고 자기네들도 그만큼 대접을 받으려는 것뿐이었다. 조만간 저녁 식사가 끝날 것이고, 좀 더 있으면 이 저녁 시간도 다 지나갈 것이고, 그렇게 모든 것이 그렁저렁 마무리될 것임을 두 여인은 알고 있었다. 서부 지역과는 확연히 달랐다. 그곳에서는 실망으로 끝날지언정 끊임없이 기대를 하고, 그렇게라도 하지 않고 가만있으면 불안해 죽을 것 같아 하는 단계와 단계를 거치며 숨 가쁘게 저녁 시간이 마무리되어 간다.*

"데이지, 너하고 있으면 내가 문명에 뒤떨어진 사람 같은 기분이 들어." 바람이 들어가 약간 상하긴 했어도 꽤 훌륭한 보르도 와인을 두 잔째 마시며 내가 털어놨다. "곡물이나 뭐, 그런 이야기는 할 수 없어?"

별 다른 뜻 없이 이 말을 내뱉었지만 엉뚱한 쪽으로 방향이 튀었다.

"문명은 거덜 나고 있는 중이야." 톰이 갑자기 격하게 말했다. "나는 요즘 매사 심각하게 비관하고 있어. 고다드라는 작자가 쓴 『유색인 제국의 대두』**라는 책 읽어봤어?"

"아니, 안 읽어봤어." 나는 그의 말투에 약간은 놀라며 말했다.

"꽤 괜찮은 책이야. 모든 사람이 다 읽어봐야 돼. 그 책에

---

* 당시 서부 지역과 동부 지역 사이에 사회적 분위기가 얼마나 다른지, 그 차이를 암시하고 있다.
** 책과 저자 모두 허구이다.

서 하는 말이 우리가 경계하지 않으면 백인종이 글쎄 완전 전멸하고 말 거라는 거야. 다 증명된 과학적인 내용이야."

"톰은 점점 아주 심오해져 가." 은연 중 배어 나오는 슬픈 표정으로 데이지가 말했다. "아주 긴 단어들이 나오는 어려운 책들을 읽어. 뭐였지, 그 단어……."

"이봐, 그 책들은 다 학술적인 책들이라고." 톰이 짜증스레 그녀를 힐끗 쳐다보며 항변했다. "이 작자가 모든 걸 다 밝혀냈다니까. 우리들이 바로 지배적인 인종이고, 우리들이 주의하지 않으면 다른 인종들이 모든 걸 장악하게 될 거라는 거야."

"우리가 다 무찔러야 해요." 맹렬하게 기승을 부리는 태양을 향해 눈을 열심히 깜빡거리며 데이지가 소곤거렸다.

"두 사람은 캘리포니아에서 살아봤어야 하는 건데……." 미스 베이커가 말을 마치기도 전에 톰이 의자에서 육중하게 몸을 움직여 그녀의 말에 끼어들었다.

"그 책에서 하는 말이 우리가 모두 북유럽인이라는 거야. 나도 그렇고, 당신도 그렇고, 자네도 그렇고……." 그는 잠시 주저하다가 고개를 살짝 까딱하더니 데이지도 거기에 포함시켰다. "우리가 문명을 구성하는 모든 것들, 말하자면 과학이나 예술, 그 외 등등을 다 만들어냈다는 거야. 무슨 말인지 알겠어?"

예전보다 더 뚜렷해진 그의 자아도취감도 더 이상 충분

치가 못한 것처럼 그의 집요함에는 뭔가 병적인 면이 엿보였다. 바로 그때 집 안에서 전화가 울리는 바람에 집사가 자리를 뜨자 데이지는 그 잠깐 동안의 기회를 틈타 내 쪽으로 몸을 기울였다.

"우리 집 비밀 이야기 하나 해줄게." 그녀가 신이 나서 소곤거렸다. "집사의 코에 대한 거야. 집사의 코 이야기 한번 들어볼래?"

"내가 바로 그 이야기 들으려고 오늘 밤 여기 온 거잖아."

"있지. 저 사람은 원래부터 집사가 아니었어. 뉴욕에 사는 어떤 사람 집에서 은식기 닦는 일을 했는데, 그 집에는 이백 명을 대접할 수 있는 은식기가 있었다나. 저 사람은 그 은식기를 아침부터 밤까지 쉴 새 없이 닦다가 결국 코에 탈이 나고 말았대."

"갈수록 태산이었네." 미스 베이커가 한 소리 거들었다.

"맞아. 갈수록 태산이었지. 그러다 결국은 그 일자리를 포기해야 됐대."

한순간, 마지막 석양빛이 달아오르는 그녀의 얼굴 위에 낭만적으로 살포시 내려앉았다. 그녀의 목소리에 나는 숨죽이며 빨려 들었다. 그러다 어스름이 내리면 놀던 골목길을 떠나야 하는 어린아이처럼, 빛이 한 가닥 두 가닥 못내 그녀를 떠나기 아쉬워하며 스러져갔다.

집사가 다시 돌아와 톰의 귀에 대고 뭔가 속닥거리자 톰이 인상을 쓰면서 의자를 뒤로 젖혀 일어서더니 한마디 말도 없이 집 안으로 들어가버렸다. 이처럼 톰이 가버리자 데이지는 뭔가 심사가 틀리는 듯, 몸을 다시 내게 기대왔다. 그녀는 밝고 노래하는 듯한 목소리로 말했다.

"이렇게 같이 식사를 하게 되어서 너무 좋아, 닉. 오빠를 보면 뭐가 생각나냐 하면 말이야, 음, 그래, 장미, 완벽한 장미가 떠올라. 그렇지 않니?" 데이지는 미스 베이커를 쳐다보며 동의를 구했다. "완벽한 장미?"

그것은 사실이 아니었다. 나는 눈곱만큼도 장미 같지 않았다. 그녀는 단지 즉흥적으로 말한 것뿐이었지만, 그녀에게서는 따스함이 흘러넘쳤다. 마치 그녀의 심장이 숨이 막히는 듯한 떨리는 말 속에 숨어 그녀의 말을 듣는 사람에게 다가오려 하고 있는 듯. 그러다 갑자기 데이지는 냅킨을 식탁 위에 내던지더니 양해를 구하고 자리를 떠 집 안으로 들어갔다.

미스 베이커와 나는 의식적으로 무의미한 눈길을 주고받았다. 내가 입을 열려는 순간 그녀가 경계하는 듯 몸을 일으키더니 "쉬!" 하며 경고했다. 집 안에서부터 감정을 자제하는 숙덕거리는 소리가 들려왔고, 미스 베이커는 능청스럽게 몸을 기울여 그 말을 엿들으려 시도했다. 숙덕거리는 소리는 고른 어조로 떨리는 듯하더니, 가라앉았다가 격앙되었다가 잠잠해졌다.

"당신이 말하던 그 개츠비라는 사람은 우리 집 옆에 사는데요……." 내가 말했다.

"말하지 마세요. 무슨 일인지 들어보고 싶어요."

"무슨 일인데요?" 나는 아무것도 모르고 순진하게 물었다.

"아무것도 모르신다는 말이에요?" 미스 베이커가 진심으로 놀라 물었다. "다들 알고 있는 줄 알았는데."

"전 모르는데요."

"저런……." 그녀가 마지못한 듯 말했다. "톰이 뉴욕에 여자를 두고 있단 말이에요."

"여자를 두고 있다고요?" 나는 멍해서 되받아 물었다.

미스 베이커가 고개를 끄덕였다.

"저녁 식사 시간에는 전화를 하지 않을 정도의 품위는 있어야 하는 거 아닌가요? 안 그래요?"

내가 그녀의 말뜻을 알아듣기도 전에 드레스 자락이 펄럭이는 소리, 가죽 구두의 또각거리는 소리가 들리더니 톰과 데이지가 식탁으로 돌아왔다.

"어쩔 수 없었어!" 데이지가 억지로 밝은 표정을 지어 보이며 외쳤다.

그녀는 자리에 앉아 눈치를 살피는 듯 미스 베이커와 나를 힐끗 번갈아 쳐다보고 말했다. "잠깐 바깥을 내다봤는데, 바깥이 참 낭만적이었어. 잔디밭에 새가 한 마리 앉아 있는데, 커나드나 아니면 화이트 스타 라인 배에 실려온 나

이팅게일이 틀림없는 것 같았어. 그 새가 지지배배 울어재
끼는데…….” 데이지가 노래하듯 말했다. “참 낭만적이었
어. 안 그래요, 톰?”

“아주 낭만적이었어.” 톰은 이렇게 말한 뒤 낭패라는 듯
한 표정으로 내게 말했다. “저녁 후에도 어느 정도 밝으면
우리 마구간을 자네한테 보여주고 싶은데.”

안에서 또다시 전화가 요란하게 울렸고, 데이지가 톰을
향해 단호하게 고개를 저으면서 마구간이고 뭐고, 모든 이
야깃거리들이 허공으로 사라져버렸다. 그 뒤 산산조각 깨
져버린 분위기에서 식탁에 앉아 보낸 마지막 오 분 동안 내
기억에 남는 일이라고는 아무 의미도 없이 촛불이 다시 켜
졌다는 것뿐이었다. 나는 모든 사람들을 똑바로 쳐다보고
싶다는 마음이 들었지만, 누구든 눈길이 마주치는 것을 피
했다. 데이지와 톰이 무슨 생각을 하고 있는지 짐작할 수 없
는 일이지만 아무리 단단한 냉소에 익숙해진 미스 베이커
라도 이 다섯 번째 손님의 긴급한 금속성 호출을 과연 머릿
속에서 지워버릴 수 있을는지 의심스러웠다. 어떤 성격의
사람들에게는 이런 상황이 흥미진진할 수도 있겠지만, 나
는 당장 전화로 경찰을 부르고 싶은 마음뿐이었다.

두말할 필요도 없이 마구간 이야기는 쑥 들어가버렸다.
톰과 미스 베이커는 석양빛을 뒤로한 채 몇 피트 거리를 사
이에 두고 어정어정 서재로 걸어갔다. 마치 완전하게 손길

이 닿는 시신 옆에서 철야하러 가는 사람들처럼. 나는 귀가 잘 안 들리는 척하며 즐거운 듯 보이려고 애쓰면서 데이지를 따라 앞 베란다를 지나 정문 현관으로 나갔다. 어둠이 깊게 내려앉은 등나무 의자에 우리는 나란히 앉았다.

데이지는 그 고운 얼굴을 어루만지듯 손에 얼굴을 괴었고, 그녀의 눈은 부드러운 초저녁 어둠 속을 천천히 더듬었다. 심란한 마음에 사로잡힌 것처럼 보이길래 마음을 진정시켜주지 않을까 싶어 딸에 대한 질문을 했다.

"우린 서로에 대해 잘 모르는 것 같아, 닉." 데이지가 갑작스레 말했다. "서로 친척지간인데도 말이야. 내 결혼식에도 안 왔잖아."

"내가 전쟁에서 돌아오지 않았을 때니까."

"그건 그래." 데이지는 잠시 주저했다. "근데, 나 아주 어려운 시간을 보냈어, 닉. 그래서 모든 것에 대해 꽤 냉소적이야."

그 이유는 말하지 않아도 자명했다. 나는 그다음 말을 기다렸지만, 그녀는 더 이상 말을 하지 않았다. 그래서 잠시후에 나는 슬며시 딸에 대한 이야기로 화제를 돌렸다.

"이젠 말도 하고, 저 혼자서 먹고, 별별 재롱을 다 부릴 것 같은데."

"오, 그럼." 그녀는 멍하니 나를 쳐다봤다. "저기, 닉. 우리 아기 낳을 때 내가 무슨 말 했는지 알아? 들어볼래?"

"그럼."

"그 이야기를 들으면 내가 어쩌다 매사 이런 식으로 받아들이게 됐는지 알게 될 거야. 그러니까, 우리 아기가 태어난 지 한 시간도 안 됐는데, 톰이 도대체 어디 가고 없는 거야. 마취에서 깨어났을 때 난 버려진 기분이 들었어. 즉시 간호사를 불러서 아들인지 딸인지 물어봤지. 간호사가 딸이라고 하는 말을 듣고 난 고개를 돌려서 흐느껴 울었어. '그래. 딸이라서 잘됐다. 그냥 바보로 자랐으면 좋겠다. 여자애한테는 이 세상에서 사는 데 그게 가장 편하니까. 예쁘장한 바보로 사는 게.'"

"거봐. 내가 이렇게 매사를 다 끔찍하게만 본다고." 데이지는 자기 말이 확실하다는 투로 말을 이었다. "모든 사람들이 다 그렇게 생각해. 가장 진보적이라는 사람들까지도 말이야. 그리고 나도 알아. 나는 안 가본 데가 없고, 안 해본 것이 없거든." 그녀는 마치 톰이 그러는 것처럼 반항적으로 눈을 번뜩이더니 갑자기 소름 끼치도록 경멸스럽게 웃기 시작했다. "참 고상하지. 맙소사, 난 참 고상하기도 하지!"

그녀의 목소리가 더 이상 나의 주목을 끌거나 내 신뢰를 얻으려 하지 않고 뚝 끊기자, 그제야 난 그녀가 한 말이 진실하지 않다고 느꼈다. 기분이 착잡했다. 마치 저녁 내내 내게서 자기에게 호응해주는 감정을 이끌어내려는 일종의 속임수에 놀아난 기분이었다. 나는 기다렸다. 아니나다를까,

어느 순간 그녀가 나를 바라보았을 때 그 어여쁜 얼굴에는 빤한 조소가 깔려 있었다. 마치 톰과 자기가 속해 있는 그 잘난 비밀 사교그룹의 한 일원이라는 것을 이제 막 증명해 보여주었다는 듯.

집 안에는 진홍색 방이 빛으로 화사하게 피어올라 있었다. 톰과 미스 베이커는 긴 소파의 양쪽 끝부분에 각각 떨어져 앉아 있었고, 그녀는 톰에게 『새터데이 이브닝 포스트』*를 소리 내 읽어주고 있었다. 고저의 변화 없이 옹알대는 그녀의 목소리는 마음을 차분히 진정시켜주는 듯했다. 그의 부츠에는 밝게, 그녀의 낙엽빛 금발 머리에는 칙칙하게 비치는 램프의 불빛은 그녀가 호리호리한 팔 근육을 움직여 잡지를 넘길 때마다 페이지를 따라 반짝거렸다.

우리가 방에 들어서자 그녀는 손을 올려 잠시 조용히 해달라는 신호를 보냈다.

"다음 호에 이어집니다"라고 말하며 그녀는 잡지를 테이블 위에 던졌다.

그녀의 신체가 무릎이 뻐근하다는 반응을 보이더니 그녀는 자리에서 일어났다.

"10시야." 그녀는 마치 천장에 시계가 달린 것처럼 말했다. "여기 이 착한 여자애가 잠자리에 들 시간이에요."

* 당시 피츠제럴드는 동명의 잡지에 글을 기고하고 있었다.

"미스 베이커는 내일 경기가 있어." 데이지가 설명했다.
"웨스트체스터에서."

"아, 당신이 바로 그 미스 베이커군요."

그제야 나는 왜 그녀가 낯익어 보였는지 알았다. 애슈빌,
핫스프링, 팜 비치 등에서 시합을 할 때 찍은 사진에서 그
상큼하게 도도한 표정을 본 적이 있었다. 그녀에 대한 이야
기도 좀 들은 게 있었다. 뭔가 비판적이고 불쾌한 이야기들
이었지만, 하도 오래전에 들어 잊어버렸다.

"안녕히 주무세요." 그녀가 부드럽게 말했다. "8시 되면
좀 깨워줘."

"깨워서 일어난다면."

"일어날 거야. 캐러웨이 씨, 안녕히 가세요. 또 만나요."

"물론 또 만나야지." 데이지가 당연지사란 듯 말했다. "사
실은 내가 중매를 설 생각을 하고 있어. 닉, 여기 자주 와. 내
가, 그러니까, 그걸 뭐라고 그러나, 두 사람이 사귀게 하려
고. 이를테면 우발적으로 두 사람이 옷장 속에 갇히게 한다
거나, 혹은 두 사람을 배에 태워서 바다로 보내버린다거나,
그런 식으로 말이야."

"잘 자." 미스 베이커가 계단을 오르며 말했다. "난 아무
말도 못 들은 걸로 하겠어."

"괜찮은 여자야." 잠시 후 톰이 말했다. "저런 여자를 이런
식으로 전국을 휘젓고 돌아다니게 하는 건 아닌데 말이야."

"누가 그렇게 하면 안 된다는 말이죠?" 데이지가 쌀쌀맞게 물었다.

"저 여자 가족 말이야."

"가족이라고는 한 천 살쯤 먹은 숙모밖에 없어요. 게다가 닉이 쟤를 보살펴줄 거라고요. 그렇지 않아, 닉? 이번 여름에는 여기 자주 와서 주말을 보낼 거예요. 가정적 분위기가 쟤한테 좋은 영향을 줄 거라고 생각해요."

데이지와 톰은 말없이 잠시 서로를 쳐다봤다.

"저 분은 뉴욕 출신이야?" 내가 냉큼 물었다.

"루이빌 출신이야. 순백의 소녀 시절을 그곳에서 함께 보냈지. 우리들의 아름답고 새하얀……."

"베란다에서 닉한테 마음에 있는 이야기를 다 터놓고 한 거 아냐?" 갑작스레 톰이 물었다.

"내가 그랬었나?" 데이지는 나를 쳐다봤다.

"기억은 안 나는데, 아마 북유럽 인종에 대해서 이야기했던 것 같아요. 맞아, 틀림없이 그랬어. 어찌어찌 그 생각이 떠올랐고 그러다 보니 제일 먼저……."

"닉, 무슨 말을 들었든 간에 하나도 믿지 마." 톰이 충고했다.

나는 아무 소리도 들은 게 없다고 가볍게 응수한 후 집에 가려고 자리에서 일어섰다. 두 사람은 아름다운 빛이 낭랑한 가운데 나를 배웅하기 위해 나란히 문까지 따라 나왔다.

내가 차에 시동을 걸자 갑자기 데이지가 명령조로 외쳤다.

"잠깐만!"

"물어볼 게 있었는데, 잊어버리고 있었어. 중요한 거야. 서부에서 약혼했다면서?"

"생소리야. 난 그럴 돈도 없고."

"하지만 난 그렇다는 말을 들었어." 데이지가 우겼다. 다시 한 떨기 꽃 같은 모습을 드러내보여 나를 놀래키면서. "세 사람씩이나 그런 소리를 한 걸로 봐서 틀림없는 사실일 거야."

물론 무슨 말을 하고 있는지 알았지만, 나는 약혼이라고는 근처에도 가지 않았다. 실은 혼인공고가 발표되었다는 소문이 퍼진 그 사실도 내가 동부로 오게 된 이유 중 하나였다. 소문 때문에 오랜 친구와 절연할 수 없는 노릇이었고, 그렇다고 소문난 김에 결혼까지 할 마음은 전혀 없었다.

나에 대한 두 사람의 관심만은 감격스러웠고, 두 사람이 나로서는 범접할 수 없는 부자라는 거리감을 덜어주긴 했지만, 그럼에도 불구하고 차를 몰고 돌아오는 길에 나는 마음이 혼란스럽고 약간은 역겨웠다. 내가 보기에 데이지는 애를 안고 그 집을 얼른 떠나야만 했다. 하지만 그녀의 머릿속에는 그럴 생각이 조금도 없어 보였다. 톰의 경우에는 '뉴욕에 여자를 두고 있다'는 사실보다는 그가 책을 읽고 그처럼 의기소침해졌다는 사실이 솔직히 내겐 더 놀라웠다. 뭔가가 그로 하여금 책에서 말하는 그런 케케묵은 사상의 언저리를 자근자근 씹어 먹으며 헛헛함을 달래게 하고 있었던 거다. 마치 그의 우람한 육신에서 나오는 자만심이 더 이상 그의 정신적 거만함을 충분히 배불려주지 못하고 있는 것처럼.

이미 여름은 깊어가고 있었다. 여관 지붕에서도, 환한 조명을 받고 있는 붉은색 새 가스펌프를 전면에 내세워놓은 자동차 정비소 앞에도.* 웨스트에그에 있는 집에 도착한 나는 차고에 차를 넣은 뒤 앞마당에 방치되어 있는 잔디깎이 롤러에 한참 동안 앉아 있었다. 바람이 한차례 휩쓸고 지나간 뒤 밤은 환하고도 수런수런했다. 나뭇가지 사이에서 새들이 날개를 파다닥 부딪치는 소리, 끊이지 않고 들려오는 오르간 소리, 대지의 힘찬 기운으로 팔팔하게 생명을 얻은 개구리들의 울음소리가 어울려서.

움직이는 고양이의 실루엣이 달빛 아래 어른거리기에 그걸 쳐다보느라 고개를 돌렸을 때, 나는 내가 혼자가 아님을 알았다. 오십 피트가량 떨어진 곳에서 누군가가 이웃집 대저택 그늘에 나타나더니, 손을 호주머니에 찌른 채 은빛 후춧가루를 뿌려놓은 것 같은 밤하늘의 별들을 바라보았다. 느긋

---

* 자동차 문화가 이제 막 등장하기 시작한 터라 별도의 주유소가 필요하지 않았다. 대신 자동차 정비소 같은 곳에서 주유 서비스도 겸하고 있었다.

한 몸 움직임과 잔디를 꿋꿋하게 딛고 서 있는 모습으로 보아 왠지 저 사람은 이 하늘 아래 어디까지가 자기 몫인지 가늠해볼 작정으로 나온 개츠비 씨 자신이라는 감이 왔다.

　나는 그를 부르려 했다. 미스 베이커가 저녁 식사 자리에서 그를 언급했기 때문에 그걸로 내 소개를 할 핑계는 충분했다. 하지만 나는 그를 부르지 않았다. 그의 행동은 혼자 있고 싶어한다는 생각을 언뜻 들게 했기 때문이었다. 그는 아리송한 몸짓으로 어두운 바다를 향해 팔을 뻗었다. 멀리 떨어져 있긴 했지만, 내가 보기에 그는 분명 떨고 있었다. 엉겁결에 나도 바다 쪽으로 고개를 돌렸다. 특별한 것이라고는 단 한 줄기 녹색 빛*뿐이었다. 멀리, 부두의 끝자락에서 반짝거리는. 다시 개츠비에게 고개를 돌렸을 때 그는 이미 사라지고 없었고, 그 어수선한 어둠 속에서 나는 다시 혼자가 되었다.

---

* 　초록색 역시 이 소설 전반에 걸쳐 중요한 상징성을 가진다.

2장

웨스트에그와 뉴욕 시 중간쯤에 이르면 쑥대밭 같은 어느 특정 지대를 피해 가기 위해 자동차도로가 갑자기 꺾여 약 천오백 피트 정도 철로와 나란히 달리는 지점이 있다.* 이곳이 바로 재의 계곡이다. 잿더미가 마치 밀이 자라듯 쌓여 언덕을 이루고 산마루를 이루고 괴기스러운 정원을 이루고 있는 몽환적인 곳이다. 여기서는 잿더미가 집 모양도 되었다가 굴뚝 모양도 되었다가 뭉게뭉게 피어오르는 연기 모양도 되었다가 기가 막힌 조화를 부려 어렴풋이 움직이는 인간도

---

* 현재 뉴욕의 '코로나' 지역이다. 이 주변은 지금도 악취가 풍기는 폐허 같은 곳이고 주변에 자동차 폐기장이 있다. 메츠 야구단의 홈구장이 근처에 있다. 이 자동차 폐기장 부근에는 롱아일랜드와 맨해튼을 연결하는 LIRR기차가 지나가며 이 기찻길과 나란히 자동차도로가 옆에 붙어 있다.

되었다가 희뿌연 대기 속으로 무너져 사라진다. 간혹 회색 빛 자동차들이 보이지 않는 도로를 엉금엉금 조심스레 운전해 가다가 끼이익 하며 급제동을 걸며 멈추면, 즉시 재를 뒤집어 쓴 회색 인간들이 납으로 된 삽을 들고 우르르 몰려나와 짙은 재구름을 일으켜 희미한 그들의 노동 모습을 시야에서 가려버린다. 하지만 잠시 시간이 지나면 이 회색 지대와 그 위에 한없이 부유하는 암울한 먼지의 소용돌이 속에서도 뭔가 뚜렷이 보이는 것이 있으니, 바로 닥터 T. J. 에클버그의 두 눈이다. 닥터 T. J. 에클버그의 눈동자는 푸르고 어마어마하다. 그 망막만 해도 높이가 일 야드나 된다. 그 두 눈은 얼굴에서 내려다보고 있는 것이 아니라 존재하지 않는 코 위에 걸친 거대한 노란 안경을 통해 세상을 바라본다. 분명 어떤 실없는 안과 의사가 퀸스 보로*에서 손님을 더 끌어보겠다고 설치를 해놨다가 그만 자기 자신이 봉사가 되었거나, 혹은 잊어버리고 다른 곳으로 이사를 가버린 게 틀림없었다. 하지만 태양과 비에 노출된 채 그동안 페인트칠을 한 번도 더해주지 않아 약간 희끄무레한 그의 눈은 그 침통한 쓰레기 매립장 위에서 깊은 생각에 잠겨 있었다.

이 재의 계곡은 한쪽 면이 악취가 풍기는 작은 강에 접해

---

* 뉴욕 시는 맨해튼, 퀸스, 브루클린, 브롱스, 스테튼 아일랜드, 이렇게 다섯 개 보로 (bourough, 구역)로 나뉜다. 재의 계곡은 퀸스 보로에 있고, 여기서 말하는 '뉴욕'은 맨해튼이다.

있는데,* 화물선을 통과시키기 위해 도개교가 올라갈 때면 기차가 그 옆에서 정차해 대기해야 하기 때문에 기차 승객들은 거의 삼십 분 동안이나 그 암울한 광경을 바라보아야 한다. 기차는 항상 그 지점에서 최소한 일 분간 정차하는데, 내가 톰 뷰캐넌의 정부(情婦)를 처음 만난 것도 바로 그 때문이었다.

그를 아는 사람이 있는 곳이면 어디서든 그에게 정부가 있다는 사실이 도마에 올랐다. 그를 아는 사람들은 톰이 그녀를 데리고 사람들이 붐비는 레스토랑에 버젓이 나타나 그녀를 테이블에 앉혀놓고 껄렁거리다가 아는 사람을 만나면 아무렇지 않게 이야기를 나눈다는 사실에 분개했다. 나 역시 호기심에 그녀를 한번 보고 싶기는 했지만, 만나보고 싶은 생각은 없었다. 그런데 결국 만나게 되고 말았다. 어느 날 오후 톰과 함께 기차를 타고 뉴욕으로 가고 있었는데, 이 잿더미 지점에 기차가 멈추자 그는 벌떡 일어서더니 내 팔을 붙잡고 강제로 나를 기차에서 내리게 했다.

"여기서 내려." 톰이 고집했다. "내 여자를 만나게 해주고 싶어."

나는 그가 점심 때 술을 잔뜩 퍼마셨고, 나를 거기 데리고 가겠다고 작정한 것은 폭력에 가까운 행동이라고 생각했

---

* 이 강은 지금도 악취가 심한 오염된 강으로, 끊임없이 재개발 이야기가 나오는 곳이다.

다. 마치 나는 일요일 오후에 별로 할 일이 없는 사람인 것처럼 제 마음대로 추측하고 있었던 거다.

나는 그를 따라 회반죽을 바른 낮은 철로변 담장을 넘었고, 우리는 닥터 에클버그의 집요한 시선을 받으며 길을 따라 약 백 야드 되돌아 걸어갔다. 눈에 보이는 유일한 건물은 황무지 언저리에 자리한 채 일종의 축소판 메인스트리트 노릇을 하고 있지만 그 외 어떤 것과도 전혀 연결되어 있지 않은 조그만 노란 벽돌 건물뿐이었다. 그 건물에 있는 세 개 업소 가운데 하나는 세입자를 구하고 있었고, 또 한 업소는 재로 뒤덮인 길로 연결되어 밤새 영업하는 식당이었고, 세 번째 업소는 '자동차 정비소. 조지 B. 윌슨. 자동차 사고팝니다.'라는 간판이 붙은 자동차 정비소였다. 나는 톰을 따라 그 정비소로 들어갔다.

실내는 손님도 없이 한산하고 물건도 텅 비어 있었다. 눈에 보이는 유일한 자동차는 어두운 구석에 먼지를 뒤집어쓰고 있는 고물 포드 자동차뿐이었다.* 문득 이 정비소의 그늘이 가림막 역할을 해주고, 호화스럽고 낭만적인 살림집은 이 층에 숨겨져 있다는 생각을 하고 있을 때 주인이 걸레

---

* 이 소설의 발표 시점으로 볼 때 이 자동차는 포드 모델 T일 가능성이 가장 높다. 사상 최초로 대량생산된 이 차종은 일반인들이 구매할 수 있을 정도로 가격이 저렴했기 때문에 많은 근로자층 소비자들이 이 차를 샀고, 따라서 재의 계곡 같은 곳에 굴러 들어와 있어도 이상하지가 않다.

같은 행주로 손을 닦으며 사무실 문에서 나왔다. 그는 금발 머리에 비실비실하고 빈혈기가 보이는 사람이었지만, 잘생겼다고 할 수 있는 남자였다. 우리를 보자 그의 연푸른 눈동자에 어렴풋이 희망의 빛이 감돌았다.

"어이, 윌슨. 자네 잘 지냈나?" 톰이 그의 어깨를 반갑다는 듯 툭 치며 말했다. "장사는 좀 어때?"

"그럭저럭 괜찮습니다." 윌슨이 미적지근하게 대답했다. "그 차는 언제 저한테 파실 겁니까?"

"다음 주쯤. 지금 사람을 시켜 손 보고 있는 중일세."

"일하는 손이 꽤 더딘 사람인가 봐요. 안 그래요?"

"그렇지 않아." 톰이 쌀쌀맞게 말했다. "그런 식으로 군다면 다른 데다 그 차를 팔아버리는 게 나을 것 같군."

"그런 뜻이 아니고요. 나는 단지……." 윌슨이 얼른 해명했다.

그는 말끝을 흐렸고, 톰은 조바심을 내며 정비소 안을 훑어보았다. 그때 계단에서 발자국 소리가 들리더니 살이 넉넉한 여인이 나와 사무실 문에서 흘러나오는 빛을 가로막았다. 그녀는 삼십 대 중반이었고 약간 땅땅한 체구였지만, 일부 여자들에게서 볼 수 있는 것처럼 그 넉넉한 몸매를 육감적으로 놀리고 있었다. 땡땡이 무늬의 짙은 푸른색 비단 드레스가 받쳐주고 있는 그녀의 얼굴에는 미모라고 할 만한 구석은 없었지만, 마치 육신의 신경들이 끊임없이 지글 지글 타고 있는 듯한 화끈한 생명력이 즉각 느껴졌다. 그녀는 천천히 웃으며 마치 유령 옆을 지나듯 남편을 제치고 걸어와 톰을 뜨거운 눈길로 쳐다보며 그와 악수를 나누었다. 그녀는 입술에 침을 묻히더니 고개를 돌리지 않은 채 남편에게 부드럽고 쉰 듯한 목소리로 말했다.

"여기 손님이 앉으시게 의자 좀 가져올래요."

"아, 물론이지." 윌슨이 허둥지둥 대답하고는 벽의 시멘트 색깔과 구분이 되지 않게 연결된 조그만 사무실 쪽으로 갔다. 그의 짙은 색 작업복과 연한 색 머리칼은 물론 주변에 있는 모든 것들이 희뿌옇게 재를 뒤집어쓰고 있었다. 톰에게 가까이 다가온 윌슨의 아내만이 예외였다.

"당신을 만나고 싶어." 톰이 간절하게 말했다. "다음 기차를 타."

"알았어요."

"지하에 있는 신문 가판대에서 기다릴게." 그녀가 고개를 끄덕이며 톰에게서 물러가는 것과 동시에 조지 윌슨이 사무실 문에서 의자 두 개를 들고 나타났다.

우리는 길 아래에서 눈에 띄지 않게 그녀를 기다렸다. 독립기념일을 며칠 앞둔 터라 창백하고 빼빼한 이탈리아계 소년이 철로 주변에 폭죽을 나란히 설치하고 있었다.

"끔찍한 곳이지, 안 그래?" 톰이 인상을 찌푸리고 닥터 에클버그를 쳐다보며 말했다.

"기가 막히는군."

"데리고 나가는 게 그녀에게도 좋은 거야."

"남편이 못 나가게 하지 않아?"

"윌슨이? 그 작자는 그녀가 뉴욕에 있는 여동생을 만나러 가는 줄 알아. 저자는 하도 멍청해서 자기가 죽었는지 살았는지도 몰라."

그리하여 톰 뷰캐넌과 그의 여자 그리고 나는 모두 함께 뉴욕으로 갔다. 윌슨 부인은 남의 눈을 봐서 다른 칸에 탔으니 정확히 말하면 다 함께 간 것이라고는 할 수 없지만. 톰은 혹시나 같은 기차에 타고 있을지 모를 이스트에그 사람들의 정서를 그 정도는 배려해주었다.

그녀는 고동색 모슬린 드레스로 갈아입었는데, 뉴욕에서 톰이 플랫폼에 내리는 것을 거들어줄 때 보니 꽤 평평한 엉덩이 부분에 드레스가 착 달라붙어 있었다. 그녀는 신문 가판대에서 『타운 태틀』* 한 권과 영화에 관한 잡지를 샀고, 역내 가게에서는 콜드크림과 작은 병에 든 향수를 샀다. 계단을 올라온 후 그녀는 자동차 소음이 무겁게 울리는 거리에서 택시를 네 대나 그냥 보낸 뒤에 회색빛 천으로 의자를 마감 처리한 연보라색 새 택시를 골라 탔다. 우리는 사람들로 붐비는 기차역을 빠져나와 이 택시에 몸을 싣고 환한 햇살

---

* 가상의 잡지이다.

속을 달렸다. 그러나 금방 그녀가 창문에서 고개를 휙 돌리고 몸을 앞으로 굽히더니 앞에 있는 칸막이용 유리를 두들겼다.

"저기 있는 개 한 마리 사고 싶어요." 그녀가 졸랐다. "아파트에서 한 마리 키우게요. 집에 두면 참 좋아요. 개 말이에요." 우리는 차를 후진해 웃기게도 존 D. 록펠러*를 닮은 백발노인에게 갔다. 그의 목에 걸린 바구니에는 품종을 알 수 없는 강아지 열두 마리가 올망졸망 들어 있었다.

"무슨 품종이죠?" 노인이 택시 창문 쪽으로 다가오자 윌슨 부인이 신이 나서 물었다.

"모든 품종이 다 있습죠. 무슨 품종을 원하시나요, 부인?"

"경찰견을 갖고 싶어요. 그런 개는 없는 것 같은데요?"

노인은 바구니 속을 미심쩍게 들여다보더니 손을 집어넣어 바동바동거리는 강아지 한 마리의 목덜미를 잡아 꺼냈다.

"그건 경찰견이 아니잖소." 톰이 말했다.

"그렇긴 한데요." 노인은 실망스러운 투로 말했다. "꼭 경찰견이라고는 할 수 없지만, 에어데일 종에 가깝죠."

노인은 갈색 수건을 덮어놓은 듯한 강아지 등을 쓰다듬었다. "이 털 좀 보세요. 털이 대단하죠. 이런 개는 감기 걸려서 고생시킬 일을 안 만들죠."

---

* 스탠더드 석유 회사를 세운 미국의 백만장자이다.

"귀여운 것 같아요." 윌슨 부인이 신이 나서 말했다. "얼마죠?"

"이 강아지요?" 노인은 사랑스럽게 개를 쳐다봤다. "이 강아지는 십 달러 되겠습니다."

발이 놀랍게도 하얗기는 하지만, 어딘가 에어데일 피가 섞여 있다는 것은 의심할 여지가 없는 그 강아지는 윌슨 부인에게 팔려 넘겨졌고, 그녀는 추위를 타지 않는다는 그 털을 황홀해하며 쓰다듬었다.

"수컷인가요, 암컷인가요?" 부인이 우아하게 물었다.

"그 개요? 그놈은 수컷입니다."

"뭐 그냥 암캐* 같은 새끼지." 톰이 딱 잘라 말했다. "돈 여기 있소. 그 돈이면 어디 가서 개 열 마리는 더 살 거요."

우리는 5번가 쪽으로 달렸다. 그 여름 일요일 오후는 워낙 푸근하고 감미롭게 목가적이어서 골목을 돌아설 때 하얀 양 떼가 우르르 튀어나온다고 해도 놀랄 것 같지 않았다.

"잠깐." 내가 말했다. "여기서 두 사람을 보내줄게."

"아냐, 그러지 마." 톰이 즉시 나를 말렸다. "자네가 같이 가지 않으면 머틀이 섭섭해할 거야. 안 그래, 머틀?"

"그렇게 해요." 그녀가 졸랐다. "내 여동생 캐서린에게 전

---

* 굳이 개의 성별을 말하는 것이 아니라, '그냥 개새끼지 뭐' 하는 식의 욕설(bitch)로 내뱉은 말이다.

화할게요. 아는 사람들한테서 아주 예쁘다는 소리를 듣는 애예요."

"글쎄, 그러고 싶지만……." 차는 가던 길을 계속 달려 센트럴파크를 지나 웨스트 100번가를 향해 달렸다. 차는 158번가에 이르자 흰색 케이크처럼 길게 늘어서 있는 아파트 가운데 한 동 앞에 멈추었다. 윌슨 부인은 마치 왕녀가 제 집으로 납신 듯 주위를 휘휘 돌아보며 강아지와 구입한 물건들을 챙겨 들고 도도하게 아파트 건물 안으로 들어갔다.

"맥키 씨 부부더러 오라고 해야겠어요." 엘리베이터를 타고 올라가면서 그녀가 말했다. "물론 내 여동생 캐서린도 부르고요."

꼭대기 층에 있는 아파트에는 작은 거실, 작은 다이닝룸, 작은 침실 그리고 욕실이 갖추어져 있었다. 거실에는 공간에 비해 지나치게 큰 장식 가구가 문까지 빼곡히 들어서 있었는데, 가구 위에 태피스트리가 덮여 있어 집 안에서 움직이려면 끊임없이 베르사이유 궁전에서 여인네들이 그네를 타는 장면 위에서 발이 걸렸다.

집 안에 걸린 유일한 사진은 지나치게 확대한 사진이었는데, 희미한 바위에 암탉이 앉아 있는 모습이었다. 하지만 거리를 두고 보면 그 암탉이 챙 달린 모자 형태로 보였기 때문에 마치 넙적한 할머니의 얼굴이 방 안을 내려다보며 빙긋이 웃고 있는 것처럼 보였다. 테이블 위에는 오래된 『타

운 태틀』 잡지가 여러 권 놓여 있었고, 『베드로라 불린 시
몬』* 그리고 브로드웨이 스캔들을 실은 자질구레한 잡지들
이 섞여 있었다. 윌슨 부인은 온통 강아지에 빠져 있었다.
엘리베이터 보이가 미적미적하며 밀짚 한 박스와 우유를
사오더니 시키지도 않았는데 큼직하고 단단한 강아지용 비
스켓 한 깡통을 우유에 다 집어넣었다. 그 가운데 비스킷 하
나는 오후 내내 우유가 담긴 접시에서 무관심하게 버려진
채 썩어 들었다. 한편 톰은 자물쇠로 잠가두었던 캐비닛에
서 위스키 한 병을 꺼내 가져왔다.

　나는 평생 술에 취한 적이 딱 두 번 있었다. 그 중 두 번째
로 취한 날이 바로 그날 오후였다. 그래서 그날 일어난 모든
일들은 흐릿하고 희미하게만 기억에 남아 있다. 비록 오후
8시가 되도록 아파트에는 환하게 햇빛이 들었음에도 불구
하고. 윌슨 부인은 톰의 허벅지에 앉아 몇몇 사람에게 전화
를 걸었다. 그러다 담배가 떨어졌길래 나는 담배를 사기 위
해 길모퉁이에 있는 잡화점으로 갔다. 내가 다시 돌아왔을
때 그들이 보이지 않아 나는 알아서 거실에 앉아 『베드로
라 불린 시몬』의 한 챕터를 읽었다. 그 책 자체가 형편없었
거나 위스키 때문에 분별력을 잃었는지, 책 내용을 도무지

---

* 로버트 키블(Robert Keable)이 1921년 발표해 크게 히트한 자전적 소설로, 제1차 세계
대전 중 프랑스인 수녀와 사랑에 빠진 성직자의 이야기를 다루고 있다.

종잡을 수 없었다. 바로 그때 톰과 머틀이 다시 나타났고(첫 잔을 마신 후 윌슨 부인과 나는 서로 이름을 부르기로 했다) 손님들이 아파트 문에 도착하기 시작했다.

여동생이라는 캐서린은 약 서른 살 정도 된 호리호리하고 천박스러운 여자로, 빨강 머리를 고대기로 뻣뻣하게 부풀린 단발머리에 얼굴은 우유처럼 하얀 분칠을 하고 있었다. 눈썹을 뽑고 그 자리에 다시 삐딱하게 그려 넣었지만, 원래 있던 모양대로 회복하기 위해 저절로 다시 자라난 눈썹으로 인해 전체적으로 엉성한 인상을 풍겼다. 그녀가 움직일 때마다 팔에 차고 있는 수많은 사기 팔찌들이 끊임없이 찰랑찰랑 소리를 냈다. 워낙 주인 같은 태도로 들어와 가구들이 마치 자기 것인 양 둘러보았기 때문에 나는 그녀가 여기 사는 게 아닌가 싶었다. 하지만 내가 물어보았더니 그녀는 즉시 웃음을 터뜨리며 내 질문을 큰소리로 다시 되풀이한 뒤 여자 친구와 호텔에서 살고 있다고 말했다.

맥키 씨는 아래층에 사는 창백하고 여성적인 남자였다. 광대뼈에 하얀 거품 자국이 있는 걸로 보아 그는 금방 면도를 한 것 같았고, 방에 있는 모든 사람들과 더할 나위 없이 정중한 태도로 인사를 나누었다. 그는 '예술 놀이'를 한다고 내게 말했는데 나중에야 그가 사진작가이며 벽에 귀신처럼 걸려 있는 머틀 어머니의 흐릿한 확대 사진을 찍은 사람이라는 걸 짐작할 수 있었다. 그의 아내는 목소리가 찢어질 듯하고, 느릿느릿하며, 인물은 좋으나 정나미가 떨어지는 사람이었다. 그녀는 자기 남편이 결혼 후 지금까지 자기 사진을 백스물일곱 번이나 찍어주었노라고 자랑스럽게 말했다.

윌슨 부인은 어느새 다른 옷으로 바꿔 입고 있었다. 그녀가 바꿔 입은 미색 시폰 소재의 고상한 애프터눈 드레스는 그녀가 방 안을 휘젓고 돌아다니는 동안 끊임없이 사각사각 소리를 냈다. 옷을 그렇게 차려입고 나니 사람의 성격까지 달라졌다. 정비소에서 그처럼 뚜렷하게 나타났던 그 팔팔한 기운은 어느새 대단한 거만함으로 바뀌어 있었다. 그녀의 웃음소리, 몸짓 그리고 과시욕은 매 순간 더더욱 거세졌고, 그녀의 존재감이 커져감에 따라 방은 점점 더 좁아지더니 마침내 그녀는 연기가 자욱한 공기 속에서 시끄럽게 삐걱거리며 돌아가는 회전축을 타고 빙빙 돌고 있는 것 같았다.

"애, 내 말 좀 들어봐." 그녀가 높고 큰 목소리로 여동생에게 말했다. "그런 작자들은 대개 다 널 등쳐 먹을 놈들이야. 머릿속에 돈 생각만 들어 있는 놈들이지. 지난주에 어떤 여자가 여기 와서 내 발을 봐줬거든. 그런데 그 여자가 나한테 준 청구서를 보면 그 여자가 내 맹장을 떼어내 줬나 생각할 거야."

"그 여자 이름이 뭔데요?" 맥키 부인이 물었다.

"에버하르트 부인이요. 사람들 집에 직접 가서 발을 봐주며 돌아다니는 여자죠."

"드레스가 참 마음에 드네요." 맥키 부인이 말했다. "너무 예쁜 것 같아요."

윌슨 부인은 교만하게 눈썹을 치켜올리며 그 칭찬을 깔아뭉갰다.

"그냥 어디 굴러다니던 헌 옷 쪼가리인걸요." 그녀가 말했다. "신경 써서 꾸미지 않아도 될 때 그냥 가끔 꺼내 입어요."

"하지만 부인이 입으니까 너무 멋있어요. 무슨 말인지 아시죠?" 맥키 부인이 우겨댔다. "지금 그 포즈를 체스터가 제대로 포착해내면 뭔가 근사한 작품이 나올 것 같아요."

우리가 모두 입을 다물고 윌슨 부인을 지켜보는 가운데 그녀는 눈을 가리고 있던 머리카락을 쓸어 올리고 활짝 웃으며 우리 쪽을 쳐다봤다. 맥키 씨는 고개를 한쪽으로 기울인 채 그녀를 뚫어지게 쳐다보더니 자기 얼굴 앞에 손을 천천히 앞으로 뒤로 움직였다.

"조명을 바꿔야겠어요." 잠시 후 그가 말했다. "이목구비의 입체감을 강조하고 싶어요. 그리고 뒷머리도 전부 다 살려내보도록 하고요."

"나 같으면 조명을 안 바꾸겠어요." 맥키 부인이 외쳤다. "내 생각에 그건……."

그녀의 남편이 "쉬!" 하며 그녀의 입을 막았고, 우리는 다시 피사체를 쳐다보았다. 그 사이 톰 뷰캐넌은 소리를 내며 하품을 하더니 자리에서 일어섰다.

"맥키 씨 내외분이 마실 만한 게 있을 텐데." 그가 말했다. "머틀, 사람들이 다 자러 가겠다고 하기 전에 얼음하고 생수 좀 더 가져와."

"그 남자애한테 얼음 이야기 했는데." 머틀은 아랫것들의 굼뜬 행동에 넌더리가 난다는 듯 눈썹을 치켜올렸다. "하여튼! 저 사람들은 항상 따라다니면서 시켜야 말을 듣는다니까."

그녀는 나를 보며 뜬금없이 웃어 젖혔다. 그러고 나서는 강아지한테 출랑출랑 가더니 행복해 죽겠다는 듯 뽀뽀를 하고는 마치 부엌에서 열댓 명의 주방장이 그녀의 지시를 기다리고 있는 듯 부엌으로 휘리릭 들어갔다.

"제가 롱아일랜드에서 좀 괜찮은 작업을 했죠." 맥키 씨가 자신만만하게 말했다.

톰은 무관심한 표정으로 그를 쳐다봤다.

"그 가운데 두 개를 표구해서 아래층에 걸어놨죠."

"뭐가 두 개란 말인데요?" 톰이 물었다.

"두 작품이죠. 그 가운데 하나는 제목이 몬탁 해변-갈매기 떼고요, 다른 하나는 몬탁 해변-바다죠."

여동생 캐서린이 소파에 오더니 내 옆에 앉았다.

"당신도 롱아일랜드에 사세요?" 그녀가 물었다.

"저는 웨스트에그에 삽니다."

"그래요? 한 한 달 전에 거기서 열리는 파티에 갔었는데. 개츠비라고 하는 사람 집에서. 그분 아세요?"

"그분 옆집에 살아요."

"있잖아요, 사람들이 그러는데, 그분이 빌헬름 황제*의 조카인가 사촌이래요. 그 사람의 돈이 다 거기서 나오는 거라고."

"그래요?"

그녀는 고개를 끄덕였다.

"나는 그 사람이 무서워요. 그 사람하고는 전혀 마주칠 일이 없었으면 좋겠어요."

맥키 부인이 갑자기 캐서린을 가리키는 바람에 내 이웃에 관한 솔깃한 이야기가 끊기고 말았다.

"체스터, 당신이 이 아가씨하고 뭔가 작업을 해볼 수 있을 것 같은데요." 부인이 불쑥 말을 했지만 맥키 씨는 매가리 없이 고개만 까딱하고는 다시 톰에게로 관심을 돌렸다.

"롱아일랜드에 진출할 수만 있다면 거기서 좀 더 작업을 하고 싶어요. 내가 바라는 건 단지 시작만 하게 해달라는 거죠."

"머틀한테 부탁해봐요." 톰은 윌슨 부인이 쟁반을 들고

---

* 통상 '빌헬름 2세(Wilhelm II, 1859~1941)'라고 불리며, 독일 제국 황제 겸 프로이센의 왕이었다. 개츠비가 빌헬름 2세와 친척지간이라는 이 말은 개츠비에 대한 무수한 '헛소문' 가운데 처음으로 등장한 것이다.

나타나는 것을 보고 크게 한번 웃어 젖히고는 이렇게 말했다. "머틀이 추천서 한 장 써줄 거예요. 그럴 거지, 머틀?"

"뭘 말이에요?" 그녀는 어리둥절해서 물었다.

"당신 남편 앞으로 맥키 씨를 추천하는 편지를 써주란 말이야. 맥키 씨가 당신 남편을 모델로 작품을 만들게 말이야." 그는 잠시 입술을 살짝 꿈질거리며 작품 제목을 생각했다. '가스 펌프에 선 조지 B. 윌슨', 뭐 이런 작품 말이야."

캐서린이 내 쪽으로 몸을 더 기울이더니 귀에 대고 속삭였다. "두 사람 다 결혼한 배우자한테 넌더리를 내고 있죠."

"둘 다 말입니까?"

"아주 넌더리를 낸다니까요." 그녀는 머틀을 한번 쳐다보고 그다음에는 톰을 쳐다보며 말했다. "내 말은 그러니까, 그렇게 서로 넌더리를 낼 거면 왜 계속 같이 사냐고요. 내가 만약 저 사람들이라면 이혼을 하고 당장 둘이 결혼해버릴 거예요."

"윌슨 부인도 남편을 좋아하지 않아요?"

그 대답은 뜻밖에도 머틀 입에서 나왔다. 내가 하는 말을 옆에 있다 듣게 된 그녀가 격하고도 저속한 말로 그렇다고 인정한 것이다.

"거봐요." 캐서린이 의기양양하게 외쳤다. 그녀는 다시 목소리를 낮추며 말했다. "사실 두 사람을 갈라놓고 있는 건 톰의 아내예요. 그 여자는 가톨릭인데, 가톨릭에서는 이

혼을 허락하지 않거든요."

데이지는 가톨릭이 아니었고, 나는 톰의 그 능청스러운 거짓말에 약간 충격을 받았다.

캐서린이 계속 말했다. "만약 결혼하게 되면 두 사람은 잠잠해질 때까지 한동안 서부에서 살 거래요."

"유럽으로 가는 게 더 낫지 않을까요?"

"어머, 유럽을 좋아하세요?" 그녀가 놀란 듯이 외쳤다. "난 몬테카를로에 갔다가 얼마 전에 왔는데."

"그렇군요."

"지난해였어요. 여자 친구 한 명이랑 갔더랬죠."

"오래 있었어요?"

"아뇨. 그냥 몬테카를로에 갔다가 돌아왔죠. 마르세유를 경유해서. 갈 때는 천이백 달러 이상 가지고 갔는데, 특실 도박장에서 이틀 만에 몽땅 다 털려버렸죠. 돌아올 때 얼마나 끔찍했는지, 말도 못 해요. 아유, 그 도시는 이제 신물이 나요."

늦은 오후 잠시 창을 통해 본 하늘은 지중해의 푸른 바다 같았다. 그러다 맥키 부인의 째지는 목소리가 들려 다시 방으로 시선을 돌렸다.

"나도 거의 실수를 할 뻔 했다니까요." 그녀가 열을 내어 말했다. "난 몇 년 동안이나 나를 따라다니던 좀생이 유대인하고 거의 결혼할 뻔했잖아요. 나보다 한참 처지는 사람이라는 걸 난 알고 있었어요. 사람들마다 나 보고 '루실, 저 남자는 너보다 훨씬 수준이 떨어져!' 하고 말했죠. 하지만 내가 체스터를 만나지 않았더라면 틀림없이 그 작자가 나를 낚아채 갔을 거예요."

"그래요, 그런데 말이에요." 머틀 윌슨이 고개를 아래위로 끄덕이며 말했다. "부인은 어쨌든 그런 남자하고 결혼하지 않았잖아요."

"그렇죠. 안 했죠."

"근데, 난 결혼을 하고 말았거든요." 머틀이 알쏭달쏭한 말을 했다. "바로 그게 부인의 경우하고 내 경우의 차이점이에요."

"왜 그랬어, 머틀?" 캐서린이 따지고 들었다. "아무도 결혼하라고 강요한 것도 아닌데."

머틀은 잠시 그 질문에 대한 대답을 곰곰이 생각하는 듯했다.

"왜 그 남자랑 결혼했냐 하면, 난 그 남자가 신사인 줄 알았거든." 머틀이 마침내 대답했다. "배우자감으로 좀 괜찮다 싶었는데, 알고보니 내 발바닥 때만도 못한 사람이었어."

"한때는 언니가 그 사람한테 미쳤더랬잖아." 캐서린이 말했다.

"그 사람한테 내가 미쳤었다고?" 머틀이 무슨 그런 말도 안 되는 소리를 하냐는 듯 빽 소리를 질렀다. "내가 그 사람한테 미쳤었다고 누가 그래? 그런 식이라면 저기 서 있는 저 총각한테도 내가 미쳐 있다고들 하게 생겼구나."

그녀가 갑자기 나를 가리키며 끌어들이는 바람에 모든 사람들이 일제히 내게 의혹의 눈총을 보냈다. 나는 애써 몸짓 발짓으로 그 여자의 과거와 전혀 상관없는 사람이라는 것을 해명해야 했다.

"내가 미쳤던 적이 있었다면 그건 그 남자하고 결혼할 때뿐이었어. 결혼하고 나서 금방 내가 큰 실수를 했다는 걸 알았지. 그 남자는 다른 사람이 가장 아끼는 양복을 빌려 입고 결혼식을 올려놓고 나한테는 일언반구도 없었어. 어느 날 그 양복 주인이 양복을 찾으러 왔길래, 내가 놀라서 '어머, 이게 댁의 양복이었어요? 난 전혀 몰랐어요.' 그랬어. 그 양복을 돌려주고 난 그대로 드러눕고 말았는데, 평생 그렇게 펑펑 울었던 적이 없었어."

"언니는 정말 형부하고 갈라서야 돼요." 캐서린이 다시 내게 말문을 돌렸다. "두 사람이 그 정비소에서 십일 년씩이나 살았잖아요. 톰은 언니 인생에서 유일한 첫사랑이거든요."

두 번째 위스키가 또 한 병 나왔고,* 그 자리에 있는 모든

---

* 이 당시는 금주령이 내려져 있었기 때문에 위스키를 마신다는 것은 지금으로 치면 법으로 금지된 마약을 하고 있는 것이나 마찬가지다.

사람들은 이 술을 부어라 마셔라 해댔다. 캐서린만은 "아무 것도 안 마셔도 마신 것이나 다름없다"며 술에 손을 대지 않았다. 톰은 건물 관리인을 호출해 유명한 샌드위치를 사오게 했는데, 한 끼 저녁 식사로 거뜬했다. 나는 밖으로 나가 포근한 석양을 받으며 공원 남쪽*으로 걷고 싶었지만, 나가려고 할 때마다 황당무계하고 기가 막히는 논쟁이 마치 노끈처럼 나를 낚아채 의자에 도로 앉게 했다.

도시 높은 곳에서 노랗게 불 밝혀진 우리들의 창문은 어스름이 짙어가는 거리를 지나가다 무심코 올려다보는 자들에게 제 나름대로 인간의 비밀에 대한 궁금증을 자아내고 있으리라. 나 역시 그들처럼 올려다보고 궁금해하는 자였다. 나는 그 안에도 있고 그 밖에도 있었다. 온갖 군상들의 삶에 매료되어 빨려드는 동시에 역겨움을 느끼며.

머틀이 의자를 내 가까이 끌어당기더니 갑자기 더운 입김을 내 위에 내뿜으며 톰과 처음 만났던 이야기를 꺼냈다.

"기차를 타면 마지막까지 남아 있는 자리는 꼭 서로 마주 보도록 되어 있는 자리인데, 그날 나는 그 자리에 앉아 있었어요. 나는 여동생을 만나 하루 자고 올 작정으로 뉴욕에 가는 중이었죠. 저이는 양복을 입고 에나멜 구두를 신고 있었는데 나는 눈을 뗄 수가 없었어요. 하지만 저이가 나를 쳐다

* 이 공원은 '센트럴 파크'를 말한다.

볼 때마다 나는 저 사람 머리 위에 있는 광고를 보고 있는 척했죠. 역에 도착했을 때 저 사람은 내 옆에 와 있었고, 저 사람의 흰 셔츠 앞부분이 내 팔을 짓누르고 있었어요. 그래서 내가 경찰을 부르겠다고 했지만, 내가 거짓말을 하고 있다는 걸 저이는 알고 있었어요. 나는 너무나 흥분해 있었기 때문에 저이랑 함께 택시를 탔을 때도 내가 지하철을 타고 있는 게 아니라는 것도 몰랐죠. 그리고 머릿속에서 거듭거듭 생각하는 것이라고는 '사람이 태어나서 영원히 사는 것도 아닌데, 영원히 사는 것도 아닌데……' 하는 생각뿐이었어요."

그녀는 맥키 부인에게 눈을 돌리더니 방 안이 쩌렁쩌렁 울릴 정도로 억지웃음을 터뜨렸다.

"있잖아요." 머틀이 외쳤다. "이 옷 오늘 다 입고 나면 부인한테 드릴게요. 나는 내일 다른 옷을 사야 되니까. 내가 필요한 것들을 전부 목록으로 작성해둬야겠어요. 마사지, 파마, 우리 강아지 줄 목걸이, 용수철을 톡 치면 열리는 그런 귀여운 재떨이, 또 어머니 무덤에 여름 내내 놔둘 수 있는 검정색 비단 리본이 달린 화환. 이런 건 다 목록으로 작성해둬야 내가 뭘 해야 하는지 하나도 잊어버리지 않게 되거든요."

시간은 9시를 가리키고 있었다. 그다음에 내 손목시계를 보았을 때는 어느새 10시가 되어 있었다. 맥키 씨는 의자에서 잠이 들어 있었는데, 무릎 위에 주먹을 꽉 쥐고 있는 모양이 마치 운동하는 남자의 사진 같았다. 나는 손수건을 꺼내 오후 내내 신경이 쓰였던 마른 거품 자국을 그의 뺨에서 닦아주었다.

강아지는 식탁에 앉은 채 소경의 눈*으로 연기가 자욱한 방 안을 쳐다보며 가끔 들릴락 말락한 소리로 낑낑거렸다. 사람들은 사라졌다가 다시 나타나고, 어디 가자는 계획을 짜다가 또 서로 헤어지고, 그러다 몇 야드 안 된 거리에서 찾던 사람을 다시 찾아냈다. 자정이 가까워질 때쯤 윌슨 부인이 자신이 데이지 이름을 입에 올릴 권리가 있느냐 없느냐 하는 문제를 놓고 톰 뷰캐넌과 얼굴을 맞대고 언성을 높이며 대판 싸웠다.

"데이지! 데이지! 데이지!" 윌슨 부인이 바득바득 대들었다. "내가 부르고 싶을 때마다 부를 거라고요! 데이지! 데이……!"

톰 뷰캐넌이 순간 손바닥으로 코가 부러지도록 그녀를 후려쳤다.

욕실 바닥에 피 묻은 헝겊이 널브러지고, 여자들의 나무라는 소리가 이어지고, 그 난장판 가운데 고통을 호소하는

---

* '소경의 눈' 부분에 해당하는 원문은 'blind eyes'다. 즉 '눈이 있어도 보지 못한다'는 의미를 담고 있다. 개가 인간 세상에서 벌어지는 일에 대해 눈이 있어도 보지 못하듯이, 이 아파트 안에 있는 대다수의 뉴요커들 역시 돈과 향락에 눈이 멀어 있음을 암시하고 있다.

긴 통곡 소리가 이어졌다. 졸다가 깬 맥키 씨는 어리둥절한 표정으로 문 쪽을 향해 달려갔다. 절반쯤 가다 그는 고개를 돌려 일이 벌어지고 있는 현장을 쳐다봤다. 각종 약품이 늘려 있는 가운데 빼곡히 들어선 가구 사이에서 자신의 부인과 캐서린이 여기저기 허둥거리며 한편으로는 나무라고 한편으로는 달래고 있었고, 소파에는 혼쭐이 빠진 듯한 여자가 피를 철철 흘리며 앉은 채 베르사이유의 한 장면을 담은 태피스트리 위에 『타운 태틀』 잡지를 펴고 있었다. 맥키 씨는 고개를 돌려 다시 문을 향해 걸어갔다. 나도 샹들리에에 걸어둔 모자를 집어 든 채 그의 뒤를 따라갔다.

"언제 점심이나 같이 하죠." 끙끙 앓는 소리를 내며 함께 엘리베이터를 타고 내려갈 때 그가 제안했다.

"어디서요?"

"아무 데서나."

"손잡이에서 손을 떼주세요." 엘리베이터 보이가 짜증을 냈다.

"미안해." 맥키 씨가 정중하게 말했다. "내가 거기 손을 대고 있는 줄 몰랐어."

"좋습니다. 기꺼이 같이 하고 싶습니다."

…………그다음에 나는 그의 침대 옆에 서 있었고, 그는 속옷 차림으로 침대에 들어가 커다란 포트폴리오를 들고

앉아 있었다.[*]

"미녀와 야수…… 고독…… 늙은 가게 말…… 브루클린 다리……."

얼마 후 나는 펜실베이니아 역의 서늘한 지하 플랫폼에 반쯤 졸며 누운 채 조간신문 『트리뷴』을 보며 새벽 4시 열차를 기다리고 있었다.

---

* 닉이 맥키 씨와 함께 그 집에서 나오고, 몇 시간 뒤에(자정 무렵 함께 머틀의 아파트를 나와 LIRR 첫차인 새벽 4시 가까운 시간 동안) 속옷만 입은 맥키 씨 침대 옆에 서 있었다는 이 장면은 닉이 동성애자 혹은 양성애자라는 의혹을 가장 많이 불러일으키는 장면이다. 특히 "나는 그의 침대 옆에"라는 문장을 시작하기 전에 긴 말줄임표를 넣음으로써 그 사이 무슨 일이 있었는지 독자들로 하여금 많은 짐작을 할 수 있는 여지를 남겨놓았다.

3장

내 이웃집에서는 여름철 내내 밤마다 음악 소리가 끊이지
않았다. 속삭이는 소리, 샴페인 그리고 별빛이 어우러지는
그의 푸른 정원으로 남자와 젊은 여자들이 나방 떼처럼 몰
려왔다가 사라졌다. 오후에 만조가 되면 개츠비의 집을 찾
은 손님들은 개츠비의 뗏목에 탑재된 타워에서 바다로 다
이빙을 하거나 개츠비의 해안에서 뜨거운 모래에 누워 일
광욕을 즐겼고, 해협의 바다에서는 개츠비의 모터보트 두
대가 포말이 부서지는 물살을 가르며 미끄러지듯 질주하는
것을 볼 수 있었다.

주말이면 개츠비의 롤스로이스 자동차는 버스처럼 아침
9시부터 자정이 훨씬 넘는 시각까지 시내에서 오는 사람들
을 실어 왔다 실어 갔으며, 그의 스테이션 왜건은 재빠른 노

란 벌레*처럼 손님들을 부지런히 기차 시간에 맞춰 실어 날랐다. 월요일이 되면 추가로 고용한 정원사를 포함한 하인 여덟 명이 걸레, 밀대, 망치 그리고 정원용 가위 등으로 그 전날 밤이 남긴 난장판을 하루 온종일 쓸고 닦고 자르며 치웠다.

금요일이면 뉴욕의 한 청과상으로부터 오렌지와 레몬이 다섯 상자 배달되었고, 월요일이면 이 오렌지와 레몬은 산더미같이 쌓인 빈 껍질이 되어 뒷문으로 버려져 나왔다. 부엌에는 집사가 엄지손가락으로 조그만 단추를 이백 번 누르기만 하면 삼십 분 만에 오렌지 이백 개로 주스를 짜낼 수 있는 기계가 있었다.**

최소한 한 주 건너 한 번은 연회 대행사 직원들이 대거 들이닥쳐 수백 피트의 텐트용 천과 형형색색의 전구를 가져와서 개츠비의 방대한 정원을 크리스마스트리처럼 장식했다. 연회용 테이블마다 기름기가 번질번질한 전채 요리와 양념을 넣어 구운 햄, 알록달록하게 모양을 내 차린 샐러드, 밀가루 반죽에 싸서 바삭하게 구운 돼지고기와 환상적인 황금빛 칠면조 구이 등이 그득하게 차려졌다. 메인 홀에는

---

* 노란색과 황금색은 소설 전체에 걸쳐 '황금주의' 혹은 '물질주의'를 연상시키는 부분에서 주로 많이 쓰인다.
** 이 당시 오렌지 주스 짜는 기계가 처음 발명되었으므로, 일반인들에게는 신기하고 귀한 물건이었다.

진짜 청동 레일로 장식한 바가 설치되었고, 그 바에는 나이가 어린 젊은 여자 손님들은 분간도 할 수 없을 정도로 오래되고 잊혀진 각종 진이며 양주, 감미주 등이 즐비하게 갖추어져 있었다.

7시가 되면 악단이 도착했는데, 이 악단은 조촐한 5인조 악단 정도가 아니라 오보에, 트롬본, 색소폰, 비올, 코넷, 피콜로 그리고 큰 북에 작은 북까지 완전히 갖춘 대편성 오케스트라 급이었다. 이때쯤이면 마지막까지 남아 수영을 하던 사람도 해변에서 돌아와 위층에서 옷을 갈아입었고, 뉴욕에서 온 차들은 주차장에 오 열로 빼곡히 들어차 있었으며, 복도며 방이며 베란다는 현란한 색상의 옷을 입고, 낯설고 새로운 헤어스타일에, 카스티야* 사람들조차 꿈도 꾸지 못했을 화려한 숄로 넘실거렸다. 바에서 본격적으로 서빙이 시작되면서 칵테일이 둥둥 야외 정원까지 실려 가면 바야흐로 분위기는 만발하는 이야기꽃과 웃음꽃 그리고 돌아서면 잊어버릴 농담과 소개 주고받기로 무르익었고, 여자들은 서로 이름도 알지 못하면서 반가워 죽겠다는 듯이 인사를 나누며 떠들어대기 시작했다.

지구가 태양에서 휘청휘청 멀어질수록 조명 빛은 점점 더

---

* 스페인 중부의 옛 왕국.

밝아지고, 이제 오케스트라가 노란* 칵테일 뮤직을 연주해 대면 오페라 같은 사람들의 목소리는 한층 더 고음으로 높아진다. 시간이 지나면서 유쾌한 말 한마디만 나왔다 하면 웃음은 더 쉽게, 더 헤프게 터져 나온다. 꾸역꾸역 새로운 사람들이 도착할 때마다 모여 있던 사람들이 순식간에 흩어졌다 다시 모이면서 무리 지은 사람들의 구성도 점점 더 빨리 바뀌고, 이 가운데는 이미 한 자리에 머무르기보다 여기저기 돌아다니기 시작하는 여자들도 생긴다. 자신만만한 이 여자들은 듬직하고 진득하니 한 자리에 머물러 있는 사람들 사이를 헤집고 다니면서 짜릿하고 신나는 한순간 동안 그 무리의 주인공이 되었다가, 우쭐한 기분에 도취한 채 수시로 변하는 조명 아래 온갖 빛깔과 얼굴들이 썰물처럼 밀려왔다 밀려가는 그 광경 속으로 유유히 미끄러져 간다.

갑자기 찰랑찰랑하는 오팔 색 옷차림을 한 집시 중 한 여인이 허공으로 둥둥 떠다니는 듯한 칵테일 한 잔을 획 가져가 한입에 털어 마시고는 용기를 내더니 프리스코** 같은 손 동작을 하며 천막 무대 위에서 혼자 춤을 추기 시작한다. 한순간 사람들이 숨을 죽인다. 오케스트라 지휘자가 그녀의 춤에 맞추어 연주의 박자를 바꾸고, 그녀가 브로드웨이 뮤

---

* 소설 전체에서 노란색은 신흥부자 혹은 황금을 쫓는 물질만능주의를 주로 상징한다.
** '조 프리스코'라는 이름으로 당시 유명했던 미국의 코미디언이자 댄서.

지컬 〈폴리즈〉*에 등장하는 질다 그레이**의 대역이라는 낭설이 퍼지자 순식간에 사람들이 다시 왁자지껄해진다. 파티가 시작된다.

내가 개츠비의 집을 처음 방문한 날 밤, 나는 실제로 초대를 받고 온 몇 안 되는 손님 중 한 사람이었다. 사람들은 초대를 받지 않고 그냥 그 집에 갔다. 그들은 롱아일랜드로 실어다주는 자동차를 탔다가 어찌어찌 개츠비 집 문 앞까지 오게 된 것이었다. 일단 개츠비를 아는 누군가의 소개를 받은 뒤에는 저들이 알아서 놀이공원에서나 볼 수 있을 법한 행동 규칙에 따라 그저 와서 놀기만 하면 됐다. 때로 그들은 부담 없이 단순한 마음 하나만으로 입장권을 대신해 파티에 왔다가 개츠비를 전혀 만나보지도 않은 채 파티장을 떠났다.

나는 실제로 초대를 받았다. 개똥지빠귀 알 같은 파란색 유니폼을 입은 운전기사가 그의 고용주가 놀랍도록 격식을 갖추어 쓴 초대장을 들고 그날 토요일 아침 일찍 우리 집 잔디밭을 건너왔다. 내용인즉 내가 그날 밤 자기 집에서 열리는 '조촐한 파티'에 참석해준다면 이를 더없는 영광으로 여

---

* 1907년부터 해마다 뉴욕에서 〈지그펠드 폴리즈〉를 상연한 플로렌츠 지그펠드와 특히 관련이 있는 레뷰(Revue, 노래와 춤을 곁들인 풍자적인 희극의 한 형식)의 일종이다. 1936년까지 공연됐다.
** 지그펠드 감독의 〈폴리즈〉에 출연한 유명한 배우.

기겠다는 것이었다. 그는 나를 이미 여러 번 보았고, 진작부터 나를 한번 부르려는 생각도 했지만, 이런저런 사정으로 인해 그러지 못했노라고 적고는 위엄 있는 필체로 '제이 개츠비'라고 서명을 했다.

나는 7시가 조금 지나 흰 플란넬 양복을 입고 그의 잔디밭으로 건너가 우르르 휘몰리고 소용돌이치는 사람들 사이를 다소 거북스러워하며 돌아다녔다. 그나마 통근 열차에서 본 적이 있는 얼굴이 여기저기 간혹 보이긴 했다. 금방 눈에 들어온 것은 군데군데 젊은 영국인들이 꽤 된다는 것이었다. 그들은 모두 잘 차려입었고, 조금 굶주린 듯했고, 나지막하고 진지한 목소리로 견실하고 돈 있어 보이는 미국인들에게 말을 하고 있었다. 자동차든 혹은 채권이든, 뭔가를 팔고 있는 것이 분명했다. 최소한 그들은 주변에 돈이 굴러다니고 있다는 것을 절실하게 인식하고 있었고, 제대로 몇 마디 잘하면 쉽사리 그 돈을 제 것으로 만들 수 있다고 확신하고 있었다.

도착하자마자 나를 초대해준 사람을 찾으려고 두세 명에게 어디 가면 그를 찾을 수 있는지 물어보았다가 그들이 놀랄 정도로 나를 빤히 쳐다보며 그의 소재에 대해 아는 것이 없다고 강하게 부인을 하는 바람에 칵테일 테이블이 있는 쪽으로 슬금슬금 갔다. 정원은 나 같은 독신 남자가 별 볼일 없이 혼자 온 사람처럼 보이지 않고도 얼쩡거릴 수 있는 유일한 곳이었기 때문이다.

너무나 어색한 기분이 들어 진득하게 마시고 취하자는 심사로 술을 가지러 가는데 미스 베이커가 집 안에서 나와 대리석 계단 꼭대기에 서더니 몸을 약간 뒤로 기댄 채 같잖은 구경거리라도 난 듯 정원을 내려다봤다.

나를 반가워하든 안 하든, 아는 척할 수 있는 사람이 한 명이라도 있어야 지나가는 사람들에게 화기애애한 말을 건넬 수 있겠다는 생각이 들었다.

"안녕하세요!" 나는 그녀 쪽으로 다가가며 소리 질렀다. 내 목소리는 정원을 가로질러 너무 어색하게 크게 울리는 것 같았다.

"오실지 모른다고 생각했어요." 내가 다가가자 그녀는 멍하게 대답했다. "댁이 옆집에 산다는 걸 기억하고 있었으니까……." 그녀는 잠시 기다리면 나를 챙겨주겠노라고 약속하는 듯 뜬금없이 내 손목을 꽉 잡더니 노란 드레스를 입고 계단을 막 올라오기 시작한 쌍둥이 자매에게 귀를 돌렸다.

"안녕하세요!" 자매는 동시에 소리쳤다. "이기지 못하셔서 유감이에요."

골프 시합을 두고 하는 말이었다. 미스 베이커는 지난주에 있었던 결승전에서 패했다.

노란 드레스 가운데 한 명이 말했다. "우리가 누군지 모르실 거예요. 하지만 한 달 전에 여기서 뵌 적이 있어요."

"그 뒤로 머리를 염색하셨군요." 조던이 이렇게 쏘아붙이는 바람에 나는 놀랐다. 하지만 쌍둥이 자매는 아무렇지도 않게 가던 길을 갔으니, 그 말은 분명 음식을 챙기는 연회업자가 식사 바구니에서 꺼낸 음식처럼 때 이르게 떠오른 달에게 한 말이 되고 말았다.

조던의 날씬한 황금빛 팔이 내 팔에 걸쳐진 채 우리는 계단을 내려가 정원을 이리저리 돌아다녔다.

칵테일을 담은 쟁반이 석양빛을 가르며 우리 곁으로 둥둥 떠 오는 가운데 우리는 노란 드레스를 입은 두 소녀와 세 명의 남자가 있는 테이블에 앉았다. 세 남자는 모두 자기 이름이 '웅얼웅얼'*이라고 소개했다.

"이런 파티에 자주 오세요?" 조던이 옆에 있는 여자에게 물었다. "당신을 만났던 때가 마지막이었어요." 여자는 또박또박 당당하게 대답했다. 그녀는 옆에 있는 여자에게 고개를 돌려 "너도 그랬지 않니, 루실?" 하고 물었다.

루실도 그렇다고 대답했다.

"난 여기 오는 게 좋아요." 루실이 대답했다. "무슨 행동을 해도 신경을 안 쓰니까, 오면 항상 즐거운 시간을 갖게 되죠. 지난번에 여기 왔을 때 의자에 옷이 걸려 찢어졌는데,

---

* 원문에서는 이름이 'Mumble'이라고 되어 있지만, 실제 이름이 '멈블'이라기보다 술에 취해서 혀가 꼬부라진 소리를 하는 바람에 이름을 잘 못 알아들었다는 의미에서 '웅얼웅얼'이라고 꼬집는 의미로 풀이된다.

그분이 내 이름과 주소를 묻더라고요. 그런데 일주일도 안 되어서 크로이리어*에서 소포가 도착했는데, 그 안에 새 이브닝드레스가 들어 있지 뭐예요."

"그걸 받아들였어요?" 조던이 물었다.

"그럼요. 오늘 밤에 입으려고 했는데, 가슴 부분이 너무 커서 수선을 해야 했어요. 라벤더 색 구슬로 장식된 파리한 색상이었어요. 이백육십오 달러짜리."

"남자가 그런 행동을 하면 뭔가 수상쩍은 면이 있는 거 아닌가요?" 하고 다른 여자가 열성적으로 말했다.

"그는 누구하고도 문제를 일으키고 싶어하지 않아요."

"누가 그렇다는 말이죠?" 내가 물었다.

"개츠비요. 누가 그러는데……."

두 여자와 조던은 비밀 이야기나 하는 듯 서로를 향해 몸을 기울였다.

"누가 그러는데, 그 사람이 예전에 사람을 죽인 적이 있는 것 같대요."

그 말에 우리는 모두 귀가 솔깃해졌다. 세 명의 '웅얼웅얼 씨'는 몸을 앞으로 굽혀 열심히 귀를 기울였다.

"내 생각에는 그게 아니라, 전쟁 당시에 독일 스파이였다

---

* 실제 이런 브랜드 이름은 없지만, 1917년 피에르 카르티에가 뉴욕에서 시작한 최고 명품 브랜드 '카르티에(Cartier)'를 빗대어 하는 말로 풀이된다.

고들 생각하고 있는 것 같아요." 루실이 그 말에 회의적인 투로 반박했다.

세 남자 중 한 남자가 그 말이 맞는다는 투로 고개를 끄덕였다. "독일에서 그 사람과 함께 자라서 그 사람에 대해 잘 알고 있는 사람한테서 그 소리를 들었어요" 하고 그가 단정적으로 맞장구쳤다.

그러자 첫 번째 여자가 말했다. "그건 아니죠. 그럴 수가 없는 게, 전쟁 당시 그 사람은 미군 소속이었거든요."

자기가 하는 말에 우리가 더 수긍하는 모습을 보이자 그녀는 열성적으로 몸을 앞으로 굽히며 말했다. "그 사람이 주변에 자기를 보는 눈이 없다고 여기고 있을 때 그 사람의 모습을 한번 보세요. 나는 틀림없이 그 사람이 누굴 죽인 적이 있다고 생각해요."

그녀는 눈살을 찌푸리며 덜덜 떨었다. 루실도 몸서리를 쳤다. 우리는 모두 몸을 돌려 개츠비가 어디 있는지 두리번거렸다. 이는 이 세상에 귓속말로 주고받아야 할 필요성을 거의 느끼지 못하는 사람들 사이에서 그에 대해 귓속말로 주고받을 만한 것이 있다는 엉뚱한 추측을 하도록 개츠비가 그 빌미를 제공해주고 있음을 증명해주는 것이었다.

자정이 되기까지 두 차례 제공되는 식사 가운데 첫 번째 식사가 이제 나왔고, 조던은 정원의 다른 쪽 테이블에 모여 있는 자기 일행과 식사하자며 나를 초대했다. 그 테이블에는 세 쌍의 커플과 조던의 에스코트 역을 맡은 입이 험악하고 치근덕대는 대학생이 있었는데, 그는 조만간 조던이 자기에게 어느 정도 굴복할 것이라는 생각을 품고 있는 것이 뻔했다. 이 일행은 여기저기 돌아다니며 장황하게 수다를 떠는 대신 품위 있는 동질성을 유지하고 있었고, 시골에 사는 차분한 귀족층을 대표하는 임무를 스스로 떠맡고 있었다. 이스트에그 사람들이 웨스트에그 사람 앞에서 잘난 척 점잔을 부리며 흥청망청 산만한 그 분위기를 조심스레 경계하고 있다고나 할까.

"우리 여기서 나가요." 조던이 한 삼십 분간 어울리지 않는 분위기에서 어색한 시간을 보낸 후 귓속말을 했다. "나한테는 여기 분위기가 너무 고상해요."

우리는 자리에서 일어났고, 조던은 일행에게는 집 주인을 찾으러 가겠다고 말했다. 조던은 내가 개츠비를 한 번도 만나본 적이 없다고 말해 내 입장을 어색하게 만들었다. 대학생은 냉소적으로 섭섭하다는 표정을 지으며 고개를 끄덕였다.

우리가 처음 둘러본 바는 사람들이 북적대고 있었지만 개츠비는 거기에 없었다. 조던은 계단 꼭대기에서도, 베란다에서도 개츠비를 찾을 수 없었다. 그러다 우리는 우연히 중요해 보이는 문을 열어보게 되었는데, 들어가보니 그곳은 영국산 참나무를 조각해 꾸민 높은 고딕식 서재로, 아마도 어느 외국의 유적에서 그대로 통째 옮겨다놓은 것 같았다.

거대한 테이블 끄트머리에는 커다란 올빼미 안경을 쓴 듬직한 중년의 남자가 어느 정도 술기가 오른 채 앉아 다소 흐트러진 집중력으로 책이 꽂힌 선반을 빤히 쳐다보고 있었다. 우리가 들어서자 그는 흥분하며 의자를 획 돌리더니 조던을 머리끝에서 발끝까지 죽 훑어보았다.

"어떻게들 생각하시오?" 그는 조급하게 물었다.

"뭘 말입니까?"

그는 책 선반 쪽을 향해 손을 흔들어댔다.

"저거 말이요. 아, 사실, 당신에게서 확답을 들을 필요도 없어요. 내가 이미 다 확인했으니까. 저게 다 진짜예요."

"책 말입니까?"

그는 고개를 끄덕였다.

"틀림없는 진짜라니까요. 페이지도 있고 다 있어요. 나는 그냥 근사해 보이는 질긴 마분지라고 생각했거든요. 그런데 알고보니 전부 틀림없는 진짜더라고요. 페이지도 있고, 그리고……. 여기 와봐요! 내가 보여줄게요."

우리가 당연히 의심할 거라고 믿은 그는 서재로 후딱 가서 『스토더드˙ 강연집』 제1권을 들고 왔다.

˙ 존 스토더드(John L. Stoddard, 1850~1931). 미국의 작가이자 여행가. 10권에 이르는 여행서를 출간했다.

"이거 봐요!" 그는 의기양양하게 소리쳤다.

"진짜 인쇄물이라니까. 나도 완전히 속아 넘어갔지. 이 사람은 완전히 벨라스코* 같은 사람이에요. 정말 대단해. 이렇게 철두철미할 수가 있냐고! 이렇게 사실적일 수가 있냐고! 어디서 멈추어야 하는지도 알고 있어. 붙어 있는 페이지를 자르지도 않았다니까.** 그런데, 당신네들은 왜 왔소? 뭘 찾고 있는 거요?"

그는 내 손에서 책을 낚아채 서가에 후딱 도로 꽂아 넣으며, 만약 하나라도 빠지면 서재 전체가 무너져 내릴 수 있다고 중얼거렸다.

"여긴 누굴 따라온 거요?" 그는 다시 따졌다. "아니면 누가 데려온 거요? 나는 누가 여기 데려왔지. 대부분 사람들이 그렇게 누굴 따라서들 알고 찾아오지."

조던은 대답을 하지 않은 채 재미있다는 듯, 그러나 경계심을 갖고 그를 쳐다보기만 했다.

"나는 루스벨트라는 여자를 따라 여기 왔다오." 그는 말했다. "클라우드 루스벨트 부인이라고, 아시오? 지난밤에 어디서 그 부인을 만났지. 지금 한 일주일 동안 내가 술에 취해 있었는데, 서재에 앉아 있으면 술이 좀 깨지 않을까 해

---

* 브로드웨이의 연극 감독으로, 실제와 흡사하게 무대장치를 꾸민 것으로 유명하다.
** 당시에는 새 책의 페이지가 낱낱이 떨어지지 않고 붙은 채 판매되었으므로, 페이지가 그대로 붙어 있다는 것은 책을 사기만 하고 읽어보지는 않았다는 증거가 된다.

서 들어왔지."

"그래서 술이 좀 깼나요?"

"약간 그런 것 같기도 하고. 아직은 잘 모르겠어요. 여기
한 시간밖에 있지 않았거든. 내가 책에 대해서 이야기했던
가? 책이 전부 진짜야. 저 책들이 다……."

"벌써 말씀하셨어요." 우리는 그와 정중하게 악수를 나눈
뒤 다시 야외로 나왔다.

이제 사람들은 정원에 차려진 천막에서 춤을 추기 시작했
다. 나이 든 남자들은 끝도 없이 보기 흉하게 빙빙 도느라 젊
은 여자들을 뒤로 밀어내고 있었고, 좀 더 나은 커플들은 저
마다 구석에서 서로 껴안은 채 세련된 동작으로 흐느적흐느
적 춤을 추고, 상당히 많은 여자들은 제 혼자서 춤을 추거나
오케스트라의 벤조나 타악기 연주자들의 연주를 거들어주
었다. 자정 무렵이 되면 흥이 고조되었다. 유명한 테너 가수
는 이탈리아어로 노래를 불렀고, 악명 높은 콘트랄토 가수
는 재즈로 노래를 불렀으며, 한 곡에서 다른 곡으로 넘어가
는 사이사이 사람들이 정원 곳곳에서 온갖 '묘기'를 펼쳐 보
이는 가운데 행복한 웃음소리가 공허하게 여름 하늘을 향해
터져 올랐다. 무대에는 쌍둥이 자매 두 명이 올라가 변장 의
상을 입고 아기들 시늉을 연기하고 있었는데, 알고보니 노
란 드레스의 여자들이었다. 샴페인은 핑거볼보다 더 큰 잔
에 담겨 서빙되고 있었다. 달은 더 높이 떠오르고, 해협에는

잔디밭에서 연주되는 밴조의 툭툭거리는 쇳소리에 진동하는 은빛 비늘 같은 삼각형 달그림자가 둥둥 떠 있었다.

나는 여전히 미스 베이커와 함께 있었다. 우리는 내 나이 또래 남자, 그리고 조그만 소리에도 주체하지 못할 정도로 웃음을 터뜨리는 시끄러운 여자와 함께 테이블에 앉았다. 이제 나도 흥이 오르기 시작했다. 핑거볼 두 개분의 샴페인을 마시고 나니 내 눈앞에 펼쳐지는 광경이 뭔가 의미 있고, 자연스럽고, 심오한 광경으로 변했다.

여흥의 막간에 어떤 남자가 나를 쳐다보며 웃었다.

"안면이 있는데요" 하고 그는 공손하게 말했다. "혹시 전쟁 때 제3사단에서 복무하지 않았어요?"

"어, 그런데요. 저는 제9기관총대대 소속이었습니다."

"저는 1918년 6월까지 제7보병연대에 있었죠. 어쩐지, 전에 어디서 본 적이 있는 분이다 싶더라니."

우리는 잠시 동안 프랑스의 축축하고 음산한 작은 마을들에 대한 이야기를 나누었다. 최근에 수상보트를 한 대 구입했는데 그걸 아침에 시험 운전해볼 작정이라고 말하는 것으로 보아 그는 이 근처에 살고 있음이 분명했다.

"나와 함께 가지 않겠소, 노형? 해협 주변에 있는 가까운 해안에서 탈 건데."

"몇 시에요?"

"언제라도 그쪽 편한 시간에."

내가 막 그의 이름을 물으려는 순간에 조던이 고개를 돌려 웃으며 말했다.

"이제 흥이 좀 나나보죠?"

"훨씬 나아졌어요." 나는 다시 새로 알게 된 남자에게 고개를 돌렸다. "나한테는 좀 별난 파티네요. 초대해준 사람을 아직 못 만나봤거든요. 제가 사는 곳은 저기인데……." 나는 멀리 눈에 보이지 않는 잡목 울타리 쪽으로 손을 저으며 말했다. "그리고 이 개츠비라는 분이 운전기사를 시켜서 초청장을 보냈더라고요." 잠시 그는 내가 무슨 말을 하는지 모르겠다는 투로 나를 쳐다봤다.

그리고 불쑥 말했다. "내가 개츠비인데요."

"네?" 나는 소리를 질렀다. "아, 정말 죄송합니다."

"난 당신이 알고 있는 줄 알았소, 노형. 내가 초청인 노릇을 제대로 못 했군요."

개츠비는 이해심 있는 미소를 지었다. 사실 그것은 이해심 훨씬 그 이상의 미소였다. 그것은 평생 네댓 번 볼까 말까 한, 영원히 변치 않을 확신감을 심어주는 그런 미소였다. 그것은 외부 세상을 잠깐 직시하거나 혹은 직시하는 것처럼 보이다가 세상 수많은 사람 가운데 나 한 사람을 꼭 집어 뿌리칠 수 없는 호의를 보이며 온통 관심을 쏟아주는 그런 미소였다. 내가 이해되기 원하고 싶은 만큼 이해해주고, 내가 나를 믿고 싶은 만큼 나를 믿어주며, 상대방이 알아주기를 원하는 나의 가장 좋은 모습을 꼭 집어 나에 대한 인상으로 받아들였음을 확신시켜주는 그런 미소였다. 정확히 바로 그 시점에서 미소는 사라지고, 내 앞에는 서른에서 한두 살 더 먹은 단정하고 우아한 젊은이가 서 있었다. 하지만 정교하게 격식을 차린 말투는 우스꽝스러운 수준을 간신히 벗어난 수준이었다. 그가 자기소개를 하기 전 얼마 동안 나는 그가 말을 조심스레 골라 쓰고 있는 사람이라는 인상을 갖고 있었다.

개츠비가 자신이 누군지 밝힌 것과 거의 때를 같이 해 집사가 급히 그에게 와서 시카고에서 전화가 왔다는 말을 전했다. 그는 차례로 우리에게 가벼운 목례를 하며 실례하겠다고 말했다.

"뭐든 필요한 것이 있으면 말하세요, 노형." 그는 나에게 정중히 말했다. "이만 실례해야겠네요. 나중에 다시 보도록 합시다."

그가 자리를 뜨자마자 나는 조던에게 고개를 돌렸다. 내가 얼마나 놀랐는지 확인시켜주고 싶었다. 나는 개츠비가 혈색이 번드르르하고 뚱뚱한 중년 남자인 걸로 예상했었다.

"저 사람 누구죠?" 나는 캐물었다. "저 사람에 대해 뭐 좀 알아요?"

"그냥 개츠비라는 사람이에요."

"내 말은 그러니까, 어디 출신이냐는 거죠. 그리고 무슨 일을 하는 사람인지?"

"이제 당신도 그 주제에 관심을 갖기 시작했군요." 그녀는 엷은 미소를 띠며 대답했다. "글쎄. 자기가 옥스포드맨이라는 말을 한 번 내게 한 적은 있어요." 그의 배경에 대해 대충 짐작이 들 것 같다가 그다음 그녀가 한 말로 인해 사라져버렸다.

"하지만, 난 그 말을 안 믿어요."

"왜요?"

"모르겠어요." 그녀가 말했다. "그냥 난 그가 옥스포드에 다녔다고 생각하지 않아요."

그녀의 말투는 왠지 다른 여자가 "그 사람이 사람을 죽인 것 같아요"라고 했던 말을 떠올리게 했고, 내 호기심을 자극하는 효과를 가져왔다. 만약 개츠비가 루이지애나의 개천에서 난 사람이라거나, 혹은 뉴욕의 로워이스트사이드 출신이라는 말을 들었다면 나는 아무 의문 없이 이를 받아들였을 것이다. 그러나 최소한 지방 출신인 나의 미천한 경험에 비추어볼 때 근본이 없는 출신으로 홀연히 나타나 롱아일랜드 해협에 대궐 같은 집을 사거나 하는 것은 젊은 사람들에게 있을 법하지 않은 일이었다.

"어쨌든, 거창한 파티를 여는 사람이죠." 마치 도시인 같은 딱딱한 이야기는 질색이라는 듯 조던이 화제를 돌리며 말했다. "난 큰 파티가 좋아요. 보다 아기자기하게 어울릴 수 있거든요. 작은 파티에는 프라이버시가 전혀 없잖아요."

그때 베이스 드럼이 쾅 하고 울리더니 갑자기 오케스트라 지휘자의 목소리가 정원의 메아리 위에 울려 퍼졌다.

"신사 숙녀 여러분" 하고 그는 외쳤다. "개츠비 씨의 요청으로 지난 5월 카네기 홀에서 큰 관심을 끌었던 블라디미르 토스토프의 최신 작품을 여러분을 위해 저희들이 연주하도록 하겠습니다. 신문을 보신 분들이라면 엄청난 센세이션을 불러일으켰다는 걸 아실 것입니다." 그는 겸손하게 활짝 웃으며 말한 뒤, "대단한 센세이션이었죠!" 하고 외쳤다. 이 말에 사람들은 웃음을 터뜨렸다.

"이 작품은 블라디미르 토스토프의 '세계 재즈사'로 알려져 있습니다" 하고 그는 힘차게 소개를 마쳤다.

토스토프가 작곡한 음악은 내 귀에 들어오지 않았다. 대리석 계단에 혼자 서서 흡족하다는 표정으로 여기저기 모인 사람들을 바라보고 있는 개츠비에게 눈길이 가기 시작했기 때문이다. 햇볕에 그을린 그의 피부는 얼굴 부분에서 보기 좋게 탱탱했고, 그의 짧은 머리는 매일 잘라 다듬는 듯했다. 그에게서 사악한 사람이라는 인상은 전혀 찾아볼 수 없었다. 나는 그가 술을 마시지 않는다는 사실이 그를 다른 손님들에게서 떨어져 있게 하는 데 도움이 되는 게 아닌가 하는 생각이 들었다. 사내들이 점점 더 흥청망청 취할수록 그는 점점 더 제정신을 가진 사람으로 보이게 했기 때문이다. '세계 재즈사' 연주가 끝나자 강아지마냥 애교스럽게 남자들의 어깨에 머리를 기대는 여자, 넘어지면 누군가가 받아준다는 걸 알고 다른 남자의 품으로, 심지어 사람들 무리를 향해 뒤로 장난스럽게 졸도해버리는 여자도 있었다. 하지만 그 누구도 개츠비를 향해서는 졸도하는 척 쓰러지지 않았고, 그 어떤 프랑스식 단발머리도 개츠비의 어깨를 건드리지 않았으며, 삼삼오오 어깨동무를 하고 합창을 할 때 그 어느 누구도 개츠비를 거기에 끼워 넣으려 들지 않았다.

"죄송합니다."

개츠비의 집사가 갑자기 우리 옆에 나타나 서 있었다.

"미스 베이커시죠?" 그가 물었다. "죄송하지만, 개츠비 씨가 이야기를 좀 나누었으면 하십니다."

"저랑요?" 조던이 놀라 되물었다.

"예, 그렇습니다."

그녀는 무슨 영문인지 몰라 눈썹을 치켜올리며 천천히 일어서서 집사를 따라 집 안으로 들어갔다. 그제야 나는 그녀가 이브닝드레스는 물론 어떤 드레스를 입어도 마치 운동복을 입은 것 같음을 알아차렸다. 그래서 그녀의 움직임에는 화창하고 상쾌한 아침 골프장에 처음으로 발을 들여놓은 사람 같은 경쾌함이 있었다.

나는 혼자가 되었고, 시간은 거의 2시에 가까웠다. 테라스 위, 긴 창문이 많은 방 안에서는 한동안 무슨 소리인지 몰라도 호기심을 자아내는 소리가 들려 나왔다. 두 명의 합창단 소속 여자와 음란한 대회를 주고받고 있던 조던의 대학생이 나도 거기 끼어서 같이 어울리자고 조르는 것을 무시하고 나는 집 안으로 들어갔다.

큰 방은 사람들로 가득 차 있었다. 노란 드레스를 입은 여자 가운데 한 명이 피아노를 치고 있었고, 그녀의 옆에는 유명한 코러스 소속의 키가 크고 빨간 머리를 한 젊은 여인이 서서 노래를 부르고 있었다. 그녀는 샴페인을 꽤 많이 마셨는지, 노래를 하는 도중에 뜬금없이 모든 것이 너무나, 너무나 슬프다는 생각에 빠져 흐느껴 울기까지 했다. 노래를 부르다가 잠시 쉬는 부분이 나올 때마다 그녀는 숨을 헐떡거리며 흑흑거리다가, 다시 떨리는 소프라노 음조로 가사를 이어갔다. 눈물이 그녀의 뺨을 타고 흘러내렸다. 하지만 그녀의 눈물은 두텁게 칠한 속눈썹에 닿아 먹물처럼 번지면서 마치 검은 실개천처럼 아래로 흘러내렸다. 누군가 자기 얼굴에 적힌 악보에 맞춰 노래를 하는 것 같다는 우스갯소리를 하자 그녀는 두 손을 번쩍 치켜들고 의자에 털썩 파묻히더니 그대로 취해 곯아떨어지고 말았다.

"저 여자, 자기 남편이라고 하는 남자하고 싸웠어요." 내 팔꿈치 옆에 있던 여자가 설명했다. 아직까지 남아 있는 여자들 대부분은 남편이라고 주장하는 남자들과 싸우고 있는 중이었다. 이스트에그에서 온 조던의 일행 네 사람도 서로 다툰 뒤 등을 돌리고 있었다. 일행으로 온 남자 중 한 사람이 젊은 여배우에게 관심을 보이며 말을 걸고 있었고, 그의 아내는 고상하고 무심한 척 그 상황을 웃어넘기려 하다가 마침내 완전히 분통이 터져 측면 공격을 해댔다. 그녀는 화가 난 방울뱀처럼 갑자기 나타나 그의 귀에다 대고 "약속했잖아요!" 하고 독 오른 말을 내뱉었다.

미적미적 집에 가기를 꺼려하는 것은 바람 든 남자들뿐만이 아니었다. 홀에는 애통하게도 술에 취하지 않은 남자들과 분개한 그들의 아내들이 점령하고 있었다. 아내들은 약간 격앙된 목소리로 서로 신세타령을 해댔다.

"내가 재미있게 놀고 있는 걸 보기만 하면 집에 가자고 조른다니까요."

"내 평생 그렇게 이기적인 소리는 처음 들어보네요."

"어디에 가든 우리가 제일 먼저 자리를 뜨게 된다니까요."

"우리도 마찬가지예요."

"뭐, 오늘 밤에는 우리가 거의 제일 마지막 손님인걸." 남자 중 한 사람이 순한 양처럼 말했다. "오케스트라도 벌써 떠난 지 삼십 분이나 지났다고."

남편의 그런 야박한 행동을 믿을 수 없다고 아내들이 입을 모았음에도 불구하고 언쟁은 잠시 다투는 선에서 끝나고 두 아내는 돌아가기 싫어 발버둥을 치며 어둠 속으로 끌려 사라지고 말았다.

홀에서 내 모자를 기다리고 있자니 서재의 문이 열리고 미스 베이커와 개츠비가 함께 걸어 나왔다. 개츠비는 마지막으로 무슨 말을 그녀에게 하고 있었지만, 몇몇 사람이 그에게 작별 인사를 하기 위해 다가오자 그의 진지한 태도는 갑작스레 격식을 갖춘 태도로 돌변했다.

조던의 일행은 현관에서 조급증을 내며 그녀를 불렀지만, 그녀는 악수를 하기 위해 좀 더 미적미적 남아 있었다.

"너무너무 놀라운 말을 들었어요." 그녀가 귓속말로 속삭였다. "우리가 얼마 동안 저기 있었죠?"

"글쎄, 한 한 시간 정도?"

"정말이지 한마디로 놀라운 이야기였어요." 그녀는 정신이 나간 듯 다시 되풀이했다. "하지만 절대 발설하지 않겠다고 맹세를 했으니, 당신에게도 어쩔 수가 없네요." 그녀는 내 얼굴에다 대고 우아하게 하품을 했다. "꼭 저를 보러 와주세요. 전화부에…… 시고니 하워드 부인 이름으로 나와 있는데……. 우리 숙모거든요." 그녀는 이렇게 말하면서 서둘러 자리를 떴다. 그녀는 갈색 손을 흔들어 멋진 경례로 인사를 대신하고는 문에서 기다리는 그녀의 일행 속으로 섞여 사라졌다.

초면에 그처럼 늦게까지 가지 않고 있기가 민망하긴 했지만, 나는 개츠비 주변에 마지막까지 남아 몰려 있는 손님들과 어울렸다. 초저녁 때 그를 찾으러 다녔다는 것을 설명하고 정원에서 알아보지 못해 미안하다는 말을 하고 싶었기 때문이다.

"무슨 그런 말씀을" 하고 그는 진지하게 내게 말했다. "그런 생각은 조금도 할 필요 없어요, 노형." 나를 노형이라 부르는 그의 다정한 호칭에 못지않게 나를 안심시키듯 내 어깨를 쓰다듬는 그의 손길도 다정하기 그지없었다. "그리고 내일 아침 9시에 수상스키를 타러 가기로 한 약속 잊지 말아요."

그때 집사가 그의 어깨 뒤에서 말했다. "필라델피아에서 전화가 왔습니다."

"알았어요. 잠깐만. 내가 곧 전화를 받을 거라고 말해주세요. ⋯⋯잘 가시게."

"안녕히 주무세요."

"잘 가시게." 그는 웃으며 말했다. 문득 마치 내가 마지막까지 안 가고 남아 있기를 그동안 바라고 있었던 듯, 기뻐하는 의미가 담겨 있는 것 같았다. "잘 가시게, 노형. 안녕히."

하지만 계단을 걸어 내려오면서 나는 아직 이 저녁이 끝나지 않았다는 것을 알게 되었다. 문에서 약 오십 피트 떨어진 곳에 십여 대의 헤드라이트가 기이하고도 왁자지껄한 광경을 비추고 있었다. 개츠비의 주차장에서 나온 지 채 이 분도 되지 않은 신형 쿠페 승용차가 도로 옆 고랑에 처박혀 있었다. 바퀴 하나가 빠져 달아난 채 오른쪽 부분이 위를 향한 모양새였다. 담에서 뾰족하게 튀어나온 부분에 걸려 바퀴가 빠져버린 듯했는데, 호기심 많은 대여섯 명의 운전기사들이 이 광경을 깊은 관심을 가지고 구경하고 있었다. 하지만 이들이 모는 차들이 도로를 막고 있어 뒤에 오던 차량들이 한동안 신경질적으로 경적을 울려대는 바람에 안 그래도 몹시 정신없는 사고 현장에 혼잡스러움을 더해주고 있었다.

긴 외투를 입은 남자가 찌그러진 차 안에서 나오더니 길 한복판에 서서 자동차와 바퀴를 번갈아 쳐다보고, 바퀴에서 또 구경꾼들에게로 눈길을 돌리며 재미있고도 혼란스럽다는 표정을 지었다.

"이거 봐!" 그가 설명했다. "도랑에 처박혔잖아."

그 사실을 그는 여간 신기해하지 않았다. 나는 처음에는 사고를 당한 사람의 놀란 반응치고는 참 기이하다는 생각을 하다가 이내 그 사람이 아까 개츠비의 서재에 죽치고 있었던 사람이라는 것을 알아차렸다.

"어떻게 된 겁니까?"

그는 어깨를 들썩거리며 딱 잘라 말했다.

"나는 기계에 대해서는 전혀 아무것도 몰라요."

"하지만 어떻게 사고가 난 거죠? 벽을 들이박았습니까?"

"나한테 묻지 마세요." 올빼미 눈은 사건에 대해서 자기는 아는 것이 없다는 듯 손을 탁탁 털며 말했다. "나는 운전에 대해서는 정말 하나도 모른다고 할 만큼 아는 게 없어요. 그냥 사고가 났나보다 하는 것밖에 몰라요."

"아니, 그렇게 운전을 할 줄 모르면 밤에는 운전할 생각을 하지 말았어야죠."

"하지만 난 운전하려고 하지 않았거든요?" 그가 화를 버럭 내며 설명했다. "전혀 그럴 생각이 없었다고요!"

둘러선 구경꾼들이 놀라 입을 다물었다.

"죽으려고 작정했습니까?"

"그냥 바퀴 하나 달아나고 말아서 망정이지! 운전도 못 하면서 아무 생각도 하지 않았다니!"

"모르는 소리 마시오." 죄인 취급을 받던 사람이 설명했다. "내가 운전하고 있었던 게 아니란 말이요. 차 안에 다른 사람이 있어요."

이 말을 듣고 사람들은 깜짝 놀랐고, 곧이어 쿠페 자동차 문이 천천히 열리더니 "아, 아" 하는 앓는 소리가 들렸다. 이제는 떼거리라고 할 만큼 우르르 몰려든 많은 사람들이 자신도 모르게 뒷걸음질을 쳤고, 문이 활짝 열리자 마치 유령이라도 본 듯 흠칫 동작을 멈추었다. 그러자 아주 서서히, 조금씩, 창백한 표정을 한 사람이 찌그러진 차를 붙잡은 채 나오더니 큼직한 댄스용 신발을 신은 발로 땅바닥을 시험해보듯이 꼼지락거리며 디뎠다.

헤드라이트에 눈이 부신 데다 끊임없이 울려대는 자동차

경적 소리에 혼란스러운 이 유령 같은 사람은 잠시 휘청거리다가 외투를 입고 있는 사람을 알아보고는 천천히 물었다.

"끄윽. 무, 무슨 일이야? 휘바 – 알류가 떨어졌어?"

"저거 봐요!"

한 대여섯 개 손가락이 떨어져 나간 바퀴를 가리켰다. 그는 잠시 그걸 빤히 쳐다보다가 마치 그것이 하늘에서 떨어진 게 아닌가 하는 표정으로 위를 쳐다봤다.

"바퀴가 떨어져 나갔다고요!" 하고 누가 설명해주었다.

그는 고개를 끄덕였다.

"처음에는 차가 멈춘 것도 모 – 올랐지 뭐야."

잠시 조용히 입을 다물고 있던 그는 길게 한숨을 내쉬고 어깨를 탁 펴더니 보다 단호한 어조로 한마디했다.

"누구, 끄윽, 주유소가 어디 있는지, 끄윽, 알아요?"

이 남자보다 별반 크게 상태가 나을 것도 없는 사람을 포함해 최소한 열댓 명의 사람들은 그에게 차체와 바퀴가 물리적으로 더 이상 붙어 있지 않다고 설명했다.

그러자 잠시 후 그가 말했다. "차를 뒤로 빼지. 후진 기어를 넣어서."

"하지만 바퀴가 떨어져 나가고 없는걸요!"

그는 잠시 망설였다. 그러더니 "시도해본다고 해가 될 건 없잖소" 하고 말했다.

빵빵대는 자동차 경적 소리가 점점 더 높아지자, 나는 발길을 돌려 잔디밭을 지나 집으로 향했다. 나는 뒤를 한번 돌아보았다. 웨이퍼 과자 같은 달이 개츠비의 집을 비추며 예전과 같이 밤을 아름답게 밝히고 있었고, 아직도 환한 그의 정원에서 들려오는 말소리와 웃음소리를 처연히 지켜보고 있었다. 문득 창문과 거대한 문에서 공허감이 흘러나오더니, 현관에서 정중한 자세로 손을 들어 작별을 고하고 있는 집주인의 모습에 철저한 고독감을 더해주었다.

지금까지 쓴 것을 읽어보니 내가 몇 주일 간격으로 사흘 밤에 일어난 일들에만 몰두해 있었던 것 같은 인상을 주고 있는 것 같다. 하지만 사실은 이와 반대여서, 그 일들은 분주한 여름 동안 그저 이따금 있었던 일들에 지나지 않는다. 그때까지만 해도 나는 그런 것보다는 내 개인적인 문제들에 무한정으로 더 몰두해 있었다.

나는 대부분의 시간을 일을 하며 보냈다. 이른 아침 태양이 내 그림자를 서쪽으로 눕힐 때 나는 맨해튼 남단 파이낸셜 스트리트*를 분주히 지나 프로비티 신탁 회사로 출근했다. 다른 사무원이나 젊은 채권 판매업자들과 모두 통성명을 하고 지냈고, 어두침침하고 북적대는 레스토랑에서 그들과 함께 점심으로 조그만 돼지고기 소시지, 으깬 감자를

* 월스트리트 가를 말한다.

먹고, 커피를 마셨다. 나는 저지 시에 살면서 회계부서에서 일하는 여자와 잠시 동안 데이트도 했지만, 그녀의 오빠가 나를 곱지 않은 눈길로 보기에 그녀가 7월에 여름휴가를 가는 것을 계기로 그녀와의 관계가 조용히 정리되도록 내버려두었다.

나는 주로 예일 클럽에서 저녁을 먹었는데, 설명하기는 힘들지만 그것이 하루 일과 중 가장 우울한 시간이었다. 저녁을 먹고 나면 위층 도서관에 올라가 한 시간 정도 투자와 증권에 대한 공부도 했다. 대개는 클럽에 시끄러운 사람이 몇 명 있게 마련이었지만, 그들은 도서관까지 오는 일이 전혀 없었기 때문에 일하기에 좋은 장소였다. 공부를 마치고 나왔을 때 밤공기가 부드러우면 메디슨 애비뉴를 따라 유서 깊은 머리 힐 호텔을 지나고 33번가를 거쳐 펜실베이니아 역까지 슬슬 걸어갔다.

나는 뉴욕이라는 도시, 활기차고 모험적인 분위기의 그 도시의 밤과 끊임없이 오가는 남녀와 자동차들이 들뜬 눈에 가져다주는 그 만족감이 좋아지기 시작했다. 5번가를 걷다가 군중 속에서 아름다운 여자를 발견하면 몇 분 후 그들의 삶 속에 내가 들어가는, 아무도 이걸 알아차리거나 말리는 사람도 없는 그런 상상도 즐겼다. 숨은 골목 모퉁이에 있는 그 여인들의 아파트까지 뒤를 따라가면 그들은 뒤를 돌아보며 내게 미소를 보인 뒤 문을 지나 포근한 어둠 속으로 사라지는 상상도 마음속으로 했다. 황홀한 대도시에 황혼이 질 때는 때로 떨쳐버리기 힘든 외로움도 느꼈다. 홀로 레스토랑에서 식사를 할 수 있는 시간을 기다리며 쇼윈도 앞에서 서성거리고 있는 가난한 젊은 사무원, 삶과 밤의 가장 짙은 순간들을 허비하고 있는 석양 속의 그 젊은 사무원들에게서도 그런 느낌을 받았다.

다시 8시가 되어 40번가의 어두운 차로에 극장가로 향하는 택시들이 부릉부릉 소리 내며 다섯 줄로 빼곡히 밀려 있을 때면, 나는 다시 허탈한 마음이 들었다. 신호를 기다리며 서 있는 택시 속의 형상들은 서로에게 기대어 있었고, 노래 부르는 목소리도 들렸다. 들리지 않는 농담에 웃는 소리도 들렸는데, 불붙인 담배는 그 안에 있는 사람들의 파악할 수 없는 몸짓을 실루엣으로 비춰주었다. 나 역시 그들과 마찬가지로 밤의 환락을 찾아 그들의 오붓한 즐거움을 함께하기 위해 서두르고 있는 상상을 하며 그들의 행운을 빌어주었다.

한동안 나는 미스 베이커를 보지 못하다가 여름이 한창 무르익었을 때에야 다시 그녀를 만날 수 있었다. 처음에는 그녀와 함께 이리저리 돌아다니면서 그저 우쭐한 기분을 즐겼다. 그녀는 골프 챔피언이었고, 사람들이 모두 그녀의 이름을 알고 있었으니까. 그러다 나는 우쭐한 감정 이상의 그 무엇이 있음을 알게 되었다. 실제로 그녀를 사랑하고 있는 것은 아니지만, 어떤 미묘한 호기심 같은 것을 느꼈다. 세상을 대하는 그녀의 무료한 듯한 거만한 표정은 뭔가를 감추고 있었다. 겉으로 허세를 부리는 것은 처음에는 안 그런 것 같더라도 결국 알고보면 무엇을 숨기기 위한 것이다. 어느 날 나는 그녀가 숨기고 있는 것이 뭔지 알게 되었다. 함께 워릭에 가 있을 때였는데, 그녀는 비가 오는 날 빌린 자동차의 덮개를 열어놓았다가 거기에 대해 거짓말을 했다. 그때 불현듯 나는 데이지 집에서 만났던 그날 밤 미처 떠오르지 않았던 그녀에 대한 이야기를 기억해냈다. 그녀가 처음 출전한 중요한 골프 대회에서 거의 신문에 날 뻔한 사건이 있었다는 이야기였는데, 준결승전에서 그녀가 불리한 지점에 놓여 있던 공을 살짝 옮겼다는 것이다. 이 사건은 스캔들 수준까지 갔다가 잠잠해졌다. 어느 캐디가 원래 진술을 철회했고, 유일한 다른 목격자는 자기가 잘못 봤을 수도 있음을 시인했다. 그 사건과 이름은 둘 다 내 머릿속에 남아 있었다.

미스 베이커는 본능적으로 똑똑하고 영악스러운 사람을 피했다. 이제 생각해보니 그것은 어떤 형태로든 규정에서 벗어나는 짓을 하는 것이 불가능하다고 여기는 사람들과 어울릴 때만 그녀가 보다 안전하다고 느꼈기 때문이다. 그녀는 구제불능일 정도로 부정직한 여자였다. 그녀는 남보다 불리한 위치에 있는 것을 못 견뎌했고, 그러한 일이 벌어

지면 세상에 대해서는 냉정하게 오만한 웃음을 내보이면서
도 자신의 탄탄하고 활력이 넘치는 육체의 요구를 만족시
키기 위해 그녀는 아주 어릴 때부터 얄은꾀를 부리기 시작
했던 것 같다.

　나는 이에 대해 거의 개의치 않았다. 여자의 부정직함은
결코 심하게 나무랄 것이 아니다. 나는 잠시 언짢은 기분이
들었다가 그냥 잊어버리는 편이었다. 자동차 운전에 대해
이상한 대화를 주고받은 것도 워릭에서 열린 파티에서였
다. 그녀가 노동자들 곁으로 지나치게 가까이 차를 몰고 가
다가 자동차 흙받기로 어느 남자의 외투에 달린 단추를 살
짝 건드린 사건이 발단이었다.

　"운전 솜씨가 형편없군요" 하고 나는 그녀를 나무랐다.
"좀 더 조심성 있게 운전을 하든지, 아니면 운전을 하지 말
든가 해야 했어요."

　"난 조심하고 있거든요."

　"아뇨, 안 그런데요."

　"그럼 다른 사람들이 조심하겠죠" 하고 그녀는 가볍게 대
꾸했다.

　"그게 무슨 상관이란 말입니까?"

　"다른 운전자들이 나를 비켜갈 거 아니냐고요" 하고 그
녀는 우겨댔다. "차도 두 대가 마주쳐야 사고가 나는 거잖
아요."

"그럼 다른 운전자도 당신과 마찬가지로 부주의하게 운전하면 어떡할래요?"

"그렇지 않길 바라야죠." 그녀가 대답했다. "난 부주의한 사람들 싫어요. 그래서 내가 당신을 좋아하는 거라고요."

태양이 어른거리는 그녀의 회색빛 눈동자는 앞을 똑바로 직시하고 있었지만, 그녀는 의도적으로 우리의 관계를 그런 식으로 격상시켰고, 한순간 나도 그녀를 사랑한다고 생각했다. 하지만 나는 머리가 늦게 돌아가고, 속에는 욕망에 브레이크 역할을 하는 규칙들이 꽉 차 있는 사람이었다. 게다가 나는 고향에 있는 복잡하게 얽힌 관계에서 확실히 빠져나오는 것이 급선무라는 것을 알았다. 일주일에 한 번씩 고향에 있는 사람에게 편지를 보내며 '사랑하는 닉으로부터'라고 서명을 했지만, 내 머릿속에 떠오르는 생각은 오로지 테니스를 칠 때 윗입술 위에 콧수염처럼 어렴풋이 땀방울이 맺히는 어떤 한 여자뿐이었다. 어찌됐건 애매한 관계를 요령 있게 잘 정리해 털어버리고 나서야 나는 자유로워질 수 있었다.

사람은 누구나 기본 덕목 가운데 한 가지를 지니고 있지 않은가 싶은데, 내 경우는 그 미덕이 정직이다. 나는 내가 알고 있는 몇 안 되는 정직한 사람 가운데 한 사람이다.

4장

일요일 아침, 교회 종소리가 해변의 주변 마을에 울릴 때면 상류사회의 남자들은 자신들의 연인을 데리고 개츠비의 집에 다시 몰려와 그의 잔디밭에서 희희낙락 호사를 부렸다.

젊은 여인들은 개츠비의 꽃밭에서 그의 칵테일을 마시며 "그는 밀주업자*래요" 하고 말했다. "왕년에 자기가 폰 힌덴부르크**의 조카이자 악마와 육촌지간이라는 사실을 알게 된 남자를 죽인 적이 있대요. 여보, 거기 장미 한 송이 꺾어주실래요. 그리고 내 크리스털 잔에 마지막 한 방울 술을 따라줘요."

---

* 미국에서는 1919년부터 1933년까지 금주법이 시행되었다.
** 독일의 군인이자 정치가로, 제2공화국 대통령을 지낸 뒤 아돌프 히틀러에게 권력을 넘겨주었다.

한번은 그해 여름 개츠비의 집에 온 사람들의 이름을 열차 시간표 여백에 쓴 적이 있다. 이제는 낡아서 접는 부분이 해진 그 시간표 윗부분에는 "1922년 7월 5일까지만 유효함"이라고 적혀 있다. 하지만 아직도 희미하게 남아 있는 이름은 읽을 수 있다. 그 이름들은 개츠비에게서 환대를 받고서도 그에 대해 아는 것이라고는 하나도 없는 척 시치미를 떼는 것으로 영악하게 감사의 뜻을 바친 그 사람들을 전체적으로 뭉뚱그려 설명하는 것보다 더 자세한 소개가 될 수 있을 것이다.

이스트에그에서 온 사람으로는 체스터 베커 부부, 리치 부부, 내가 예일대 시절 알았던 번슨이라는 남자와 메인 주에서 익사 사고로 지난해 여름 죽고 없는 웹스터 시베트 박사가 있었다. 혼빔 부부, 윌리 볼테르 부부 그리고 블랙벽 문중 사람들이 한 무리 있었다. 이 문중 사람들은 늘 한쪽 구석에 자기들끼리 모여 있다가 누군가가 가까이 오면 염소처럼 콧대를 치켜세웠다. 그 외 이즈메이 부부와 크리스티 부부(실은 부부가 아니라 휴버트 아우어바흐와 크리스티 씨의 부인이다) 그리고 에드거 비버가 왔었는데, 사람들 말에 의하면 에드거 비버의 머리카락은 뜬금없이 어느 겨울 오후에 갑자기 백발로 변해버렸다고 한다.

내가 기억하기로는 클래런스 엔다이브 역시 이스트에그에서 왔다. 그는 단 한 번, 흰 니커보커스 바지를 입고 왔다가 정원에서 에티라는 난봉꾼과 한바탕 싸움을 벌인 적이 있었다. 롱아일랜드에서 훨씬 더 먼 곳에서는 치들 부부와 O. R. P. 슈라이더 부부 그리고 조지아 주의 스톤월 잭슨 에이브럼 부부, 피시가드 부부와 리플리 스넬 부부가 왔었는데, 스넬 씨는 개츠비 집에 와서 삼 일 머문 뒤에 교도소에 수감되었다. 그는 워낙 만취한 상태에서 자갈밭에 퍼져 있다가 율리시스 스웨트 부인이 모는 자동차에 오른손이 깔리는 사고를 당했다. 댄시 부부도 왔고, 족히 예순 살은 넘었을 S. B. 화이트베이트 씨, 모리스 A. 플링크, 해머헤드 부부, 담배 수입업자 벨루가 씨와 그 딸들도 왔다.

웨스트에그에서 온 사람으로는 폴 부부, 멀리디 부부, 세실 로벅과 세실 숀 그리고 뉴욕 상원의원 굴릭, '필름스 파 엑설런스'를 지배하는 뉴턴 오키드, 에크하우스트와 클라이드 코언과 돈 S. 슈왈츠(아들), 아서 맥카티 등이 있었는데, 이들은 모두 영화 때문에 서로 이리저리 아는 사이였다. 그 외에도 캐틀립 부부, 벰버그 부부 그리고 G. 얼 멀둔이 있었다. 그는 얼마 후에 자기 아내를 목 졸라 죽인 그 멀둔과 형제지간이다. 프로모터인 다 폰타노, 에드 레그로스 그리고 제임스 B(일명 '썩을 놈').

페럿과 드 종 부부 그리고 어니스트 릴리. 이런 사람들은 도박을 하러 온 사람들이었는데, 페럿이 개츠비의 정원에 들어선다는 것은 그가 돈을 탈탈 다 털렸으며, 그다음 날 어소

시어트 트랙션의 주가가 요동을 치지 않으면 안 된다는 것을 의미했다.

클리프스프링거라는 이름의 남자는 너무 자주 와서 너무 오래 있다 가곤 해 '하숙생'으로 통했다. 사실 그에게 다른 집이 있기나 한지 의문이었다. 극장계 사람으로는 거스 와이즈와 호러스 오도나반, 레스터 마이어와 조지 덕위드, 프랜시스 불이 있었다. 그 외 뉴욕에서 온 사람들은 크롬 부부, 백히슨 부부, 데니커 부부, 러셀 베티와 코리건 부부, 켈러허 부부, 듀어 부부, 스컬리 부부, S. W. 벨처와 스머키 부부가 있었고, 지금은 이혼한 젊은 퀸 부부 그리고 타임스스퀘어에서 지하철 앞으로 뛰어들어 자살하고만 헨리 L. 팰머토가 있었다.

베니 맥클레나한은 언제나 네 명의 아가씨들과 함께 왔었다. 네 여자는 전혀 동일 인물이 아니었지만 예전에 왔던 사람이 아닌가 착각하지 않을 수 없을 만큼 서로 비슷비슷하게 생겼다. 그 여자들의 이름은 기억이 잘 안 나지만 재클린이거나 혹은 콘수엘라, 글로리아, 주디, 준이었던 것 같고, 성은 꽃이나 달력에 나오는 무슨 달 이름처럼 낭랑한 성이거나 혹은 미국의 대자본주의자들의 성과 같이 무게감이 느껴지는 성이었는데, 아마도 캐물으면 그 자본가들과 사촌지간이라고 털어놓았을지 모른다.

이런 사람들 이외에 내가 기억하는 사람으로는 최소한

한 번쯤 온 적이 있는 것으로 기억되는 포스티나 오브라이언, 베데커 집안의 딸들, 전쟁에서 총에 맞아 코가 떨어져 나가버린 브루어, 알브럭스버거 씨와 그의 약혼녀인 미스 하그, 아디타 피츠 피터 부부, 미국 재향군인회 회장을 역임한 적 있는 P. 주잇 씨, 미스 클라우디아 힙과 그녀의 운전기사로 알려졌던 남자, 그리고 우리가 공작이라고 불렀던 어느 나라 왕자가 있었는데, 그 이름은 내가 들은 적이 있었다고 해도 지금은 잊어버렸다.

이 사람들이 전부 그해 여름에 개츠비의 저택에 왔던 사람들이다.

7월 하순 어느 날 아침 9시, 개츠비의 근사한 자동차가 울퉁불퉁한 차도를 흔들거리며 우리 집 문 앞에 도착하더니, 세 가지 음정의 멜로디로 된 경적을 갑자기 울려댔다. 나는 그의 파티에 두 번이나 간 적이 있었고, 그의 모터보트를 탄 적도 있었고, 그의 간청으로 그의 해변을 자주 이용하긴 했지만, 개츠비가 직접 나를 부르러 온 것은 이번이 처음이었다.

"잘 잤어요, 노형? 오늘 우리 점심이나 같이 합시다. 제 차를 타고 갔으면 하는데."

그는 미국인 특유의 여유로운 동작으로 자동차 계기판에 기대 균형을 잡고 있었다. 아마도 이런 동작은 젊은 시절에 무거운 것을 드는 일이나 오래 꼿꼿한 자세로 앉아 있어야 할 일이 없었던 때문이기도 하지만, 그보다는 미국인들이 즐기는 긴장되고 산발적인 운동 경기의 영향이 아닌가 한다. 이런 특징은 그의 빈틈없는 자세 틈틈이 안절부절못하는 모습으로 나타났다. 그는 잠시도 가만히 있지를 못하고 발로 뭘 툭툭 차거나 초조하게 손을 쥐었다 폈다 했다.

그는 내가 자기 자동차를 감탄스럽게 쳐다보고 있는 것을 보았다.

"멋지죠? 안 그래요, 노형?" 그는 내가 좀 더 잘 볼 수 있도록 차에서 뛰어내렸다. "전에 본 적이 없던가?"

나는 본 적이 있다. 누구나 다 본 적이 있다. 짙은 크림 색상에 니켈 장식이 번쩍거리고, 괴기스럽게 긴 차체는 모자용 박스, 식사를 담는 박스 그리고 연장 박스 등을 보란 듯이 갖추고 있으며, 앞 유리창은 미로처럼 복잡한 태양이 여러 개로 반사되고 있었다. 여러 겹의 창으로 지은 녹색 가죽 온실 같은 그 자동차를 타고 우리는 시내로 향했다.

지난 한 달간 나는 그와 대여섯 번쯤 이야기를 나누었는데, 실망스럽게도 그는 별 화젯거리가 없는 사람이었다. 그래서 꼭 집어 말할 수는 없지만 중요한 인물일 거라는 그에 대한 내 첫인상은 점차 시들어졌고, 그냥 옆집에 사는 도로변 고급 술집 주인 정도로만 보이기 시작했다.

그러던 중에 그 당혹스러운 드라이브를 함께하게 된 것

이다. 우리가 웨스트에그에 채 도착하기도 전에 개츠비는 우아한 말투를 저버리고 캐러멜 색 양복을 입은 제 무릎을 팬스레 툭툭 치기 시작했다.

"이봐요, 노형." 그가 불쑥 입을 열었다. "그런데 말이지, 당신은 날 어떻게 생각하고 있죠?" 약간 당황한 나는 그 질문에 적당한 답을 대충 둘러댔다.

"아, 그러니까, 당신에게 내 인생에 대한 이야기를 좀 해주어야겠군." 그가 내 말을 가로막고 말했다. "당신이 나에 대해 들은 이야기만으로 나에 대한 잘못된 생각을 갖게 하고 싶지 않거든."

그렇다면 그는 자기 집에서 사람들 사이에 오가는 대화에 맛을 더해주는 온갖 기이한 험담에 대해 알고 있었다는 말이다.

그는 마치 거짓말을 하면 천벌을 받겠다고 선서하라는 명령을 받은 사람처럼 오른손을 치켜들더니 "한 치 거짓 없는 사실만 말할게요" 하고 말했다.

"나는 중서부의 어느 부잣집 아들로 태어났어요. 지금은 모두 돌아가셨지만. 나는 미국에서 자랐지만 교육은 옥스포드에서 받았어요. 우리 선조들이 대대로 거기서 교육을 받았기 때문에. 가문의 전통인 셈이죠."

그때 그는 나를 곁눈질로 쳐다봤는데, 왜 미스 베이커는 그가 거짓말을 하고 있다고 믿는지 그 이유를 알 것 같았다.

그는 마치 그 말로 예전에 곤욕을 치른 적이 있었던 사람처럼 '교육은 옥스포드에서 받았다'는 말을 어물쩍 넘기거나, 그 말을 삼키려다 목에 걸린 것처럼 말했다. 이런 의심이 들자 지금까지 한 말이 전부 의심스러워졌고, 이 남자에게 약간 사악한 면이 있는 게 결국 사실이 아닌가 하는 생각이 들었다.

"중서부 어느 지역인데요?" 하고 내가 가볍게 물었다.

"샌프란시스코."

"그렇군요."

"우리 가족이 전부 다 죽는 바람에 상당한 재산을 물려받았죠."

마치 가족을 갑작스레 모두 잃어버린 기억이 아직도 그를 괴롭히고 있는 듯, 그의 목소리는 꽤 엄숙했다. 한순간 나는 개츠비가 나를 놀리고 있는 것이 아닌가 하는 의심이 들었지만, 그를 힐끗 한번 훔쳐보고는 그렇지 않다는 확신을 하게 되었다.

"그 후에 나는 파리며, 베니스, 로마 등 유럽의 큰 도시에서 젊은 중동의 왕자처럼 주로 루비를 포함한 보석이나 캐고, 맹수 사냥을 다니고, 그림도 좀 그리고, 그렇게 나 혼자서 돌아다니면서 아주 오래전에 있었던 아주 슬픈 일을 잊으려 애썼지요."

나는 어이가 없어 웃음이 터져 나오려 하는 걸 겨우 애써

참았다. 그가 하는 말은 너무나 뻔하게 앞뒤가 맞지 않아, 내 머릿속에 떠오르는 이미지는 땀구멍에서 톱밥이 질질 흐르는 가운데 호랑이를 쫓느라 볼로냐 숲*을 누비고 있는 터번을 쓴 어떤 인물뿐이었다.**

"그러다 전쟁이 일어났죠. 나는 전쟁이 나서 잘됐다며 이 기회에 죽어버리려고 온갖 짓을 다 했지만 내 목숨은 마치 마법에 걸린 듯 질겼죠. 전쟁이 시작되었을 때 나는 육군 중위로 임관되었어요. 아르곤 숲 전투에서 기관총 부대를 너무 전진시키는 바람에 우리 부대 앞뒤로 모두 반 마일 정도 거리가 생겨 보병 부대가 더 이상 전진할 수 없는 상황이 되었죠. 이 지점에서 루이스식 기관총 열여섯 점을 소지한 병사 백삼십 명과 이틀 낮 이틀 밤을 꼬박 버티었는데, 마침내 보병이 들어왔을 때는 죽은 독일군 시체 더미 속에서 독일군 사단 휘장이 세 개나 발견되지 않았겠어요. 그래서 나는 소령으로 특진되었고, 모든 연합군 정부로부터 훈장을 받았죠. 심지어 아드리아 해에 접해 있는 몬테네그로 정부로부터도 말이에요. 그 작은 나라 몬테네그로!"

그 작은 나라 몬테네그로! 그는 이 말을 감격스러운 듯 내

---

* 프랑스 파리 16구에 위치한 삼림공원.
** 진짜 부자라면 돈 많은 부자가 베니스, 로마, 파리와 같은 유럽의 도시에서 보석을 채굴하거나 맹수 사냥을 했다는 것은 앞뒤가 맞지 않는 뻔한 거짓말이라는 것을 쉽게 짐작할 수 있다.

뺄으며 미소를 띠고 고개를 끄덕였다. 그 미소는 몬테네그로의 수난의 역사를 이해하는 미소였고, 용감한 몬테네그로 국민들의 투쟁을 동정하는 듯했다. 그것은 몬테네그로의 따스한 작은 가슴으로부터 이 경의의 훈장이 나오게 된 일련의 국가적 정세를 완전하게 이해하고 있는 미소였다. 이렇게 나는 내가 언제 그를 의심했는가 싶을 만큼 그의 이야기에 빠져들기 시작했다. 마치 열댓 권 잡지를 대충 휘리릭 넘겨본 것 같았다.

그는 주머니에 손을 넣더니, 리본이 달린 금속성 물건을 하나 꺼내 내 손에 떨구었다.

"이게 몬테네그로에서 받은 훈장이에요."

놀랍게도 그것은 진짜처럼 보였다.

훈장의 원형을 따라 '다닐로 훈장, 몬테네그로, 니코랄스 왕'이라는 글귀가 새겨져 있었다.

"뒤집어봐요."

"제이 개츠비 소령의 비범한 용기에 감사드리며" 하고 나는 훈장 뒷면에 새겨진 문구를 읽었다.

"여기 내가 늘 지니고 다니는 게 또 하나 더 있어요. 옥스포드 시절 기념품이죠. 트리니티 쿼드에서 찍은 사진인데, 내 왼쪽에 있는 사람이 지금의 돈캐스터 백작이죠."

단체복 상의를 입은 대여섯 명 젊은이들이 아치 밑에 모여 있고, 그 뒤로는 여러 개의 첨탑이 보이는 사진이었다.

그다지 많이는 아니고 지금보다 약간 젊어 보이는 개츠비가 손에 크리켓 방망이를 들고 있었다.

그렇다면 모든 게 사실이었다. 내 눈에는 대운하 주변에 지은 그의 왕궁에 걸려 있는 현란한 호랑이 가죽이 그려졌고, 찢어진 가슴의 상처를 그 짙은 진홍빛으로 달래고자 루비가 들어 있는 보석함을 열고 있는 그의 모습도 떠올랐다.

"오늘은 좀 중요한 부탁을 드릴 일이 있어요." 개츠비가 흡족한 표정으로 그 기념품들을 도로 주머니에 집어넣으며 말했다.

"그래서 나에 대해 당신이 알아야겠다는 생각을 했던 거고요. 당신이 날 별 볼 일 없는 인간으로 생각하지 않길 바랐어요. 말했다시피 내게 일어났던 슬픈 일을 잊고자 여기저기 떠돌아다니다 보니 내 주변에는 나에 대해 전혀 모르는 사람들뿐이었거든요." 그는 잠시 주저하다 말했다. "오늘 오후에 거기에 대해 이야기하죠."

"점심 먹으면서요?"

"아니, 오후에요. 당신이 미스 베이커와 차를 마시기로 했다는 걸 우연히 알게 됐거든요."

"혹시 미스 베이커를 사랑하고 있다는 말인가요?"

"아니에요, 노형. 아닙니다. 하지만 미스 베이커가 친절하게도 이 일에 대해 당신에게 이야기해주겠다고 하더군요."

나는 '이 일'이라는 것이 뭔지 전혀 짐작조차 할 수 없었지만, 흥미를 느끼기보다는 언짢은 마음이었다. 나는 제이 개츠비 씨 이야기를 의논하려고 조던에게 차를 마시자고 한 게 아니었기 때문이다. 그 부탁이란 황당무계한 것이 틀림없다는 생각에 나는 사람들이 우글거리는 그의 정원에 애당초 발을 들여놓았던 것을 잠시 후회까지 했다.

그는 단 한마디도 더 하지 않았다. 뉴욕이 가까워지자 그는 자세를 단정하게 가다듬었다. 우리는 빨간 띠를 두른 채 바다로 항해를 떠나는 배들이 얼핏 보이는 포트 루스벨트를 지나고 빛바랜 어둡고 낡은 1900년대 술집들이 즐비한 빈민가의 자갈도로를 빠른 속도로 지났다. 그러자 우리 양쪽으로 재의 계곡이 펼쳐졌고, 윌슨 부인이 숨을 가쁘게 몰아쉬며 정비소에서 펌프질에 열을 올리고 있는 모습을 스쳐 지나가며 볼 수 있었다.

헤드라이트 불이 앞 범퍼에서 날개처럼 활짝 펼쳐진 가운데 우리는 롱아일랜드 시 중간 정도까지 달렸다. 고가 철도의 기둥을 돌 때 "탁-탁-피식" 하며 귀에 익은 오토바이 소리가 들리더니 잔뜩 열 받은 경찰관이 차를 세우는 바람에 우리는 멈춰야 했다.

"알았소, 형씨." 개츠비가 소리쳤다. 우리는 속도를 늦추었다. 개츠비는 지갑에서 하얀 카드를 꺼내더니 경찰관의 눈앞에 대고 흔들어 보였다.

"아, 그러시군요." 경찰관이 모자에 가벼운 거수경례를 하며 말했다. "다음에는 미리 알아 뵙겠습니다, 개츠비 씨. 실례했습니다!"

"뭘 보여줬어요? 옥스포드 사진?" 내가 물었다.

"언젠가 경찰서장 부탁을 한번 들어준 적이 있는데, 그 후로 해마다 크리스마스카드를 보내주더군요."

대교 위를 오가는 자동차 행렬 위로 햇빛이 끊임없이 반짝거리며 비추는 가운데, 구린내 나지 않는 돈으로 지어보겠다는 소망으로 태어난 뉴욕 시의 흰 각설탕 같은 건물들이 강 건너편에 서서히 모습을 드러냈다. 퀸스 보로 다리에서 본 도시는 언제나 처음 와보는 도시 같았고, 마치 세상의 모든 신비로움과 아름다움을 모두 다 주겠노라는 가슴 벅찬 첫 약속을 안겨주는 것 같았다.

꽃무더기 영구차를 탄 죽은 남자가 우리 곁을 지나가고, 그 뒤로는 휘장을 내린 두 대의 마차와 망자의 친구들을 실은 보다 분위기가 밝은 마차가 뒤따르고 있었다. 슬픔에 잠긴 눈과 동남부 유럽인 특유의 짧은 윗입술을 지닌 그 친구들은 창밖으로 우리를 바라보았고, 나는 그들의 침통한 휴일에 개츠비의 근사한 자동차를 보았다고 생각하니 기분이 좋았다. 블랙월 섬을 지날 때 리무진 한 대가 우리 곁을 지났다. 백인 기사가 모는 그 차 안에는 최신 유행에 맞춰 잘 차려입은 두 명의 흑인 사내와 한 명의 어린 여자 등, 검둥이 세 명이 타고 있었다. 그들이 오만한 경쟁의식으로 우리를 향해 달걀노른자 같은 눈동자를 굴리는 바람에 나는 크게 소리 내어 웃었다.

'이 다리만 건너면 이제 무슨 일이라도 일어날 수 있다. 무슨 일이라도' 하고 나는 생각했다.

심지어 개츠비라는 인물의 존재도 특별히 놀랄 일이 아니지 않은가.

포효하는 정오, 우리는 선풍기가 잘 돌아가는 42번가 지하 레스토랑에서 점심을 먹기로 했다. 바깥 거리에서 받은 밝은 햇살의 잔영을 눈을 깜빡거리며 떨쳐내고 있을 때 대기실에서 다른 남자와 이야기하고 있는 개츠비가 희미하게 눈에 띄었다.

"캐러웨이 씨, 이분은 내 친구 울프샤임 씨입니다."

덩치가 자그마한 납작코 유대인이 커다란 머리를 들더니 양쪽 콧구멍에 튼튼하게 자란 코털이 두 개 삐져나온 얼굴로 나를 쳐다봤다. 어두컴컴한 실내라 잠시 시간이 지난 후에야 그의 조그만 눈이 내 눈에 보였다.

"……그래서 내가 그를 한번 딱 째려봤지." 울프샤임 씨가 진지하게 내 손을 흔들어 악수하며 말했다. "그러고 나서 내가 어떻게 했을 것 같나?"

"무슨 말씀이신지?" 나는 정중하게 물었다.

그러자 그가 내 손을 놓더니 많은 것을 말해주는 듯한 그

코로 개츠비를 가리켰다. 알고 보니 그건 내게 한 말이 아니었다.

"내가 그 돈을 캐츠포에게 건네주며 말했지. '좋아, 캐츠포. 그 작자가 입을 다물기 전까지는 단 한 푼도 주지 마.' 그랬더니 바로 그 자리에서 입을 딱 다물더군."

개츠비가 우리 두 사람의 팔을 하나씩 잡고 레스토랑 안으로 들어가자 울프샤임 씨는 막 하려던 말을 집어삼키고 마치 몽유병 환자같이 표정이 어리벙벙해지고 말았다.

"하이볼로 하시겠어요?" 수석 웨이터가 물었다.

"여기 참 근사한 레스토랑이긴 한데." 울프샤임은 천장에 있는 장로교회풍 요정들을 쳐다보며 말했다. "난 길 건너편 레스토랑이 더 좋아!"

"그래요. 하이볼로 주세요." 개츠비가 웨이터에게 말한 뒤 울프샤임을 보며 말했다. "거긴 너무 더워요."

"덥고 좁고. 맞아." 울프샤임이 말했다. "하지만 추억이 가득 깃든 곳이잖아."

"거기가 어딘데요?" 내가 물었다.

"옛 메트로폴."

"옛 메트로폴……." 울프샤임은 침통한 표정으로 생각에 잠겼다. "죽고 사라진 얼굴들이 가득한 곳. 이제는 영영 가버린 친구들로 가득한 곳. 거기서 그들이 로지 로즌솔을 저격한 그 밤을 나는 평생 잊을 수 없을 거야. 그때 테이블에 우리 여섯 명이 앉아 있었고, 로지는 저녁 내내 무척 많이 먹고 마셨지. 거의 아침이 될 시각 웨이터가 이상한 표정을 하고는 그에게 다가오더니 누가 밖에서 로지와 이야기하고 싶어한다는 거야. '좋아' 하고 로지가 말하고는 자리에서 일어나려고 할 때 내가 다시 그를 의자에 끌어 앉혔지. 그리고 내가 말했지. '뭘 원하는 게 있으면 그 자식들 보고 직접 오라고 그래, 로지. 제발 절대로 이 방에서 나가지는 마.' 그때 시각은 새벽 4시였고, 만일 우리가 블라인드를 올렸더라면 햇빛을 좀 볼 수 있었을 거야."

"그래서 그가 나갔나요?" 내가 순진하게 물었다.

"물론 나갔지." 울프샤임 씨의 코가 화가 치미는 듯 내 쪽을 향해 벌렁거렸다. "로지가 문에서 뒤를 돌아보며 말했지. '웨이터가 내 커피 치우지 못하게 해!' 그러고 나서 그는 밖으로 걸어 나갔고, 그자들이 그의 불룩한 배에 총을 세 번 쏜 뒤 차를 타고 달아나버렸어."

"그 사건으로 네 명이 전기의자에서 사형당했죠." 그 사건을 기억하며 내가 말했다.

"베커까지 합해서 다섯 명이지." 그의 콧구멍이 야릇한 방식으로 내 쪽을 향하더니 그가 말했다. "사업 고래처*를 찾고 있는가 보지?"

---

* 울프샤임은 몇몇 단어를 틀리게 발음하는 사람이다. '고래처'도 '거래처'를 말하는 것이다.

그가 앞에 한 말과 전혀 연관성이 없는 듯한 말을 뜬금없이 내뱉는 바람에 나는 적잖이 놀랐다. 하지만 거기에 대한 대답은 개츠비가 대신 해주었다.

　"아, 아냐." 개츠비가 소리쳤다. "이 사람이 아니에요."

　"아니라고?" 울프샤임 씨는 실망한 것 같았다.

　"이분은 그냥 친구예요. 거기에 대해서는 다음에 이야기하자고 내가 말했잖아요."

　"그럼 내가 실례했군." 울프샤임 씨가 말했다. "내가 사람을 착각했어."

　육즙이 촉촉한 해시 요리가 나오자 울프샤임 씨는 옛 메트로폴의 보다 감상적인 분위기는 모두 잊어버리고 게걸스럽게 먹기 시작했다. 음식을 먹는 중에도 그의 눈은 천천히 레스토랑 주위를 두리번거리며 살폈고, 몸을 돌려 자기 바로 뒤에 있는 사람까지 쳐다봄으로써 레스토랑을 완전히 한 바퀴 다 살펴보았다. 만약 내가 없었더라면 그는 우리가 앉은 테이블 아래도 슬쩍 들여다보았을 것이다.

　"이봐요, 노형." 개츠비가 내 쪽으로 몸을 기울이며 말했다. "오늘 아침 차 안에서 내가 노형을 좀 언짢게 한 것 같소만." 그 말을 한 뒤 그는 예의 그 미소를 지어 보였다. 하지만 이번에는 그 미소에 넘어가지 않았다.

　"나는 미스터리 따윌 좋아하지 않아요." 내가 대답했다. "그리고 당신이 원하는 게 뭔지 왜 솔직하게 털어놓지 않는지 이해가 안 돼요. 왜 모든 게 미스 베이커를 통해야만 하는 거죠?"

"아, 뭐, 숨은 뜻이 있는 건 아니에요." 개츠비가 나를 안심시키며 말했다. "아시다시피 미스 베이커는 훌륭한 운동선수이고, 옳지 않은 일은 절대 하지 않는 여자니까."

갑자기 그는 자기 손목시계를 보고는 자리에서 벌떡 일어나더니, 테이블에는 나와 울프샤임 씨만 남겨두고 급히 방을 나가버렸다.

"어디 전화 걸 데가 있어서 그래요." 나가는 개츠비의 뒷모습을 쳐다보며 울프샤임 씨가 말했다. "괜찮은 친구지, 안 그렇소? 미남인 데다 나무랄 데 없는 신사지."

"맞습니다."

"그는 오그스포드맨*이야."

"아!"

"영국에 있는 오그스포드 대학을 나왔지. 오그스포드 대학 알지?"

"들은 적 있습니다."

"세계에서 제일 유명한 대학 중 하나지."

"개츠비 씨하고 오래전부터 알고 지냈습니까?" 내가 물었다.

---

* 옥스포드대학교를 말하는 것이다.

"몇 년 됐지." 그는 흡족한 표정으로 말했다. "전쟁이 끝난 직후에 운 좋게 그를 알게 됐지. 한 시간 정도 이야기를 나누고 나서 참 곱게 자란 사람을 알게 됐다는 걸 느꼈어. 속으로 나는 '이 사람이야말로 집에 데려가서 우리 어머니와 누이들에게 소개해주고 싶은 그런 사람이다' 했지." 그는 잠시 말을 멈추었다.

"내 와이셔츠 커프스를 보고 있군."

나는 그걸 보고 있지 않았지만, 그가 그 말을 하는 바람에 그 커프스를 쳐다봤다. 상아로 만든 커프스였는데 이상하게도 눈에 익었다.

"인간의 어금니 중 가장 좋은 것으로 만든 것이지" 하고 그는 내게 설명해주었다.

"아!" 나는 커프스를 살펴보며 말했다. "아주 재밌는 발상이네요."

"그렇지." 그는 외투 아래에서 소매를 걷어올리며 말했다. "그래, 개츠비는 여자를 아주 조심하는 사람이지. 친구의 아내는 아예 쳐다보려 들지도 않아."

이 본능적 신뢰의 대상인 인물이 테이블에 돌아와 앉자 울프샤임 씨는 단숨에 커피를 홀짝 들이마시고 자리에서 일어섰다.

"점심 잘 먹었네. 더 뭉그적거리고 있다가 두 젊은 사람들한테서 눈총 받기 전에 나는 그만 일어나겠네."

"서두를 필요 없어요, 마이어." 개츠비가 건성으로 대답했다. 울프샤임 씨는 감사 기도라도 하는 것처럼 손을 쳐들고 말했다.

"말은 고맙지만 나는 다른 세대 사람이니까" 하고 그는 진중하게 말했다. "자네 두 사람은 여기 앉아서 자네들끼리 이야기 나누라고. 스포츠며 젊은 여자 이야기며 또……." 그는 손으로 또 다른 원을 그리는 것으로 그다음 나올 명사를 대신했다. "나로 말하자면 나이가 오십이나 됐으니, 자네들한테 주책없이 끼어들려 하지 않겠네."

악수를 한 뒤 돌아서는 그의 비극적인 코가 바르르 떨리고 있었다. 나는 혹시 내가 무슨 말을 잘못 해 그의 기분을 상하게 한 것이 아닌가 싶었다.

"저이는 가끔 저렇게 아주 감상적으로 굴어요." 개츠비가 말했다. "오늘도 그렇게 기분이 꿀꿀한가 봐요. 뉴욕에서는 꽤 알아주는 인물이에요. 브로드웨이에 살고 있어요."

"도대체 뭐하는 사람인데요? 연극배우인가요?"

"아뇨."

"치과의사?"

"마이어 울프샤임이? 아뇨, 저 사람은 도박꾼이에요." 개츠비는 잠시 주저하다가 냉담하게 말했다. "저 사람이 바로

1919년 월드 시리즈 승부를 조작[*]한 사람이에요."

"월드 시리즈 승부를 조작해요?" 내가 되물었다.

그것은 생각만 해도 기가 차는 일이었다. 물론 나는 1919년 월드 시리즈 승부가 조작됐다는 걸 기억하고 있었다. 하지만 단지 어떤 불가피한 여러 상황이 얽힌 결과로, 어쩌다 보니 벌어지고만 그런 것이었다고 생각했다. 어떤 한 사람이 오천만 명이나 되는 사람의 믿음을 농락할 수 있었으리라는 생각은 전혀 해보지 못했다. 그것도 마치 금고를 폭파시키는 강도처럼 집요하게 말이다.

"도대체 그분은 어떻게 그럴 수 있었죠?" 나는 잠시 후에 물었다.

"그냥 기회를 보고 잡았던 거죠."

"왜 감옥에 들어가지 않은 거죠?"

"그 사람은 아무도 잡지 못해, 노형. 아주 영악한 사람이야."

나는 내가 계산하겠다고 우겼다. 웨이터가 거스름돈을 가져올 때 붐비는 방 건너편에 있는 톰 뷰캐넌이 눈에 띄었다.

"나하고 잠깐 같이 가줄래요." 내가 말했다. "인사해야 할 사람이 있어요."

우리 두 사람을 보자 톰은 벌떡 일어나 대여섯 걸음만에

---

[*] 1919년 시카고 화이트 삭스 팀 소속의 선수 8명이 돈을 받고 신시내티 레즈에 져주었다는 혐의를 둘러싼 추문이다.

우리가 있는 곳으로 왔다.

"어떻게 지내?" 톰이 반가워 죽겠다는 듯 인사했다. "전화를 주지 않아서 데이지가 잔뜩 화가 나 있다고."

"이분은 개츠비 씨야. 여긴 뷰캐넌 씨."

그들은 잠시 악수를 나누었고, 개츠비는 얼굴이 굳어지면서 지금까지 보지 못했던 당황한 표정이 역력히 드러났다.

"어쨌든. 너 어떻게 지냈어?" 톰이 다시 내게 물었다. "왜 이렇게 먼 데까지 와서 식사를 하는 거지?"

"개츠비 씨와 점심을 같이 하고 있었어."

나는 개츠비 씨를 돌아보았다. 하지만 그는 그새 자리를 뜨고 없었다.

1917년 10월 어느 날이었죠.

(그날 오후, 미스 베이커는 플라자 호텔의 정원에 놓여 있는 등받이가 곧은 의자에 꼿꼿이 앉아 이렇게 말했다.)

나는 보도와 잔디밭으로 왔다 갔다가 하면서 이리저리 걷고 있었어요. 잔디밭을 걸을 때가 더 기분이 좋았어요. 영국에서 수입된 구두를 신고 있었는데, 밑창에 고무 돌기가 있어서 부드러운 바닥을 폭폭 파고드는 게 좋았거든요. 또 새로 산 체크무늬 치마도 입고 있었는데, 치마가 바람에 펄럭거릴 때면 집집마다 문 앞에 걸어둔 청색, 홍색, 백색 깃발들이 빳빳하게 펼쳐지면서 "쯧쯧쯧" 못마땅하다는 듯한 소리를 내고 있었죠.

그 중 가장 큰 깃발과 가장 넓은 잔디밭은 데이지 페이 네 것이었어요. 데이지는 나보다 두 살 더 많은 열여덟 살이 었는데, 루이빌의 젊은 아가씨들 가운데 제일 인기가 높았 죠. 그녀는 하얀 드레스를 입고 조그만 흰색 로드스터를 몰 고 다녔는데, 그녀의 집 전화기는 하루 종일 울려댔죠. 캠프 테일러 소속의 속이 타는 젊은 장교들이 그날 밤 데이지를 독차지하는 영예를 누리려고 "어떻게든, 단 한 시간만이라 도!" 하면서 애걸복걸했기 때문이죠.

그날 아침 데이지 집 맞은편에 내가 갔을 때 그녀의 흰색 로드스터는 집 앞마당 옆에 서 있었고, 데이지는 내가 한 번 도 본 적 없는 중위와 그 차 안에 앉아 있었어요. 두 사람은 워낙 서로에게 열중해 있어서 내가 오 피트 정도까지 다가 갈 때까지도 나를 보지 못했어요.

"안녕, 조던." 그녀는 예상 못 했다는 듯 나를 불렀어요. "이쪽으로 좀 와줄래?"

내가 제일 선망하는 언니였기 때문에 나는 데이지가 나 하고 이야기하고 싶어한다는 사실에 기분이 우쭐해졌어요. 데이지는 내게 적십자사에 가서 붕대를 만들 거냐고 물었 어요. 그렇다고 대답했죠. 그랬더니 그날 자기가 갈 수 없다 고 사람들한테 좀 말해달라는 거였어요. 데이지가 말을 하 고 있는 동안 그 장교는 데이지를 빤히 쳐다보고 있었는데,

그 눈빛은 젊은 아가씨들이라면 누구나 한 번쯤 받아보고 싶은 그런 눈빛이었어요. 너무나 낭만적이어서 나는 그때 일을 지금까지도 기억하고 있을 정도랍니다. 그 장교의 이름이 제이 개츠비였고, 그 이후 사 년 동안 전혀 그 사람을 보지 못했어요. 롱아일랜드에서 그를 만나고 나서도 그 사람이 같은 사람인지 못 알아봤다니까요.

그때가 1917년이었어요. 그다음 해에는 내게도 애인이 두세 명 생겼고, 또 대회에 나가기 시작했기 때문에 데이지를 자주 보지는 못했어요. 데이지는 사람들하고 거의 어울리지 않았는데, 간혹 누구하고 어울린다고 해도 약간 나이가 더 많은 사람들하고 어울려 다녔어요. 그러다 데이지에 대한 이상한 소문들이 나돌기 시작했는데, 어느 겨울 밤 그녀가 해외 파병을 가는 어느 군인을 전송하기 위해 뉴욕으로 가려고 가방을 싸다가 어머니한테 들켰다는 거예요. 결국 못 가게 되고 말았지만, 데이지는 그 후 몇 주 동안이나 가족과는 말도 하지 않고 지냈대요. 그 뒤로 그녀는 더 이상 군인들과는 어울리지 않고, 아예 입대조차 할 수 없는 평발이거나 근시인 동네 젊은이 몇 명하고만 어울렸죠.

이듬해 가을이 되어서야 그녀는 다시 예전처럼 명랑해졌어요. 데이지는 휴전 후 사교계에 데뷔했고, 2월에는 뉴올리언스 출신의 남자와 약혼한 것으로 사람들이 알고 있었어요. 그런데 6월에 느닷없이 시카고에 사는 톰 뷰캐넌과 결혼을 한 거예요. 루이빌 사상 가장 성대하고 화려한 결혼 식이었지요. 신랑은 네 대의 기차 특실 칸에 백 명이나 되는 하객을 싣고 왔고, 실바크 호텔 한 층을 통째로 전세 냈어 요. 그리고 결혼식 전 날에는 시가가 삼십오만 달러나 하는 진주 목걸이를 데이지에게 주었죠.

나는 신부 들러리였어요. 피로연이 시작되기 삼십 분 전 에 내가 신부 방에 들어갔더니, 데이지가 꽃무늬 드레스를 입고 6월의 장미처럼 아름다운 모습으로 침대에 누워 있더 군요. 그것도 원숭이처럼 빨갛게 술이 취한 채 말이죠. 한 손에는 소테른 와인을, 다른 손에는 편지를 한 통 들고 있었 어요.

"축…… 하해줘." 그녀가 중얼거렸어요. "한 번도 술을 마 셔본 적이 없는데……. 아, 정말 너무 좋은데……."

"데이지, 왜 이래?"

정말이지 난 덜컥 겁이 났어요. 그렇게 많이 취한 여자를 한 번도 본 적이 없었으니까.

"여기, 이것 봐." 데이지는 침대에 놓인 휴지통을 뒤지더 니 그 진주 목걸이를 꺼냈어요. 그러고는 소리치는 거예요. "이걸 아래층으로 가져가서 누구든 그 주인에게 돌려줘. 그 리고 사람들에게 데이지 마음이 바뀌었다고 말해. 데이지 마음이 바뀌었다고!"

그러더니 데이지가 울기 시작했어요. 울고 또 울었죠. 나는 급히 방 밖으로 뛰어나가 데이지 어머니의 하녀를 찾았어요. 우리는 문을 걸어 잠그고 데이지를 찬물이 든 욕조에 집어넣었죠. 데이지는 편지를 꽉 움켜잡고 놓으려 하지 않았어요. 그 편지를 쥐고 욕조에 들어가서는 손으로 꼭 쥐어 짜서 젖은 종이 뭉치로 만들어버렸죠. 그것이 눈송이처럼 바스르르 풀어지는 걸 보고서야 내가 그걸 비누통에 담게 놔주었어요.

하지만 그녀는 그 뒤 단 한마디도 하지 않았어요. 우리는 그녀에게 암모니아 냄새를 맡게 하고 이마에 얼음 찜질을 한 다음 드레스를 다시 입혔어요. 삼십 분쯤 후 우리가 그 방에서 나갔을 때는 그 진주가 그녀의 목에 걸려 있었고, 그 사태가 종결되었죠. 그 다음 날 5시, 데이지는 조금도 떠는 기색 없이 톰 뷰캐넌과 결혼식을 올렸고, 남태평양으로 삼 개월간의 신혼여행을 떠났어요.

두 사람이 신혼여행에서 돌아오고 나서 그들을 산타바바라에서 만났는데, 남편에게 이처럼 푹 빠진 여자는 정말 한 번도 본 적이 없다고 생각했죠. 남편이 잠시라도 밖에 나가면 불안해서 사방을 두리번거리며 "톰은 어디 갔지?" 하고 묻고, 그가 문에 들어서는 모습이 보일 때까지 너무나 정신 나간 표정을 짓고 있었죠. 해변에 나가면 자기 무릎을 베고 누운 남편의 눈을 어루만지며 한없이 행복에 겨운 표정으로 그를 들여다보며 몇 시간이고 모래사장에 앉아 있곤 했죠. 두 사람이 함께 있는 모습은 정말 흐뭇한 광경이었어요. 가만히 소리를 죽인 채 웃지 않을 수 없게 만드는 그런 광경이었죠.

그 해 8월, 내가 산타바바라를 떠난 지 일주일 후 어느 날 밤 톰의 차가 벤투라 가도에서 왜건을 들이받아서 차 앞바퀴가 빠져버린 일이 있었어요. 그때 동승했던 여자도 팔이 하나 부러지는 바람에 신문에 나고 말았죠. 그 여자는 산타바바라 호텔 객실 청소부였어요.

이듬해 4월 데이지는 딸을 낳았고, 그들은 프랑스로 가서 거기서 일 년쯤 지냈어요. 어느 해 봄에는 칸에서, 그 후에는 도빌에서 그들을 만났고, 그다음에는 시카고에 정착하려고 돌아왔죠. 아시다시피 데이지는 시카고에서 인기가 많았죠.

그 두 사람은 젊고 돈은 있지만 제멋대로인 사람들과 어울려 다녔는데, 데이지는 오점 없는 평판을 유지했어요. 아마 그건 데이지가 술을 마시지 않았기 때문일 거예요. 술꾼들과 어울리는 틈에서 술을 마시지 않으면 무척 유리하거든요. 말실수를 하지 않게 되고, 더구나 약간 탈선을 저지른다고 해도 다른 사람들이 만취가 되어 눈 뜬 장님이 될 때까지 기다리면 아무도 그걸 알아차리거나 신경조차 쓰지 않을 테니까. 아마 데이지는 절대 바람을 피우거나 하진 않았지만, 그래도 그녀의 목소리에는 뭔가가 있죠.

그러다 한 6주 전에 데이지는 몇 년 만에 처음으로 개츠비라는 이름을 다시 듣게 된 거예요. 내가 당신에게 웨스트 에그에 사는 개츠비라는 사람을 혹시 아느냐고 물었던 그때였는데, 기억나세요? 당신이 집으로 돌아가고 난 뒤 데이지가 내 방으로 들어와서 나를 깨우고 묻더군요. "무슨 개츠비를 말하는 거지?" 그래서 내가 잠에서 덜 깬 상태에서 아는 대로 설명을 해주었더니 그녀는 너무나 이상한 목소리로, 그 사람은 자신이 예전에 알던 사람이 틀림없다고 말하는 거예요. 나도 그제야 예전에 데이지의 흰 자동차에서 보았던 그 장교와 개츠비를 연결 지을 수 있었죠.

미스 베이커가 이 이야기를 끝냈을 즈음 우리는 플라자 호텔에서 나온 지 벌써 반 시간이나 지나 빅토리아 마차*를 타고 센트럴파크를 달리고 있었다. 해는 이미 영화배우들이 많이 살고 있는 웨스트 50번가 고층 아파트 뒤로 넘어갔고, 어느덧 풀숲 귀뚜라미처럼 모여든 여자아이들의 맑은 목소리가 후끈한 저녁 대기 속에 울려 퍼졌다.

나는 아라비아의 족장**
그대의 사랑은 나만의 것.

---

* 빅토리아 지방의 명물인 마차이다.
** 〈The Sheik of Araby〉는 1921년에 해리 스미스(Harry B. Smith)와 프랜시스 윌러 (Francis Wheeler)가 작사하고 테드 스나이더(Ted Snyder)가 작곡한 노래이다.

그대가 잠이 든 밤이면
나는 기어들리라. 그대의 천막 속으로.

"참 희한한 우연이군요." 내가 말했다.

"아뇨. 전혀 우연이 아니었어요."

"왜 아니죠?"

"개츠비가 이 집을 산 것은 데이지와 만을 사이에 두고 가까이 있을 수 있기 때문이었으니까."

그렇다면 6월의 그 밤, 개츠비는 단지 밤하늘의 별만을 그토록 애타게 바라보고 있었던 것이 아니었다. 별 다른 목적 없이 화려하기만 했던 것이 사라지자 그는 자궁에서 불쑥 나온 아이처럼 생생한 존재의 모습으로 내게 다가왔다.

조던이 계속 말했다.

"그는 알고 싶어해요. 혹시 당신이 어느 날 오후 데이지를 집으로 초대해서 자기도 그 자리에 불러줄 수 있는지."

그가 바라는 것이 그처럼 소박한 것이었다는 데 대해 나는 적잖이 놀랐다. 그는 오 년이나 기다렸다가 대저택을 사서 어중이떠중이 나방들에게 별빛을 나누어 주었는데, 그것이 다 어느 날 오후 남의 집 정원에 '건너가기' 위한 것이었다.

"겨우 그런 부탁을 하기 위해서 내가 이런 이야기를 전부다 알았어야 했나요?"

"그는 걱정이 되었던 거죠. 너무 오랫동안 기다렸으니까. 혹시 당신이 기분 나빠 할지도 모른다고 생각했어요. 그것 보세요. 그렇게 겉으로 허세를 부려도 껍질 아래를 보면 그도 그냥 평범한 남자에 불과한 거예요."

나는 뭔가 걱정스런 마음이 들었다.

"왜 당신더러 만남을 주선해달라고 부탁하지 않았죠?"

"그는 데이지가 자기 집을 봐주길 원해요." 조던이 설명했다.

"그런데 당신이 바로 옆집에 살고 있잖아요."

"아!"

"내 생각에 그는 자기 집에서 열리는 파티에 데이지가 어느 날 밤 홀연히 나타나주길 기대하고 있었던 것 같아요. 그런데 그녀는 한 번도 오지 않았죠." 조던이 말을 계속했다. "그러다 사람들에게 데이지를 아는지 슬쩍슬쩍 물어보기 시작했고, 그렇게 해서 처음으로 개츠비가 찾은 사람이 바로 나였던 거죠. 그게 사람을 보내 나를 댄스파티에 초대했던 그날 밤이었는데, 얼마나 조심스레 그 말을 꺼냈는지 당신도 들어봤어야 하는 건데. 물론, 나는 즉시 뉴욕에서 점심을 함께하는 자리를 마련하면 어떻겠느냐고 제안했는데, 나는 개츠비가 미쳐버리는 줄 알았어요.

'나는 지나친 짓은 절대 하고 싶지 않아요!' 하고 거듭거듭 말하는 거예요. '난 그냥 바로 옆집에서 만나보고 싶어요.' 그러다 내가 당신이 톰과 각별한 친구 사이라는 말을 했더니, 그는 그 계획을 전부 포기하려 들더군요. 개츠비는 톰에 대해 잘 몰라요. 데이지의 이름이라도 혹시나 보게 될까 싶어서 몇 년 동안이나 시카고 신문을 구독해 읽었다고 해도 말이에요."

이제 날이 어두워졌고, 우리가 탄 마차가 조그만 다리 아랫길에 들어섰을 때 나는 조던의 황금빛 어깨를 껴안아 내 쪽으로 끌어당기며 같이 저녁을 먹자고 요청했다. 갑자기 데이지에 대한 생각도, 개츠비에 대한 생각도 다 사라지고, 대신 나는 세상을 냉소적으로 대하는 이 깔끔하고 다부지고 편협한 사람, 내 품 안에 즐거이 몸을 기대고 있는 이 사람만을 생각했다. 순간 일종의 흥분 같은 기분이 불쑥 들더니, 한 경구가 내 귓전에 맴돌기 시작했다. '쫓기는 자와 쫓는 자, 분주한 자와 지친 자가 있을 뿐이다.'

"데이지도 뭔가 인생에 의미가 있어야 돼요." 조던이 내게 중얼거렸다.

"데이지는 개츠비를 만나보고 싶어해요?"

"데이지는 아직 거기에 대해 몰라요. 개츠비는 그녀가 아는 걸 원치 않아요. 당신은 그냥 데이지에게 차를 마시자고 초대하기만 하면 돼요."

어둠이 내린 나무의 장막을 지나자 59번가의 창백한 가로등 불빛이 센트럴파크에 쏟아지고 있었다. 개츠비와 톰 뷰캐넌과는 달리 나에게는 눈부신 간판의 조명이나 어두운 처마 사이에서 얼굴이 떠오르는 여자가 없었다. 그래서 나는 내 옆에 있는 여자를 내 팔로 꼭 껴안아 끌어당겼다. 그녀의 파리하게 비웃는 듯한 입에 미소가 떠올라 나는 그녀를 더 가까이 끌어당겼다. 이번에는 내 얼굴 쪽으로.

5장

그날 밤 웨스트에그로 돌아왔을 때 나는 우리 집에 불이 난 줄 알았다. 새벽 2시나 되었는데도 반도 한쪽 모퉁이가 온통 불빛으로 이글거리고 있었기 때문이다. 그 불빛은 관목 숲에 어슴푸레 내려앉아 빛나는가 하면, 길가에 늘어선 전선 위에서도 가늘고 긴 섬광으로 반짝거렸다. 길모퉁이를 돌아선 뒤에야 나는 그것이 개츠비의 집 꼭대기에서 지하층까지 불이 켜져 있어서 그렇다는 것을 알게 되었다.

처음에는 또 파티를 하나 보다, 흥청망청 놀다가 집 전체를 온통 놀이터 삼아 숨바꼭질을 하거나 상자 속에 정어리 놀이*를 하고 있나 보다 생각했다. 그런데 아무 소리가 들리지

---

* 숨바꼭질과 유사한 놀이다.

133

않았다. 들리는 소리는 오직 나무 사이에 부는 바람소리뿐. 바람은 전선을 흔들어 마치 집이 어둠 속에서 윙크를 하는 듯, 불빛이 꺼졌다 켜졌다 하게 만들고 있었다. 택시가 나를 내려주고 떠나자 개츠비가 잔디밭을 가로질러 내 쪽으로 걸어오고 있는 것을 보았다.

"집이 마치 세계 박람회장 같군요." 내가 말했다.

"그래요?" 그는 집으로 무심한 눈길을 돌렸다. "방 몇 개를 둘러보고 있었어요. 우리 코니아일랜드로 갑시다, 노형. 내 차로."

"너무 늦은 시각인데요."

"흠. 그럼 수영장에 같이 풍덩 뛰어드는 건 어때요? 여름 내내 한 번도 안 썼는데."

"난 자러 가야 돼요."

"그렇겠죠."

그는 조바심을 억누르는 모습으로 내가 말을 해주길 기다렸다.

"미스 베이커하고 이야기했어요." 잠시 후 내가 말했다. "내일 데이지에게 전화를 해서 차 마시러 오라고 초대할까 해요."

"아, 그거. 괜찮아요." 그가 무관심한 척 말했다. "노형에게 폐를 끼치고 싶지 않아요."

"언제 날을 잡으면 좋겠습니까?"

"언제 날을 잡으면 노형에게 좋겠습니까?" 그는 즉시 내가 한 말을 고쳐 되물었다. "정말이지, 노형에게 폐를 끼치고 싶지 않아서요."

"내일 모레로 하면 어떨까요?" 그는 잠시 고려를 해본 뒤 미적거리며 "잔디를 좀 깎아야겠네요" 하고 말했다.

우리는 둘 다 잔디를 내려다보았다. 우리 집 앞의 볼품없는 잔디밭이 끝난 지점과 짙은 초록빛으로 잘 손질이 된 그의 넓은 잔디밭이 시작하는 지점이 선명한 선으로 구분되어 있었다. 그가 우리 집 잔디를 말하고 있는 것이라고 생각했다.

"사소한 일이 하나 더 있는데 말이에요……." 그는 모호하게 말한 뒤, 잠시 주저했다.

"며칠 뒤로 연기했으면 좋겠어요?" 내가 물었다.

"아, 그런 게 아니고요. 최소한……." 그는 여러 차례 말문을 열려고 주저했다. "저기, 내가 생각해봤는데……. 저기, 이봐요, 노형. 노형은 돈을 크게 벌지 못하죠, 안 그래요?"

"그다지 큰돈은 못 법니다."

내 대답을 듣고 안심이 되었는지 그는 보다 자신감 있게 말을 이었다.

"나도 그런 줄 알았어요. 실례가 될지도 모르겠지만 말이죠……. 저기, 내가 일종의 부업으로 하는 조그만 사업이 있거든요. 그래서 노형의 수입이 그다지 많지 않다면……. 채권을 팔고 계시죠, 안 그래요, 노형?"

"그러려고 힘쓰고 있죠."

"그렇다면 노형이 관심을 가질지도 모르겠는데요. 이 일은 별로 시간을 많이 들이지 않고도 꽤 괜찮은 수입을 올릴 수 있는 일이거든요. 그런데 좀 기밀이 요구되는 그런 일이에요……."

지금에야 깨닫게 되었는데, 만약 그 대화가 다른 상황에서 이루어졌더라면 아마 내 인생 최대의 위기로 번질 수 있었을 것이다. 하지만 내가 자기 부탁을 들어준 데 대해 보답하고 싶어 제안한 것이 뻔한 만큼, 나는 그 자리에서 딱 잘라 거절할 수밖에 없었다.

"지금 하고 있는 일도 벅찹니다. 말씀은 고맙지만 더 이상 일을 받아들일 형편이 못 됩니다" 하고 말했다.

"울프샤임하고 전혀 상관없는 사업이에요." 분명 그는 점심을 먹을 때 나왔던 그 '고래선'이라는 말 때문에 꺼림칙해하고 있는 것으로 생각하고 있었지만, 나는 그가 잘못 생각하고 있는 거라고 확실하게 말해주었다. 그는 내가 무슨 말로 대화를 시작해주길 잠시 기다렸지만, 내가 워낙 다른 생각에 골몰해 응해주질 못하니, 그는 할 수 없이 집으로 돌아갔다.

그날 저녁 나는 마음이 가볍고 즐거웠다. 우리 집 현관을 들어서자마자 그만 깊은 잠에 곯아떨어지고 말았던 것 같다. 그래서 개츠비가 코니아일랜드에 갔는지, 혹은 불난 집처럼 불을 다 켜놓고 몇 시간이나 더 '방을 좀 들여다보고' 있었는지도 알지 못한다. 다음날 아침 나는 사무실에서 데이지에게 전화를 걸어 차를 마시러 오라고 초대했다.

"톰은 데려오지 마." 내가 주의를 주었다.

"뭐라고?"

"톰은 데려오지 말라고."

"톰이 누구야?" 데이지가 능청스레 물었다.

약속한 날은 비가 억수같이 퍼부었다. 11시쯤 우비를 입은 어떤 남자가 잔디 깎는 기계를 끌고 와 우리 집 현관문을 두드리더니, 우리 집 잔디를 깎으라고 개츠비 씨가 자기를 보냈노라고 말했다. 이것 때문에 나는 우리 핀란드인 가정부더러 다시 와달라고 말하는 걸 깜박했다는 것을 깨달았다. 그래서 웨스트에그 빌리지로 가서 후줄근하고 축축한 골목을 뒤져 그녀를 찾아낸 다음 찻잔, 레몬 그리고 꽃을 좀 샀다.

사온 꽃은 필요가 없게 되었다. 오후 2시경, 개츠비의 저택에서 꽃을 담을 수많은 용기와 더불어 온실 하나가 통째로 도착했기 때문이다. 한 시간이 지난 후 현관문이 조심스레 열리더니 하얀 플란넬 양복에 은빛 셔츠 그리고 금빛 넥타이를 맨 개츠비가 허둥지둥 들어왔다. 그는 창백한 모습이었고, 한숨도 자지 못한 듯 눈 아래가 거무스름했다.

"다 잘되어 가나요?" 그가 대뜸 물었다.

"잔디는 보기 좋은데요. 잔디를 두고 하는 말씀이라면."

"무슨 잔디?" 그는 멍하게 묻더니 이내 "아, 마당의 잔디 말이군요" 하고 말했다. 그는 창밖으로 잔디를 바라보았지만, 그 얼굴 표정으로 봐서는 눈에 아무것도 보이지 않는 듯했다. "아주 보기 좋네요." 그는 건성으로 말했다.

"어느 신문에 보니 비가 4시경에 그칠 것 같다더군요. 아마 저널지*였던 것 같아요. 필요한 건 다 준비됐나요……? 차 대접 하는 거 말이에요."

그를 식료품 저장실로 데려갔더니 핀란드인 가정부를 나무라는 듯한 표정으로 쳐다봤다. 우리는 함께 식료품점에서 사온 레몬 케이크 열두 개를 자세히 점검했다.

"이 정도면 될까요?" 내가 물었다.

"물론, 물론이지요! 훌륭해요!" 그는 이렇게 대답한 뒤 잠시 뜸을 들였다가 "……노형"이라는 말을 건성으로 덧붙였다.

3시 30분쯤 되자 비가 잦아들어 선선한 안개로 바뀌었고, 드문드문 가는 빗방울이 이슬처럼 흘러내렸다. 개츠비는 멍한 눈빛으로 클레이의 『경제학』**을 훑어보다가, 부엌에서 핀란드인 가정부가 마룻바닥이 흔들리도록 쿵쿵거리며 걷는 소리에 놀라기도 하다가, 마치 눈에 보이지는 않지

---

* 『월스트리트 저널』을 말한다.

** 미국의 정치가인 헨리 클레이(Henry Clay)가 쓴 『일반 독자를 위한 경제학 입문』을 말한다. 1918년 맥밀란 출판사에서 출간되었다.

만 충격적인 사건들이 연속으로 벌어지고 있기라도 하듯 가끔 흐릿한 창밖을 응시하기도 했다. 그러다 마침내 그는 일어서더니 미적거리는 말투로 그냥 집에 가겠다고 내게 말했다.

"왜요?"

"아무도 차를 마시러 오지 않잖아요. 너무 늦었어요." 그는 마치 다른 곳에 중요한 일이 기다리고 있기나 한 듯 손목시계를 쳐다봤다. "하루 종일 기다릴 순 없잖아요."

"웃기는 소리 하지 말아요. 2분만 있으면 4시예요."

그는 마치 내가 자기를 억지로 주저앉히기라도 한 듯 괴로운 표정을 지으며 자리에 앉았고, 때 맞춰 그 순간에 자동차가 우리 집 앞 도로로 들어서는 소리가 들렸다. 우리는 동시에 둘 다 벌떡 일어났고, 나 역시 약간은 초조한 심정이 된 채 마당으로 나갔다. 빗방울이 투덕투덕 떨어지는 앙상한 라일락 나무 아래 큼직한 오픈카가 차도로 들어서고 있었다. 차가 멈추었다. 세모진 라벤더 색 모자 아래 고개를 약간 갸우뚱한 데이지의 얼굴이 밝고 기쁨이 가득 찬 미소를 띠며 나를 바라봤다.

"내가 제일 사랑하는 오빠가 사는 집이 정말 이 집이야?"

사람의 마음을 울렁거리게 하며 떨리는 그녀의 목소리는 빗속에서 들리는 청아한 음악 소리였다. 그녀가 하는 말이 한마디라도 들어오기 전에 내 귀는 어쩔 수 없이 오르락

내리락 하는 그 음조를 따라갈 수밖에 없었다. 한 가닥 젖은 머리카락이 마치 파란 물감처럼 그녀의 뺨에 달라붙어 있었고, 차에서 내리는 것을 거들어주기 위해 잡은 그녀의 손은 반짝이는 빗방울로 촉촉이 젖어 있었다.

"오빠가 날 사랑하나봐." 그녀는 내 귀에 대고 낮게 속삭였다. "그게 아니면 왜 혼자 오라고 했겠어?"

"그건 랙크렌트 성*의 비밀이야. 운전기사에게 어디 멀리 한 시간쯤 가 있으라고 해."

"퍼디, 한 시간 후에 와주세요." 그러고는 심각한 투로 "저 사람 이름이 퍼디야" 하고 중얼거렸다.

"휘발유 때문에 저이도 코가 어떻게 됐니?"

"안 그런 것 같은데." 그녀는 순진하게 말했다. "그건 왜 물어?"

우리는 안으로 들어갔다. 그런데 황당하게도 거실에는 아무도 없었다.

"아니. 참 웃기는 일이네." 내가 놀라 외쳤다.

"뭐가 웃겨?"

데이지가 고개를 돌렸다. 현관문에서 점잖게 살짝 노크하는 소리가 들렸기 때문이다. 내가 나가서 문을 열었다. 개

---

* 영국계 아일랜드 소설가 마리아 에지워스(Maria Edgeworth)가 쓴 소설 제목으로, 결말 부분에 가면 이 성의 소유자가 누군지 독자들에게 의문을 남긴다.

츠비가 죽음처럼 창백한 얼굴로, 손은 마치 아령을 쥔 것처럼 저고리 주머니에 깊이 찔러 넣은 채, 이글이글하는 눈초리로 비참하게 내 눈을 바라보며 질퍽한 물웅덩이에 서 있었다.

그는 두 손을 윗옷 주머니에 찔러 넣은 채 내 곁을 성큼성큼 걸어 지나더니, 마치 줄에 묶여 끌려가는 사람처럼 획 하니 모퉁이를 돌아 거실로 사라져버렸다. 여간 웃기는 일이 아니었다. 내 심장까지도 쿵쾅거리는 것을 의식하며 빗방울이 점점 굵어지고 있는 바깥으로 열린 현관문을 닫았다.

한 삼십 초 동안 아무 소리도 들리지 않았다. 그러다가 거실에서 목이 잠긴 듯한 웅얼거림과 웃음소리 같은 것이 들리고, 그 뒤를 이어 데이지의 목소리가 들렸다. 데이지는 낭랑하게 꾸며낸 어조로, "다시 만나게 되어 정말 너무나 반가워요" 하고 말했다.

잠시 침묵이 흘렀다. 견디기 어려운 침묵이었다. 나는 복도에서는 어찌할 도리가 없었기에 방으로 들어갔다.

개츠비는 여전히 두 손을 주머니에 찔러 넣은 채 더할 나위 없이 느긋하다는 듯, 심지어 지루해하고 있다는 듯한 느낌이 들 정도로 억지로 가장하며 벽난로 선반에 비스듬히 기대 서 있었다. 그는 벽난로 위 고장 난 시계에 닿을 정도로 머리를 뒤로 젖힌 채 얼빠진 사람 같은 눈으로 딱딱한 의자 모서리에 놀라긴 했지만 우아함을 잃지 않은 자태로 앉아 있는 데이지를 빤히 내려다보고 있었다.

"우리 예전에 만난 적이 있지요."

개츠비가 중얼거렸다. 그의 눈이 순간적으로 흘끗 나를 쳐다보았고, 웃으려고 입을 벙긋하기는 했으나 웃음이 나오지 않았다. 때 맞춰 그의 머리에 눌린 시계가 위험할 정도로 기울어지자, 그는 몸을 돌려 떨리는 손가락으로 시계를 잡아 제자리에 놓았다. 그러고는 소파에 뻣뻣한 자세로 앉더니 팔꿈치를 소파의 팔걸이에 얹고 손으로 턱을 괴었다.

"시계, 미안해요." 그가 말했다. 이제는 내 얼굴까지도 열대지방에서 햇빛에 탄 사람처럼 벌겋게 달아올랐다. 머릿속에 든 수천 가지 말 중에서 단 한마디 상투적인 말도 찾아 꺼낼 수 없었다.

"오래된 시계인걸요" 하고 나는 멍청하게 말했다. 잠시 동안 우리는 모두 그 시계가 바닥으로 떨어져 산산조각이 나 난 듯 굴고 있었던 것 같다.

"우리 못 만난 지 여러 해 됐죠." 데이지는 더할 나위 없이 사무적으로 말했다.

"11월이면 오 년째죠."

개츠비의 대답이 워낙 자동적으로 툭 튀어나오는 바람에 최소한 일 분간은 상황 진척이 지체됐다. 겨우겨우 머리를 짜내 부엌에서 차 준비하는 걸 도와달라며 두 사람이 자리에서 일어나게 했지만, 망할 핀란드인 가정부가 하필 그때 차를 쟁반에 담아 내왔다.

반갑게 컵과 케이크를 받아 챙기는 가운데 그럴듯한 티 파티 모양새가 갖추어졌다. 개츠비는 그늘진 구석으로 가더니 긴장되고 침통한 눈빛으로 데이지와 내가 이야기를 나누는 모습을 번갈아가며 쳐다보았다. 하지만 조용히 있자고 벌인 일이 아니었기 때문에 나는 적절한 순간이 포착되자마자 양해를 구하고 자리에서 일어났다.

"어디 가려고요?" 개츠비가 대뜸 놀라 물었다.

"곧 돌아올게요."

"가기 전에 얘기할 게 있는데요."

그는 허둥지둥 부엌으로 나를 따라오더니 문을 닫고 숨죽여 말했다. "아, 맙소사!" 비통한 외침이었다.

"왜 그래요?"

"이건 끔찍한 실수였어요." 그는 고개를 절레절레 흔들며 말했다. "끔찍한, 아주 끔찍한 실수."

"그냥 당황해서 그래요. 그것뿐이에요." 다행히 나는 그 말 뒤에 "데이지도 당황하고 있어요" 하는 말을 덧붙여줄 수 있었다.

"데이지가 당황하고 있다고요?" 그는 믿지 못하겠다는 듯 되물었다.

"당신만큼이나."

"그렇게 큰소리로 말하지 말아요."

"꼭 어린애처럼 구는군요." 나는 참고 보고만 있을 수 없어 한소리 내뱉었다. "그뿐만 아니라, 당신은 지금 무례하기까지 해요. 데이지가 저기 혼자 앉아 있잖아요."

그는 내 입에서 더 이상 말이 나오지 못하게 손을 들어 막으며 잊어버릴 수 없는 원망의 눈길로 나를 바라보더니, 문을 조심스레 열고 다시 데이지가 있는 방으로 돌아갔다.

나는 뒷길로 걸어 나왔다. 삼십 분쯤 전에 개츠비가 초조해하며 우리 집을 한 바퀴 돌았을 때와 마찬가지로. 그리고 마디가 울퉁불퉁하고 거대한 시커먼 나무를 향해 달려갔다. 촘촘한 나뭇잎들이 덮개처럼 비를 막아주었다. 비가 또다시 한바탕 퍼부었고, 반듯하진 못하나마 개츠비의 정원사가 잘 깎아준 우리 집 잔디밭에는 조그만 진흙 웅덩이와 선사시대적인 진흙탕이 잔뜩 생겨나 있었다. 그 나무 아래서 보이는 것이라고는 개츠비의 거대한 저택뿐이었기 때문에 나는 칸트가 그의 교회 첨탑을 바라보듯 한 삼십 분 동안이나 개츠비의 집을 쳐다보고 있었다. 그 집은 한 10년 전 '시대'의 열풍이 불기 시작한 초기에 어느 양조업자가 지은 것이었다. 그때 그는 주변에 있는 이웃들이 그들의 지붕을 짚으로 덮는 데 동의해준다면 그 사람들의 오 년치 세금을 다 내주겠다고 약속을 했다는 말이 있었다. 그런데 집주인들이 이를 거절하자 양조업자는 한 가문을 일구고자 하는 계획이 깨져버려 크게 상심했고, 그때부터 쇠약해지기 시작했다. 그의 자녀들은 아버지 무덤에 흙이 마르기도 전에 이 집을 팔아버렸다. 미국인들은 때때로 기꺼이 농노가 되겠다고 하는 사람은 있어도 소작농이 되는 것은 고집스레 꺼려해왔다.

한 삼십 분쯤 지나자 다시 햇살이 비치기 시작했고, 식료품점의 자동차가 하인들의 저녁 식사 재료를 싣고 개츠비의 저택 차도로 들어서는 것이 보였다. 나는 개츠비가 오늘 저녁은 한 술도 뜨지 못할 거라고 생각했다. 하녀 한 명이 창문이 하나하나 열릴 때마다 잠시 모습을 나타내며 그의 저택 이층 창문을 열기 시작했다. 그러다가 무슨 생각을 한 건지 커다란 중앙 퇴창에서 몸을 굽히더니 정원을 향해 침을 뱉었다. 돌아갈 시간이었다. 비가 계속 내리는 동안에는 그 빗소리가 마치 감정의 기복에 따라 오르락내리락하며 웅얼거리는 그들의 목소리처럼 들렸다. 하지만 비가 그치고 다시 고요해지자 그 정적은 집 안에까지 내려앉은 것 같았다.

나는 스토브를 거의 뒤집어엎어버리기 직전일 정도로 부엌에서 낼 수 있는 시끄러운 소리는 다 낸 다음 방으로 들어갔지만, 그들은 아무 소리도 듣지 못한 것 같았다. 두 사람은 소파의 양쪽 끝에 앉아 마치 누가 무슨 질문을 던졌거나 그 질문이 공중에 떠 있는 듯 서로를 마주보고 있었고, 당황한 기색은 모두 사라지고 없었다. 데이지의 얼굴은 눈물로 얼룩져 있었지만 내가 들어서자 자리에서 벌떡 일어나더니 거울 앞으로 가 손수건으로 눈물 자국을 지우기 시작했다. 하지만 개츠비에게서는 어리둥절하다고밖에 할 수 없는 변화가 일어났다. 그는 말 그대로 환하게 빛나고 있었다. 기쁨에 찬 몸짓이나 말은 전혀 없었지만, 새로운 행복의 광휘가 그에게서 발산되어 그 작은 방을 가득 채우고 있었다.

"어, 왔어, 노형?" 그는 마치 몇 년 만에 나를 만난 것처럼 말했다. 순간적으로 그가 악수라도 청하려 할 것이라는 생각까지 들 정도였다.

"비가 그쳤군요."

"그래요?" 내 말을 듣고 방 안에 반짝이는 방울 같은 햇살이 비쳐들고 있다는 것을 깨닫자 개츠비는 날이 개인다는 소식을 전하는 기상 예보관처럼 환하게 미소 지으며 데이지에게 이 소식을 전했다. "어떻게 생각해요? 비가 그쳤다는데."

"좋아요, 제이." 아리도록 애절한 아름다움이 가득한 그녀의 목청은 단지 예기치 못했던 기쁨을 말할 뿐이었다.

"당신과 데이지를 내 집으로 초대하고 싶은데요." 개츠비가 말했다. "데이지에게 집을 구경시켜주고 싶어서."

"내가 같이 가도 정말 괜찮아요?"

"전혀 개의치 않아요, 노형."

데이지는 얼굴을 씻으러 이층으로 올라갔고, 나는 그제야 화장실에 걸려 있을 창피스런 수건 생각이 났지만 이미 때는 늦었다. 그사이 개츠비와 나는 잔디밭에서 그녀를 기다렸다.

"우리 집 근사해 보이죠, 안 그래요?" 하고 그가 물었다. "집 전면이 온통 햇빛을 받고 있는 걸 보라고요."

"그래요." 나는 집이 근사하다는 말에 동의했다.

그의 눈은 아치형 문 하나하나, 네모진 탑 하나하나를 훑어보았다. "저 집을 사는 돈을 모으는 데 단 삼 년밖에 걸리지 않았어요."

"돈을 유산으로 물려받은 걸로 알고 있었는데요."

"맞아요, 노형." 그가 무심하게 대답했다. "하지만 난리 통에, 그러니까 전쟁으로 난리가 난 통에 유산을 대부분 잃고 말았죠."

내 생각에 개츠비는 그때 자기가 무슨 말을 하고 있는지도 몰랐던 것 같다. 왜냐하면 무슨 사업을 하고 있느냐고 물어봤을 때 그는 "그건 내가 걱정할 일이죠" 하고 대답하더니, 즉시 그것이 적절한 대답이 아니었다는 것을 깨달았기 때문이다. "아, 이런저런 사업을 했죠." 그는 고쳐 대답했다. "약국 사업*도 했다가 그 뒤에는 석유 사업도 했다가. 하지만 지금은 두 사업 다 그만두었죠." 그는 나를 더 주의 깊

---

* 금주법이 시행되던 기간 동안 약국에서는 의사의 처방전에 따라 위스키를 살 수 있었다. 그래서 일부 약국은 밀주를 판매하는 창구로 이용되었다.

게 쳐다보며 물었다. "혹시 내가 지난밤에 제안했던 사업을 고려해봤다는 뜻인지?"

내가 미처 대답을 하기 전에 데이지가 집에서 나오면서 그녀의 드레스에 두 줄로 달린 놋쇠 단추가 태양빛에 번들거렸다.

"저기 있는 저 어마어마한 곳이에요?" 그녀가 손가락으로 가리키며 외쳤다.

"마음에 드세요?"

"마음에 쏙 들어요. 하지만 저런 집에서 어떻게 혼자 살 수 있는지 이해가 안 가요."

"집이 언제나 재미있는 사람들로 북적대도록 하고 있죠. 밤이나 낮이나. 재미있는 일을 하는 사람들. 이름이 잘 알려진 사람들."

우리는 해협 옆으로 난 지름길 대신 도로로 내려가 거대한 후문을 통해 개츠비의 저택으로 들어갔다. 데이지는 듣는 사람을 매료시키는 그 옹알거리는 목소리로 하늘을 배경으로 우뚝 서 있는 중세 봉건시대 건물의 이런저런 부분에 찬사를 보냈고, 그의 정원과 수선화의 짜릿한 향기, 산사나무와 자두나무 꽃의 보송보송한 향기 그리고 인동초의 은은한 금빛 향기에 탄복했다. 집 앞 대리석 계단에 이를 때까지 문을 드나드는 화려한 드레스들은 하나도 보이지 않고, 들리는 소리라고는 나무에 앉은 새소리뿐이라 기분이 묘했다.

집 안으로 들어가 마리 앙투아네트풍 음악실과 왕정복고 시대풍의 객실들을 둘러볼 때는 마치 우리가 지나갈 때까지 숨도 쉬지 말고 조용히 있으라는 명령을 받은 손님들이 소파며 테이블 밑에 모두 꽁꽁 숨어 있는 듯 느껴졌다. 개츠비가 '머튼 대학 도서관'의 문을 닫을 때는 맹세컨대 그 올빼미 눈을 한 남자의 유령 같은 웃음소리를 들었다.

우리는 이 층으로 올라갔다. 장밋빛과 보랏빛 비단과 싱싱한 꽃으로 휘감은 복고풍 침실을 지나고, 드레스 룸과 당구장을 지나고, 움푹한 욕조가 있는 화장실을 지나 어느 방에 들어서니 부스스하게 잠옷 차림을 한 남자가 바닥에서 간 기능을 개선하기 위한 운동을 하고 있었다. 그는 일명 '하숙생'이라 불리는 클리프스프링어였다. 나는 그날 아침 그 사람이 굶주린 사람처럼 해변을 어슬렁거리는 것을 봤다. 마침내 우리는 개츠비가 거처하는 챔버로 들어갔다. 그곳에는 침실, 욕실 그리고 애덤식 서재*가 갖추어져 있었는데, 우리는 이 서재에 앉아 개츠비가 벽장에서 꺼내온 샤트루스주**를 마셨다.

---

* 18세기에 활동한 스코틀랜드의 건축가이자 실내 장식가인 로버트 애덤(Robert Adam)이 디자인한 고전적인 양식의 서재.

** 130여 가지 향초로 만든 연두색 술로 알코올 함량이 30~70%에 이른다. 오직 극소수의 수도승에게만 제조법이 비밀리에 전수되고 있으며, 현재도 제조법을 알고 있는 수도승들이 FDA에 그 원료를 알려주지 않아 미국에서는 수입 금지품이다.

개츠비는 잠시도 데이지에게서 눈을 떼지 않았는데, 내 생각에는 그토록 사랑받는 데이지의 눈에서 나오는 반응에 따라 개츠비가 집 안에 있는 모든 것들의 가치를 재평가하고 있었던 것 같다. 그는 또 데이지와 함께 있다는 믿을 수 없는 사실에 자기의 소유물들이 이제는 허상이 되어버린 듯, 때때로 넋이 나간 사람처럼 그 소유물들을 둘러보기도 했다. 한번은 계단에서 굴러떨어질 뻔했다.

무광 순금으로 만든 화장용구 세트가 놓인 서랍장을 제외하면 모든 침실 가운데 그의 침실이 제일 간소했다. 데이지가 즐거워하며 빗을 집어 들어 머리를 빗자 개츠비는 의자에 앉더니 눈을 가리고 웃음을 터뜨렸다.

"정말 이건 너무 웃기는 일이에요, 노형." 그가 웃기는 투로 말했다. "나는 할 수가……. 내가 해보려고 해도……."

그는 두 단계의 상태를 넘기고 세 번째 단계에 들어선 것이 분명했다. 당황스러운 단계와 무작정 기쁜 단계를 지나, 이제 그는 그녀가 실제로 자기 눈앞에 서 있다는 믿기 어려운 사실에 어쩔 줄 몰라 하고 있었다. 그는 오랜 시간 동안 이 순간만을 머릿속에 가득 품은 채, 처음부터 끝까지 그것만을 꿈꾸며, 말하자면 상상하기 어려울 정도의 절절한 염원으로 이를 악물고 기다려왔다. 그에 대한 반사작용으로 개츠비는 마치 태엽을 너무 많이 감아버린 시계처럼 풀리고 있는 것이었다.

금세 원래 모습을 되찾은 개츠비는 큼직한 옷장 두 개를 열어 보여주었다. 그 안에는 양복, 가운, 넥타이 그리고 셔츠가 벽돌을 쌓듯, 족히 사람 키 두 배 높이로 쌓여 있었다.

"영국에서 내 옷을 사서 보내주는 사람이 있어요. 그 사람이 봄과 가을이 시작될 때 이것저것 골라서 보내주죠."

그는 셔츠 더미를 하나 꺼내더니 셔츠를 하나씩 우리 앞으로 던졌다. 얇은 모시, 두터운 비단 그리고 곱게 짠 플란넬 셔츠가 펄럭펄럭 펼쳐지며 떨어져 형형색색의 빛깔로 테이블을 뒤덮었다. 우리가 감탄하고 있는 동안 그는 셔츠 더미를 더 꺼내와 던졌고, 테이블 위에는 부드럽고 풍성한 셔츠 더미가 더더욱 높이 쌓여갔다. 산호색, 초록 사과색, 보라색 그리고 연한 오렌지 빛깔 줄무늬, 소용돌이무늬, 격자무늬가 든 셔츠들에는 하늘색으로 개츠비의 이름 첫 글자가 수놓아져 있었다. 갑자기 "흑" 하며 울음을 참으려는 소리가 들리는가 싶더니, 데이지가 셔츠 더미에 머리를 파묻고 폭풍같이 울음을 터뜨리고 말았다.

"너무나 아름다운 셔츠들이에요." 그녀가 흐느끼며 말했다. 두텁게 쌓인 셔츠 탓에 그녀의 목소리는 제대로 들리지 않았다. "이걸 보니 슬퍼져요. 이렇게…… 이렇게 아름다운 셔츠는 한 번도 보지 못했거든요."

집 구경을 마친 후 우리는 집 주변 마당과 수영장, 수상보트와 한여름에 피는 꽃들을 구경하기로 했다. 하지만 개츠비의 창밖에 다시 비가 내리기 시작했기 때문에 우리는 나란히 서서 바다가 일렁거리는 모습을 지켜보았다.

"해무가 없었다면 만 건너 당신의 집을 볼 수 있었을 텐데." 개츠비가 말했다. "당신의 선창 끝에는 언제나 초록빛 불이 밤새 켜져 있더군요."

데이지가 불쑥 개츠비에게 팔짱을 끼었지만, 개츠비는 자기가 방금 한 말에 몰두해 있는 것 같았다. 아마도 그 빛이 지닌 엄청난 의미가 이제 영원히 사라져버렸다는 생각이 문득 떠올랐는지 모른다. 데이지와 자신을 갈라놓았던 그 머나먼 거리에 비하면 그 빛은 그녀에게 거의 닿을 정도로 너무나 가까이 있었다. 마치 달 곁에 있는 별처럼. 이제 그것은 한낱 선창의 초록빛이 되고 말았다. 그에게 마법을 걸었던 물건 가운데 하나가 줄어든 셈이었다.

나는 어스름한 속에서 방 안을 어슬렁어슬렁 걸어 다니며 각양각색의 알 수 없는 물건들을 살펴보았다. 그 가운데 그의 책상 위 벽에 걸려 있는 요트복을 입은 한 노인의 사진이 내 시선을 끌었다.

"이분은 누구죠?"

"그분? 그분은 댄 코디 씨예요, 노형."

어디서 들어본 것 같은 이름이었다.

"지금은 고인이 되었지요. 몇 년 전까지만 해도 나와 가장 절친한 사이였지만." 서랍장 위에는 요트복을 입은 개츠비의 조그만 사진이 있었다. 사진 속의 그는 거만하게 고개를 뒤로 젖히고 있었는데, 보기에 개츠비가 한 열여덟 살쯤 되었을 때 찍은 것이었다.

"이 사진, 너무 사랑스러워요." 데이지가 외쳤다. "퐁파두르 헤어스타일! 퐁파두르 머리를 한 적이 있다고 한 번도 말한 적 없잖아요. 요트를 가졌었다는 말도."

"이것 좀 봐요." 개츠비가 재빨리 말을 돌렸다. "여기 신문 기사 오려놓은 게 잔뜩 있어요. 당신에 대한 기사."

두 사람은 나란히 서서 그것을 살펴보았다. 내가 막 루비에 대해 물어보려 하는 순간 전화기가 울려 개츠비가 수화기를 들었다.

"그럼……. 그런데 나 지금 이야기를 할 수 없거든……. 이야기할 수 없다고, 노형. 내가 말했지. 작은 도시라고. 작은 도시라고 하면 그 사람이 어딘지 분명 알 거야……. 이런. 디트로이트를 두고 작은 도시라고 생각한다면 우리한테 아무 도움도 안 되는 사람이지." 그러고는 전화를 끊어버렸다.

"여기 와봐요. 빨리!" 데이지가 창가에서 소리쳤다.

밖엔 여전히 비가 내리고 있었지만, 어둠이 걷힌 서쪽에는 분홍빛과 황금빛 뭉게구름이 잔뜩 끼어 있었다.

"저기 좀 보세요."

데이지가 소곤거렸다. 잠시 후 그녀는 "저 분홍 구름을 한 덩어리 떼어다가 당신을 거기 태우고 이리저리 밀어주고 싶어요"하고 말했다.

　그즈음 나는 그만 가보겠다고 했지만, 두 사람은 그 말을 들은 척도 하지 않았다. 아마 내가 있어 두 사람이 함께 있는 게 더 안심되었던 모양이다.

　"우리 이렇게 하면 어떨까요." 개츠비가 말했다. "클리프스프링어 보고 피아노를 치라고 하는 겁니다."

　그는 "유윙!"이라고 부르며 방을 나갔다가 잠시 후 뻘쭘해하는 청년과 되돌아왔다. 약간 수척해 보이는 그 청년은 뿔테 안경을 쓰고 숱이 적은 금발머리를 하고 있었고, 목 단추를 푼 스포츠 셔츠, 색상이 불분명한 면바지와 운동화 차림이었다.

　"우리가 운동하는 걸 방해하지 않았나요?" 데이지가 공손하게 물었다.

　"자고 있었어요." 클리프스프링어 씨가 움찔 당황해하며 외쳤다. "그러니까, 내 말은 잠을 자고 있었다는 겁니다. 그러다가 깨서……."

　"클리프스프링어는 피아노를 칠 줄 알아요." 개츠비가 그의 말을 자르며 말했다. "안 그래, 유윙?"

　"잘 치지는 못합니다. 사실 난……. 거의 피아노를 치지 않거든요. 통 연습도 하지 않고……."

　"다 같이 아래층으로 내려가죠." 개츠비가 끼어들었다.

그는 스위치를 켰다. 집 안이 온통 환한 빛으로 가득해지자 어둑어둑하던 창들이 모두 사라졌다.

음악실로 들어서자 개츠비는 피아노 옆에 딱 하나 있는 램프를 켰다. 그는 떨리는 손으로 데이지의 담배에 불을 붙여주고는 멀찍이 떨어진 곳, 그러니까 홀에서 들어와 마룻바닥에 반사되는 잔영 외에 불빛이라고는 없는 방 한쪽 구석에 놓인 긴 소파에 그녀와 함께 앉았다.

클리프스프링어는 〈사랑의 보금자리〉* 연주를 마친 후 피아노 벤치에서 몸을 돌려 어두컴컴한 곳에 앉아 있는 개츠비를 낭패스러운 표정으로 찾았다.

"거봐요. 연습을 하나도 안 했잖아요. 연주를 못 한다고 그랬는데…… 연습을 하도 안 해서……."

"참 말이 많군, 노형. 계속해!" 개츠비가 명령했다.

아침에도
저녁에도
우리는 즐겁지 않은가…….

밖에는 바람소리가 요란했고, 해협을 따라 희미하게 천

---

* 루이스 허쉬(Louis A. Hirsch)와 오토 하박(Otto Harbach)이 만든 노래로, 1920년에 공연된 브로드웨이 뮤지컬 〈메어리〉에서 처음 불렸다.

둥소리도 들렸다. 이제 웨스트에그에는 집집마다 불이 켜지고, 사람들을 실은 뉴욕발 전철은 비를 뚫고 집을 향해 돌진하고 있었다. 이는 인간의 내면이 완전히 뒤바뀌는 시간으로, 설레임이 조금씩 대기를 뒤덮고 있었다.

　그 무엇보다 분명한, 단 한 가지 분명한 것은
　부자는 더 큰 재산을 갖고, 가난한 자는 더 많은 자식들만
가지네.
　그러는 동안,
　그러는 사이에…….

　내가 작별 인사를 하러 갔을 때, 개츠비의 얼굴에서 또다시 혼란스러워하는 표정을 읽을 수 있었다. 현재 자신이 느끼는 이 행복이 진짜인지 일말의 의구심이 떠오른 듯했다. 거의 오 년이라는 세월! 그날 오후만 해도 데이지가 자신의 꿈에 못 미쳤던 순간이 분명 있었을 것이다. 데이지가 잘못해서가 아니라 어마어마한 그의 환상이 가진 생명력으로 인해. 그 환상은 그녀는 물론 모든 것을 훌쩍 뛰어넘어선 것이었다. 그의 이 환상에 창의적인 열정으로 자신의 몸을 던졌고, 끊임없이 이를 키워왔을 뿐 아니라, 자기에게 날아드는 모든 화려한 깃털로 그것을 장식해왔다. 어떤 열정이나 신선함도 한 인간이 마음속에 허황되게 쌓아올린 불꽃이나

신선함과 어찌 겨룰 수 있으랴.

내가 지켜보는 가운데 개츠비는 눈으로 식별할 수 있을 만큼 자신의 자세를 바로잡았다. 그의 손이 데이지의 손을 잡았고, 데이지가 나즈막이 그의 귀에 뭔가를 속삭이자 그는 감정이 북받치는 듯 그녀를 향해 몸을 돌렸다. 내 생각에는 뜨거운 온기를 지닌 채 오르락내리락하는 그녀의 목소리가 그를 가장 사로잡았던 것 같다. 왜냐하면 그것은 아무리 꿈꾸어도 지나침이 없는 목소리였기 때문이다. 그 목소리는 죽음을 모르는 노래였기 때문이다.

그들은 내 존재를 까맣게 잊고 있었다. 그러다 데이지가 눈을 들어 나를 힐끔 쳐다보고는 손을 내밀었지만 개츠비는 전혀 나를 의식하지 못했다. 나는 두 사람을 한 번 더 쳐다보았고, 그들도 인생의 강렬한 순간에 사로잡힌 모습으로 아득하게 나를 쳐다보았다. 그 뒤 나는 방을 나와 대리석 계단을 걸어 내려가 빗속으로 걸어갔다. 두 사람만 그곳에 남겨둔 채.

6장

그 무렵 어느 날 아침, 뉴욕에서 온 야심만만한 젊은 기자가 개츠비의 집 문 앞까지 찾아와 개츠비에게 무슨 할 말이 없는지 물었다.

"뭐에 대해서 할 말이 있냐는 거죠?" 개츠비가 정중하게 물었다.

"뭐, 뭐라도 하고 싶은 말씀이 있으시면 좋습니다."

개츠비가 한 오 분간 무슨 영문인지 몰라 어리둥절해하다가 마침내 알게 된 것은, 그 기자가 사무실 주변에서 개츠비의 이름이 거론되는 걸 들었다는 것이다. 하지만 그 정황은 그가 밝히고 싶어하지 않거나 완전하게 파악하지 못하고 있는 듯했다. 그날은 근무 일이 아님에도 이 기자는 가상하게도 한번 '알아보려고' 개츠비를 찾아왔던 것이다.

한번 찔러본 것에 불과했지만 기자의 육감은 틀리지 않았다. 개츠비의 호의를 받아들여 그의 집을 들락거리다가 개츠비의 과거에 관한 권위 있는 전문가가 된 사람들이 퍼뜨린 소문으로 인해 개츠비의 악명은 여름 내내 커져만 갔고, 이제는 거의 뉴스거리가 되기 직전이었다. '캐나다로 연결되는 지하 파이프라인'을 통해 금지된 술을 들여온다는 등의 소문들이 개츠비와 연관되어 있었고, 개츠비는 집에서 사는 것이 아니라 집과 비슷하게 생긴 보트에서 살고 있으며, 그 보트는 롱아일랜드 해안을 비밀리에 오르락내리락한다는 이야기도 끈질기게 나돌고 있었다. 노스다코타주 출신의 제임스 개츠가 왜 이런 꾸며낸 이야기에 속으로는 은근히 만족해하는지, 그걸 설명하기는 쉽지 않다.

그의 진짜 이름이거나 최소한 법적인 이름은 바로 제임스 개츠다. 그는 열일곱 살 되던 해에 자신의 새로운 미래가 막 시작되는 것을 목격한 순간 이름을 바꾸었다. 그것은 댄 코디가 슈피리어 호수에서 가장 위험한 지점에 요트를 대고 닻을 내리는 것을 본 바로 그 순간이었다. 그날 오후 해진 녹색 셔츠에 면바지 차림으로 호숫가를 어슬렁대고 있을 때까지만 해도 그는 제임스 개츠였지만, 배를 빌려 코디의 요트인 투올로미까지 노를 저어가 코디에게 한 삼십 분후면 바람이 불어닥쳐 요트가 반 토막 나버릴 거라고 일러준 순간 그는 제이 개츠비가 되었다.

그는 이미 오래전부터 그 이름을 염두에 두고 있었다고 생각한다. 그의 부모는 무능하고 별 볼 일 없는 농부였고, 그는 마음속으로 그들을 부모로 받아들인 적이 없었다. 사실 롱아일랜드 웨스트에그의 제이 개츠비는 플라톤의 철학에서 튀어나온 인물이라고 할 수 있다. 개츠비는 신의 아들이었다. 이 말에 무슨 의미가 있다면 개츠비 자신이 바로 신의 아들로서 "마땅히 내 아버지의 일 가운데 있어야"* 했지만, 개츠비가 생각한 그 일이란 원대하고 세속적이며 호화로운 아름다움을 지닌 일**이었다. 그렇게 해서 그는 열일곱 살 소년이 만들어낼 법한 그런 제이 개츠비라는 인물을 만들어냈고, 이 관념에 끝까지 충실했다.

그는 일 년이 넘도록 슈피리어 호수의 남쪽에서 조개를 캐거나 연어를 낚으면서 숙식을 해결할 수 있는 일이라면 뭐든 가리지 않으며 그럭저럭 지냈다. 근육으로 단련된 그의 구릿빛 몸은 때로는 치열한 일, 때로는 편한 일을 하며 그 역동적인 날들을 무난하게 살아갔다. 그는 일찍 여자에 눈을 떴는데, 여자들이 자기 성질만 버려놓는다는 이유로 그들을 경멸하게 됐다. 유별나게 자아도취에 빠진 개츠비가 보기에 어린 숫처녀들은 너무 아는 것이 없어서, 그 외

* 누가복음 2장 47절.
** 개츠비가 생각하는 신의 아들을 섬기는 일은 성경에서 말하는 것과는 다른, 겉으로 번지르르한 세속적 성공을 의미했다는 뜻이다.

여자들은 별 것도 아닌 일들을 가지고 히스테리를 부려댔기 때문이다.

그러나 그의 마음속에는 끊임없는 격랑이 몰아치고 있었다. 밤에 잠자리에 들 때마다 온갖 기이하고 황당한 망상들이 그의 뇌리를 떠나지 않았다. 세면대 위에서 시계가 똑딱거리고 마룻바닥에 아무렇게나 벗어놓은 그의 옷가지들이 눅눅한 달빛으로 물드는 가운데, 온 세상이 형언할 수 없이 현란한 모습으로 그의 머릿속에서 빙빙거렸다. 졸음에 못 이긴 나머지 이런 생생한 장면들이 망각의 품속으로 사라질 때까지 그는 망상의 무늬들을 하나하나 덧붙여 갔다. 한동안 이런 환상은 그의 상상을 위한 배출구가 되었는데, 현실 속에서 이루고자 하는 비현실적인 것들에 대한 만족스런 암시이자, 요정의 날개 위에 세우고자 하는 반석 같은 세상에 대한 약속 같은 것이었다.

찬란한 미래에 대한 충동에 이끌려 그는 몇 달 전 미네소타 주 남부에 있는 세인트 올라프라는 조그만 루터교 대학에 입학했었다. 그러나 그 대학이 자신의 운명의 북소리, 아니 운명 그 자체에 대해 혹독할 정도로 무심한 데 실망하고, 또 학비를 벌기 위해 하던 교내 청소부 일에 대한 모멸감 등으로 인해 그 대학에는 불과 이 주일밖에 머물지 않았다. 학교를 떠난 그는 다시 슈피리어 호수로 되돌아왔고, 댄 코디의 요트가 수심이 낮은 물가에 닻을 내리던 그날도 뭔가 일

거리를 찾고 있던 중이었다.

당시 코디는 나이가 오십 살이었는데, 네바다 주의 은광 지대, 알래스카 주의 유콘 강 일대, 그리고 1875년 이후 불어닥친 광산 채굴 열풍이 만들어낸 인물이었다. 몬태나 주에서 채굴한 구리를 팔아 수백만 달러 갑부가 된 그는 육신은 정정하나 마음은 물러빠진 편이어서 이를 눈치 챈 수없이 많은 여자들이 그의 돈을 뜯어내려고 달라붙었다. 그로 인해 벌어진 가장 추잡스러운 결과라면 여기자인 엘라 케이가 그의 약점을 이용, 맹트농 부인* 같은 농간을 부려 그로 하여금 요트를 타고 바다로 나가게 했던 사건이 있다. 이는 1902년 당시 부풀리기 좋아하는 저급 언론계에 널리 알려진 이야기이다. 그 후 그는 오 년 동안 기후가 좋은 해안을 따라 여행하다가 리틀걸 만에 제임스 개츠의 운명으로 그 모습을 드러냈다.

노에 기대어 쉬면서 난간이 있는 갑판을 올려다보고 있던 젊은 개츠에게 그 요트는 세상의 모든 아름다움과 매력을 상징하고 있었다. 아마도 그는 코디에게 미소를 지었을 것이다. 어쩌면 자기가 미소를 지으면 사람들의 환심을 살 수 있다는 사실을 그때 이미 알아차리고 있었을지도 모른다. 어쨌든 코디는 개츠에게 몇 가지 물어보았고(그 중 한 가

---

* 프랑스 왕 루이 16세의 두 번째 부인으로 왕에게 막강한 영향력을 행사했다.

지 질문에 대답을 하면서 완전히 새로운 이름이 튀어나왔다), 그로 인해 이 젊은이가 민첩하고 유별나게 야심만만하다는 것을 알게 됐다. 며칠 후 그는 개츠비를 덜루스로 데리고 가 푸른색 코트와 흰색 면바지 여섯 벌 그리고 요트용 모자를 사주었다. 그리고 투올로미 호가 서인도제도와 바르바리 해안을 향해 출발할 때 개츠비도 함께 떠났다.

요트 안에서 그는 딱히 정해진 것 없이 힘닿는 대로 이런저런 일을 했다. 코디와 함께 항해하는 동안 그는 시중꾼도 되었다가 친구도 되었으며, 항해사나 조타수나 비서, 심지어 코디를 붙잡아두는 사람 노릇까지 했다. 댄 코디는 자기가 술에 취하면 어떤 황당한 짓을 하게 될 것인지 알고 있었고, 만일의 돌발 사태에 대비해서 개츠비에게 점점 더 많이 의지하게 되었다. 이런 관계가 오 년 동안 지속되었는데, 그 사이 보트는 미대륙을 세 바퀴나 돌았다. 어느 날 밤 보스턴에서 엘라 케이가 보트에 합승했고, 그로부터 일주일 후 댄 코디가 잔인하게 죽임을 당하지 않았더라면 그 항해는 아마 영원히 계속되었을 것이다.

나는 개츠비의 침실에 걸려 있던 그의 초상화를 기억한다. 강직하면서도 표정이 없는 백발의 혈색 좋은 한 남자. 미국 역사의 어느 한때, 개척지의 창녀 집이나 술집의 야만적인 폭력을 되살려 동부 해안으로 끌고 온 선구적인 호색남. 개츠비가 그처럼 술을 멀리하는 것은 간접적으로 코디의 영향이었다. 흥겨운 파티가 열리는 가운데 때때로 여자들이 샴페인을 그의 머리에 문지르기도 했지만, 그 자신은 술에 손도 대지 않는 습관이 배어 있었다.

그리고 개츠비에게 돈을 남긴 사람은 코디였다. 이만 오천 달러의 유산이었다. 그러나 개츠비는 그 돈을 받지 못했다. 그는 자신에게 불리하게 적용된 법적 장치를 전혀 이해하지 못했지만, 엘라 케이의 경우에는 코디가 남긴 수백만 달러 재산 가운데 나머지를 아무 문제 없이 다 받았다. 개츠비가 수중에 쥐게 된 것은 유별나도록 그에게 딱 맞는 훈련뿐이었다. 이로써 막연한 윤곽으로만 존재했던 제이 개츠비라는 인물이 실체가 있는 한 남자로서 채워지게 되었다.

그는 이런 이야기를 훨씬 후에야 내게 해주었다. 내가 이 사실을 이 부분에 적은 것은 그의 선조에 대한 황당하고 사실과 전혀 무관한 소문을 불식시키고자 하는 의도에서다. 더구나 내가 그에 대해 다 알고 있는 것 같으면서도 실제는 아무것도 아는 게 없다는 생각이 들기 시작한 혼란스러운 시기에 그는 이 이야기를 내게 해주었다. 말하자면 개츠비가 잠시 숨을 고르는 사이에 일련의 잘못 알려진 내용들을 바로잡고 넘어가기 위해 나는 이 잠깐 동안의 짬을 이용하고 있는 셈이다.

그 시기는 개츠비 일에 내가 관여해야 할 일도 뜸해졌을 때였다. 몇 주 동안 나는 그를 보지도, 그의 목소리를 듣지도 못했다. 나는 조던과 함께 돌아다니거나 조던의 노약한 숙모의 환심을 사려 애쓰며 주로 뉴욕에 있었다. 하지만 어느 일요일 오후 나는 그의 집을 찾아갔다. 거기 머문 지 채이 분도 되지 않았을 때 어떤 사람이 톰 뷰캐넌을 데리고 한잔하러 개츠비의 집을 찾아왔다. 당연히 나는 그들의 방문에 놀랐지만, 정말 나를 놀라게 한 것은 지금까지 한 번도 그런 일이 없었다는 것이었다.

세 사람은 말을 타고 함께 왔는데, 그 중 한 사람은 톰이고, 다른 사람은 슬론이라는 남자, 그리고 이전에 온 적이 있는 갈색 승마복 차림의 예쁜 여자였다.

"이렇게 뵙게 되어 반갑습니다. 이렇게 찾아주시니 정말 기쁩니다." 개츠비가 현관에 서서 말했다. 마치 그들이 그런 말에 신경이나 쓰는 것처럼!

"어서 앉으시죠. 담배나 궐련을 태우시죠." 개츠비는 빠른 걸음으로 방을 걸어 종을 울렸다.

"마실 것을 곧 내오겠습니다."

그는 톰이 그 자리에 와 있다는 사실에 크게 동요하고 있었다. 그 일행이 찾아온 이유는 단지 뭘 마시기 위한 것임을 막연하게나마 깨닫고 있었지만, 마실 것을 대접하기까지는 어쨌든 마음이 초조했을 것이다. 슬론 씨는 아무것도 원하지 않았다. 레모네이드는요? 아니요, 괜찮습니다. 샴페인을 조금 드릴까요? 아니요. 아무것도 필요 없습니다. 감사합니다…….. 죄송합니다…….

"승마는 즐거우셨나요?"

"여기 주변 길이 참 좋더군요."

"내 생각에 자동차들이……."

"맞아요."

뿌리칠 수 없는 충동에 이끌려 개츠비는 자기를 처음 소개받은 모르는 사람처럼 취급하는 톰 쪽으로 고개를 돌렸다.

"예전에 어디서 우리 만난 적이 있는 것 같은데요, 뷰캐넌 씨."

"아, 맞아요." 톰이 어설프게 예의 바른 척하며 대답했지만, 기억을 하지 못하고 있는 것이 뻔했다. "만난 적 있지요. 아주 잘 기억하고 있습니다."

"약 이 주 전이었죠."

"맞아요. 여기 이 닉이 함께 있었죠."

"저는 부인을 알고 있습니다." 개츠비가 거의 공격적으로 말을 이었다.

"그래요?"

톰이 내 쪽으로 고개를 돌리고 물었다.

"닉, 너 이 근방에 살지?"

"바로 옆집이야."

"그래?"

슬론 씨는 대화에 끼어들지 않았고 몸을 뒤로 젖힌 채 오만한 자세로 의자에 앉아 있기만 했다. 여자 역시 아무 말도 하지 않고 있다가 하이볼을 두 잔 마시고 나더니 태도가 확 달라져 나긋나긋해졌다.

"다음에 파티 여실 때 우리 모두 올 거예요. 그래도 되죠?" 그녀가 말했다.

"물론이고말고요. 오신다면 정말 기쁘겠습니다."

"그거 아주 재밌겠군요." 슬론 씨가 고맙단 말 없이 말했다. "자, 이제 집으로 가야 할 것 같은데."

"왜 그렇게 서둘러 가시려고요?" 개츠비가 간곡히 붙잡았다. 이제 그는 제 자신을 통제하고 있었고, 톰에 대해 좀 더 알고 싶어졌다. "저기, 저녁을 드시고 가는 게 어떻겠습니까? 뉴욕에서 다른 사람들이 더 들이닥친다고 해도 놀라지 않을 겁니다."

"그럼 저희 집에서 저녁을 드시는 건 어때요? 두 분 다." 여자가 열성적으로 말했다. 거기에는 나도 포함되어 있었다. 슬론 씨가 자리에서 일어나더니 "갑시다" 하고 말했다. 여자에게만 한 말이었다.

"진심이에요." 그녀가 재차 말했다. "두 분이 오신다면 정말 좋겠어요. 자리가 많거든요."

개츠비는 어째야 할지 모르겠다는 표정으로 나를 쳐다봤다. 그는 가고 싶은 마음에 슬론 씨는 원하지 않는다는 걸 눈치 채지 못하고 있었다.

"죄송하지만 저는 갈 형편이 못 됩니다." 내가 말했다.

"그럼, 당신이라도 오세요." 그녀가 개츠비를 주목하며 말했다.

슬론 씨는 그녀의 귀에 무슨 말을 중얼거렸다.

"지금 출발하면 늦지 않을 텐데요." 그녀가 큰소리로 말했다.

"전 타고 갈 말이 없어요." 개츠비가 말했다. "군대 있을 때는 말을 타곤 했지만, 말을 구입한 적은 한 번도 없거든요. 차로 뒤를 따라갈 수밖에 없겠군요. 잠시만 기다려주십시오."

나머지 사람들은 현관으로 함께 걸어 나왔고, 슬론 씨와 그 여자는 옆으로 가더니 열심히 무슨 말을 주고받기 시작했다.

"젠장할! 저 남자 정말 올 것 같은데." 톰이 말했다. "진짜로 오라고 한 게 아니란 걸 모르나봐?"

"여자 분이 자긴 와줬으면 좋겠다고 말하잖아."

"그녀는 큰 파티를 열기는 하지. 저 남자는 거기 아는 사람이 하나도 없을걸." 그는 이맛살을 찌푸렸다. "그런데 도대체 저 남자가 데이지는 어디서 알게 된 거야? 참 기도 안 차는군. 내 생각이 구식일지는 모르지만, 요즘 여자들이 너무 많이 싸돌아다녀서 정말 마음에 안 든단 말이야. 별 미친 놈들을 다 만나고 다닌다니까."

갑자기 슬론 씨와 그 여자가 계단을 내려와 말에 올라탔다. "자, 어서." 슬론 씨가 톰에게 말했다. "늦었어. 빨리 가야지." 그리고 그는 내게 말했다. "우리가 기다릴 수 없었노라고 말 좀 전해주시겠습니까?"

나는 톰과 악수를 하고, 나머지 사람들과는 냉랭하게 고개를 숙여 인사를 나누었다. 개츠비가 모자와 외투를 손에 걸친 채 현관문에서 나왔을 때 그들은 이미 차도를 따라 재빨리 말을 타고 달려 8월의 단풍나무 아래로 사라지고 없었다.

다음 토요일 밤 톰이 데이지와 함께 개츠비의 파티에 온 것으로 보아 톰은 데이지가 혼자 돌아다니는 것에 대해 심기가 아주 불편했던 것이 분명했다. 그의 출현으로 인해 그날 밤에 어떤 중압감 같은 것이 더해졌던 것 같다. 그 해 여름 열렸던 개츠비의 모든 파티 가운데서도 그날 밤이 특히 내 기억 속에 뚜렷이 남아 있다. 똑같은 사람들, 혹은 최소한 늘 오던 똑같은 부류의 사람들이 왔고, 똑같이 샴페인을 퍼부어 마셨고, 똑같이 각양각색의 색깔과 음조로 소란했음에도 나는 그날 거북스러움이랄까, 전에 없었던 가혹한 분위기가 완연함을 느꼈다. 아니면 단지 내가 그동안 그 분위기에 워낙 익숙해져 있었고, 웨스트에그가 그 나름의 기준과 그 나름의 위인들을 지닌 채 완벽하게 하나의 세상을 구성하고 있다는 사실, 다른 세상보다 내가 잘났네 못났네

하는 그런 의식 자체가 없었기 때문에 제 나름대로는 제일 잘나가는 세상이었음을 인정하고 있다가, 그날은 이스트에 그에서 온 데이지의 눈을 통해 그 세상을 바라보게 되었기 때문이었는지도 모르겠다. 적응하고자 자신의 모든 것을 다 바쳤던 세상을 새로운 시선으로 바라보면 어쩔 수 없이 서글퍼지지 않을 수 없다.

그들은 해가 질 무렵 도착했고, 반짝거리는 수백 명의 사람 사이를 천천히 걸었다. 데이지는 마음을 끄는 매력적인 목소리로 소곤거렸다.

"이런 것들을 보면 난 너무 흥분이 돼." 그녀가 속삭였다.

"오늘 저녁 언제라도 나한테 키스하고 싶으면 그냥 말만 해, 닉. 내가 기꺼이 어떻게 해볼 테니까. 날 부르기만 하면 돼. 아니면 초록색 카드를 내보이거나. 내가 초록색 카드를……."

"한번 죽 돌아봐요." 개츠비가 권했다.

"돌아보고 있어요. 전 지금 너무나 멋진 시간을……."

"지금까지 이름만 들었던 사람들의 얼굴을 다 보셔야죠."

톰의 거만스러운 눈은 군중 속을 헤집어 다니고 있었다.

"우린 그렇게 나돌아다니는 편이 아니라서요." 톰이 말했다. "사실 이 중에 내가 아는 사람은 단 한 사람도 없다는 생각을 하고 있었어요."

"그래도 저 여인은 아실 테죠." 개츠비가 하얀 자두나무 아래, 사람이라기보다 한 떨기 난초 같은 모습으로 기품 있게 앉아 있는 절세미인을 가리켰다. 지금까지 유령처럼 현실이 아닌 영화를 통해서만 보아왔던 존재를 직접 눈으로 보고 인식할 때 드는 묘한 비현실감을 느끼며 톰과 데이지는 그녀를 응시했다.

"저 여자 참 아름답네요." 데이지가 말했다.

"그녀를 향해 몸을 굽히고 있는 사람은 그녀와 작업한 감독이죠."

개츠비는 두 사람을 데리고 이 그룹 저 그룹 다니며 인사치레를 했다.

"여긴 뷰캐넌 부인, 그리고 여긴 뷰캐넌 씨." 그는 잠시 머뭇거린 뒤 "폴로 선수죠"라는 말을 덧붙였다.

"아, 아니에요." 톰이 즉시 그 말을 부인했다. "전 아니에요."

하지만 개츠비는 그 말이 마음에 들었던지 그날 저녁 내내 톰을 '폴로 선수'라고 불렀다.

"이렇게 많은 유명인들을 만나보기는 정말 처음이에요!" 데이지가 감탄했다. "저 남자 내가 좋아했었는데……. 저 사람 이름이 뭐였죠? 코가 파란 저 사람?"

개츠비는 그 남자의 이름을 알려주며 별로 유명하지 않은 감독이라는 설명을 덧붙였다.

"음, 어쨌든 난 저 사람을 좋아했어요."

"난 폴로 선수가 아닌 편이 좀 더 좋겠는데." 톰이 밝은 표정으로 말했다. "나는 잊힌 사람으로 이 모든 유명한 사람들을 그냥 바라보기만 하는 게 더 좋은데."

데이지와 개츠비는 함께 춤을 추었다. 나는 그의 우아하고 보수적인 폭스트롯을 보고 놀랐던 것을 기억한다. 한 번도 그가 춤을 추는 것을 본 적이 없었기 때문이다. 그 뒤 두 사람은 어슬렁어슬렁 우리 집으로 걸어가 계단에 반시간 동안 앉아 있었고, 나는 그동안 데이지의 요청에 따라 정원에서 망을 봐주었다. 데이지에 의하면 "불이나 홍수나, 혹은 다른 천재지변이 일어날지 모르는 일"이기 때문이다.

우리가 저녁을 함께 먹기 위해 자리에 앉을 때 '잊힌 사람' 톰이 나타났다. "몇 사람을 이쪽으로 불러 같이 식사를 해도 될까? 어떤 작자가 막 재밌는 이야기를 시작하려는 참인데."

"그러세요." 데이지가 싹싹하게 대답했다. "누구 주소를 받아 적을 일이 있으면 여기, 내 황금 연필을 쓰세요." 데이지는 잠시 주변을 둘러본 뒤 그 여자가 "품위는 없지만 예쁘다"는 말을 했다. 말투로 보건대 나는 그녀가 개츠비와 함께 있었던 삼십 분을 빼면 즐거운 시간을 보내고 있지 못했다는 것을 알 수 있었다.

우리는 유별나게 술이 취한 테이블에 앉아 있었다. 그것은 내 잘못이었다. 개츠비는 전화를 받으러 가고 없었고, 나는 불과 이 주 전에 이 사람들과 함께 어울렸다. 그 당시에는 즐거웠는데 지금은 시궁창 썩는 냄새를 공기 중에 내뿜는 것처럼 바뀌어 있었다.

"괜찮습니까, 미스 베데커?"

그 여자는 자꾸 쓰러지면서 내 어깨에 기대려 하고 있었다. 내가 괜찮냐고 묻자 그녀는 자세를 똑바로 하며 눈을 떴다.

"뭐어?"

데이지더러 내일 동네 클럽에 같이 골프 치러 가자고 졸라대던 덩치가 크고 둔한 여자가 미스 베데커의 편을 들며 나섰다.

"아, 이제 그녀는 괜찮을 거예요. 쟤는 칵테일을 대여섯 잔 마시면 언제나 저렇게 소리를 지른다니까요. 이제 술 좀 작작 마시라고 내가 늘 말하건만."

"난 안 마셨다고." 비난을 받은 여자가 맹하게 말했다.

"네가 소리 지르는 걸 듣고 여기 계신 시벳 선생님한테 말했어. '여기 도와주셔야 할 사람이 있어요, 의사 선생님' 하고 말이야."

"물론 고마운 줄은 알겠죠." 다른 친구가 고맙다는 태도 없이 말했다. "하지만 당신이 미스 베데커의 머리를 풀장에 집어넣는 바람에 옷이 다 젖게 만들었잖아요."

"내가 싫어하는 게 있다면 풀장에 머리가 처박히는 거야……" 하고 미스 베데커가 중얼댔다. "뉴저지에서는 사람들이 날 거의 익사시킬 뻔했다니까."

"그게 싫으면 술 좀 그만하지 그래요." 닥터 시벳이 야단을 쳤다.

"남 말 하지 마세요!" 미스 베데커가 거칠게 대들었다. "선생님 손 떨리는 거 보세요. 난 선생님한테는 절대 수술을 받지 않을 거라고요!"

그런 식이었다. 거의 제일 마지막으로 기억하는 장면은 데이지와 서서 영화감독과 그의 스타를 지켜본 것이다. 두 사람은 여전히 하얀 자두나무 아래 있었고, 그들의 얼굴은 창백하고 가는 한 줄기 달빛이 중간을 가로막고 있을 뿐, 거의 서로 닿아 있었다. 그날 저녁 내내 감독이 조금씩 그녀를 향해 몸을 기울여 저 정도까지 가까워진 거라는 생각이 문득 들었다. 내가 보고 있는 그 순간에도 그는 최후의 마지막 일 도만큼 몸을 기울여 그녀의 뺨에 입을 맞추었다.

"저 여자가 난 좋아." 데이지가 말했다. "아주 예쁜 것 같아."

그 외에는 모든 것이 그녀의 비위에 맞지 않았다. 그 외 모든 것들은 몸짓이 아니라 감정이었기 때문이다. 그녀는 브로드웨이가 롱아일랜드 어촌에 퍼질러놓은 이 전례 없는 장소인 웨스트에그에 경악했고, 점잖은 척 예의를 지켜서 하는 말로도 가려지지 않는 그 무지막지한 활기에 질겁했고, 뭔가를 이루어보겠다고 지름길을 찾아 내달려도 결국은 무에서 무로 끝나고 말 그 거주자들의 너무나 한심한 팔자에 질겁했다. 그녀는 자신이 이해하지 못한 바로 그 단순함 자체에서 뭔가 끔찍한 것을 보았던 것이다.

나는 그들이 차를 기다리는 동안 그들과 함께 현관 앞 계단에 앉아 있었다. 이곳 현관은 어두웠다. 불이 켜진 문 사이로 빠져나오는 빛이 어슴푸레 밝아오는 아침을 향해 십 평방피트 정도 비춰주고 있을 뿐이었다. 가끔 머리 위 드레스룸 블라인드 뒤에서 그림자 하나가 움직이고, 그 뒤를 이어 또 다른 그림자가 이어지는 가운데, 보이지 않는 유리창 뒤에서 립스틱을 바르고 분을 바르는 무수한 그림자의 행렬이 이어지고 있었다.

"도대체 이 개츠비라는 자는 뭐하는 사람이야?" 갑자기 톰이 물었다. "크게 밀주 사업을 하는 사람이야?"

"어디서 그런 소리 들었어?" 내가 따졌다.

"들은 소리 아냐. 그냥 그렇게 짐작하는 거지. 이런 졸부들 상당수가 알고 보면 크게 밀주업을 하는 자들이거든."

"개츠비는 아냐." 내가 딱 잘라 말했다.

톰은 잠시 말이 없었다. 차도에 깔린 자갈들이 그의 발아래서 뽀드득거렸다.

"어쨌거나 이런 난리판 벌이느라 힘깨나 썼겠는걸."

데이지가 입은 모피 칼라의 회색빛 잔털이 잔바람에 나풀거렸다.

"최소한 우리가 아는 사람들보다는 더 흥미로운 사람들이에요." 그녀가 어렵게 이 말을 내뱉었다.

"당신은 그렇게 재미있어 하는 것 같지 않던데."

"아뇨. 재밌었는데요."

톰이 낄낄거리더니 내 쪽으로 고개를 돌렸다.

"그 여자가 데이지한테 찬물에 자길 좀 집어넣어달라고 했을 때 데이지 얼굴 봤어?"

데이지가 허스키하고 리듬감 있는 속삭임으로 노래를 부르기 시작했다. 가사 한마디 한마디마다 지금까지 한 번도 존재하지 않았고, 앞으로도 결코 존재할 수 없을 의미를 불러냈다. 멜로디가 높아지면 콘트랄토 가수들처럼 그녀의 목소리가 음을 따라가며 감미롭게 갈라졌고, 변화가 있을 때마다 그녀에게서 따스하고 인간적인 마법이 조금씩 공기 중으로 흩어져 나갔다.

"거기 온 사람 중에 상당수는 초대도 받지 않고 온 거예요." 데이지가 갑자기 말했다. "그 아가씨도 초대를 받아 온 게 아니었어요. 사람들은 그냥 밀고 들어오는데 그분이 워낙 점잖아서 거절을 못 하는 거예요."

"난 개츠비란 사람이 어떤 사람인지, 뭘 하는 사람인지 알고 싶어." 톰이 끈질기게 물고 늘어졌다. "난 꼭 알아내고야 말겠어."

"내가 지금 이 자리에서 말해줄 수 있어요." 데이지가 대답했다. "그분은 약국을 아주 많이 소유하고 있어요. 모두 자기 힘으로 세운 사업이죠."

꾸물대던 리무진이 차도에서 다가오고 있었다.

"잘 자, 닉." 데이지가 말했다.

그녀의 시선은 내게서 벗어나 불이 켜진 계단 위쪽을 응시했다. 그해 나온 깔끔하고 애잔한 왈츠곡 〈새벽 세 시〉*가 열린 문을 통해 흘러나오고 있었다. 결국 데이지가 속한 세상에서는 완전히 결여되어 있는 로맨틱한 가능성이 개츠비의 너무나 격의 없는 파티에는 있었다. 그 노래가 그녀를 다시 집 안으로 불러들이고 있는 듯하게 들리는 것은 무슨 영문이었을까. 이 어스름하고 시간을 짐작할 수 없는 시각에 이제 무슨 일이 일어날 수 있을까? 행여 어떤 믿기지 않는 손님, 너무도 드물어 보면 놀라지 않을 수 없는 어떤 손님, 진정으로 환하게 빛나는 젊은 아가씨가 나타나 개츠비에게 신선한 시선을 던져 마법 같은 조우의 순간을 위해 한 치 흔들림 없이 바쳐온 그 오 년의 세월을 지워버릴지도 모른다.

그날 밤 나는 늦게까지 그곳에 머물러 있었다. 개츠비가 자기가 시간을 낼 수 있을 때까지 기다려달라고 요청했기 때문이다. 여느 때와 다름없이 수영을 하던 무리가 어두운 해변에서 춥고 들뜬 기분으로 올라오고, 머리 위의 손님방 불이 모두 꺼질 때까지 나는 정원에서 서성대고 있었다. 그가 계단을 내려왔을 때 햇빛에 그을린 그의 얼굴은 유별나

---

* 줄리안 로블레도(Julian Robledo)가 작곡한 왈츠로 1920년대에 매우 인기가 있었다.

게 탱탱했고, 눈은 밝으면서도 지쳐 있었다.

"그녀는 좋아하지 않았어요." 그가 불쑥 말했다.

"무슨 소리예요. 분명 좋아했어요."

"그녀는 좋아하지 않았어요." 그가 우겼다. "즐거운 시간을 보내지 못했다고요."

그는 말이 없었고, 나는 형언할 수 없는 그의 우울한 마음을 짐작해 보았다.

"그녀가 너무 멀게만 느껴져요. 그녀를 이해시키기가 너무 어려워요." 그가 말했다.

"아까 그 춤을 말하는 겁니까?"

"춤이라고요?" 그는 손가락을 튕김으로써 자기가 추었던 모든 춤들을 일축해버렸다. "노형, 춤은 중요치 않아요."

그는 단지 데이지가 톰에게 가서 "나는 당신을 한 번도 사랑한 적이 없어요"라고 말해주길 바랄 뿐이었다. 그 한마디 말로 지난 사 년의 세월을 말끔히 정리해버리고 난 후 보다 실질적인 방안을 결정할 수 있을 것이다. 그 방안 중 하나는 데이지가 자유의 몸이 되고 나면 루이빌로 되돌아가서 그녀의 집에서 결혼식을 올리는 것이었다. 마치 오 년의 세월을 거슬러 간 것처럼.

"그런데 그녀는 이해를 못 해요. 예전에는 이해를 하곤 했는데. 우린 몇 시간이나 앉아서……."

그는 말꼬리를 흐리더니 과일 껍질이며 버려진 선물과

짓밟힌 꽃으로 뒤덮인 적막한 마당길을 왔다 갔다 했다.

"나라면 그녀에게서 너무 많은 걸 바라지 않을 겁니다." 내가 감히 한마디 거들어보았다. "과거는 되풀이할 수 없거든요."

"과거를 되풀이할 수 없다?" 그는 무슨 소리냐는 듯 외쳤다. "아니, 물론 되풀이할 수 있죠!"

그는 마치 과거가 자기 집 그늘 속, 손 닿을 곳에 숨어 있기나 한 듯 미친 듯 주변을 두리번거렸다.

"나는 옛날과 똑같도록 전부 다 고쳐놓을 거예요. 데이지도 보게 될 겁니다." 그는 결연하게 고개를 끄덕이며 말했다.

그는 과거에 대한 이야기를 많이 했는데, 내 짐작에 그는 자기가 데이지를 사랑하도록 하게 한 그 무엇, 혹은 자신에 대한 어떤 관념 같은 것을 되찾고 싶어하는 것 같았다. 그 이후 그의 삶은 혼란스럽고 무질서했지만, 행여 그 출발점으로 되돌아가서 모든 것을 천천히 다시 시작할 수 있다면 그는 그것이 무엇이었는지 알아낼 수 있었을 것이다.

……오 년 전 어느 가을 밤, 두 사람은 낙엽 지는 거리를 함께 걷다가 나무 한 그루 없이 달빛만 보도를 하얗게 비치는 곳에 이르렀다. 두 사람은 여기서 발걸음을 멈추고 서로를 향해 몸을 돌렸다. 일 년 중 두 계절이 변화할 때 느껴지는 알지 못할 흥분이 감도는 선선한 밤이었다. 집집마다 고

요한 불빛들이 어둠 속으로 흥얼흥얼 흘러나오고, 별들은 하늘에서 수런수런 뒤척이고 있었다. 개츠비는 곁눈으로 그 보도의 벽돌들이 사실은 계단을 형성하고 있었고, 나무 위의 비밀스런 장소로 이어지고 있는 것을 보았다. 혼자 오른다면 그곳까지 올라갈 수 있었다. 일단 그곳에 다다르면 그는 인생을 성공으로 이끌 생명의 젖을 빨기도 하고, 그 무엇과도 비교할 수 없는 성공으로 이끌 기적의 우유를 들이킬 수 있었다.

데이지의 하얀 얼굴이 가까이 다가오자 그의 심장은 더더욱 빨리 고동쳤다. 이 아가씨에게 입을 맞추면, 그리하여 언제 사라질지 모를 그녀의 숨결과 말로 표현할 수 없는 자신의 꿈이 영원히 합쳐지면, 두 번 다시 신의 마음처럼 마음껏 유희를 누릴 수 없게 될 것임을 그는 알고 있었다. 그래서 그는 잠시 더 기다렸다. 별에 부딪친 소리굽쇠가 내는 소리에 귀 기울이면서. 그 뒤 그는 그녀에게 키스했다. 그의 입술이 닿자 그녀는 마치 꽃처럼 그를 위해 피어났고, 꿈은 실현되었다.

그가 들려준 이야기, 심지어 그가 보여준 경악스러운 감상까지도 내게서 뭔가를 연상케 했다. 오래전 어디에서 들었던 잃어버린 이야기의 한 조각, 혹은 잡힐 듯 잡히지 않는 리듬 같은 것이었다. 한순간 내 입에서 한 구절의 형태가 갖춰져 떠오르려고 하더니 내 입술이 벙어리 입처럼 벌어졌다. 마치 한 줄기 놀란 숨을 내뱉는 것보다 더 힘겨운 듯. 그러나 내 입술에서는 아무 소리도 나오지 않았고, 내가 거의 기억해냈던 그 무엇도 영원히 입 밖으로 내뱉어지지 않았다.

7장

개츠비에 대한 나의 호기심이 최고조에 달해 있던 즈음, 토
요일 밤인데도 불구하고 그의 집에 불이 켜지지 않았다. 그
의 트리말키오* 같은 생활은 그렇게 시작한 때와 마찬가지
로 알게 모르게 막을 내렸다. 그의 집 차도로 자동차들이 잔
뜩 기대를 걸고 들어섰다가 실망을 안고 도로 돌아가고 있
다는 것도 느지막이 알게 되었다. 행여 병이라도 났는지 알
아보려고 개츠비의 집에 갔다. 험악한 얼굴을 한 낯선 집사
가 문에 선 채 미심쩍은 표정으로 실눈을 뜨고 나를 쳐다보
았다.

---

* 고대 로마시대 작가 페트로니우스의 작품 『사티리콘』에 등장하는 인물로, 성대한 파티를
자주 연 것으로 알려져 있다.

"개츠비 씨가 편찮으십니까?"

"아니"하고 잠시 뜸을 들인 뒤 그는 "아닙니다"하고 무시하는 태도로 시큰둥하게 대답했다.

"요즘 그분이 보이지 않길래 걱정이 되어서요. 캐러웨이가 왔더라고 전해주십시오."

"누구라고요?"그가 무례하게 되물었다.

"캐러웨이요."

"캐러웨이. 알겠습니다. 말씀 전해드리죠."그러더니 그는 문을 쾅 닫아버렸다.

우리 핀란드인 가정부에 의하면 개츠비는 일주일 전 자기 집 하인들을 모두 내보내고 대여섯 명 정도 새 사람들로 교체했는데, 새로 들어온 사람들은 절대로 웨스트에그 빌리지 장사꾼들로부터 뒷돈을 받아 챙기는 법 없이 전화로만 적당히 물건을 주문한다고 했다. 식품을 배달하는 소년은 부엌이 마치 돼지우리 같다고 했고, 마을 사람들 사이에서는 새로 들어온 사람들이 하인으로 들어온 게 아니라는 말이 떠돌았다.

그 이튿날 개츠비로부터 전화가 왔다.

"어디 멀리 가십니까?"내가 물었다.

"아닙니다, 노형."

"하인들을 모두 해고했다는 말을 들었는데요."

"뒤에서 수군거리지 않을 사람이 필요해서요. 데이지가

꽤 자주 오거든요. 오후 시간에."

그러니까 데이지 눈에 차지 않는다는 이유로 개츠비의 파티는 카드로 지은 집처럼 무너져버렸던 것이다.

"이번에 들어온 사람들은 울프샤임이 어디 좀 쓸 일이 있는 사람들입니다. 모두 형제자매 같은 사람들이죠. 예전에는 조그만 호텔을 경영했었고요."

"그렇군요."

그는 데이지가 시켜서 내게 전화한 것이었다. 내일 데이지 집에 점심을 먹으러 올 수 있는지 물어보기 위해서였다. 미스 베이커도 올 것이라고 했다. 삼십 분 후에 데이지가 직접 내게 전화를 했는데, 내가 온다는 말에 안심하는 눈치였다. 뭔가 꿍꿍이속이 있는 게 분명했다. 하지만 나는 이런 식으로 일을 벌이리라고는 미처 생각하지 못했다. 특히나 개츠비가 정원에서 대충 내게 귀띔해준 그 충격적이라 할 수 있는 일을 벌이리라고는.

이튿날은 푹푹 찌는 날씨였다. 그 여름의 막바지 무더위가 마지막 기승을 부리고 있는 듯했다. 내가 탄 기차가 터널을 지나 빛으로 빠져나왔을 때, 내셔널 비스킷 회사의 뜨거운 호각 소리만이 이글거리는 정오의 정적을 깨고 있었다. 짚을 채워 넣은 객차의 좌석은 금방이라도 발화하기 직전이었다. 내 옆 좌석에 앉은 여자는 얌전히 땀을 흘리며 하얀 블라우스만 적시고 있다가 손가락 아래 신문까지 땀으로 축축해지자 견딜 수 없다는 듯 짜증 섞인 소리와 함께 깊은 열기 속으로 속절없이 무너져내렸다. 그때 그녀의 문고본 책이 바닥으로 툭 떨어졌다.

"어머!" 그녀가 소리쳤다.

나는 주섬주섬 몸을 굽혀 책을 집어 들었다. 나는 아무런 꿍꿍이속을 품고 있지 않다는 것을 알려주기 위해 책의 모서리 끝부분을 잡고 최대한 팔을 쭉 뻗은 채 돌려주었음에도 불구하고 그 여자를 포함해 주변 사람들은 나를 미심쩍어하는 눈치였다.

"아, 덥다." 차장이 낯익은 얼굴들에게 말했다. "이런 날씨하고는! 덥다! 더워! 더워! 정말 지독하게 덥죠? 안 더워요? 덥죠?"

내가 건넨 통근 기차표는 거무스름한 땀자국을 묻힌 채 그의 손에서 되돌아왔다. 이 무더위에 그가 어떤 달아오른 입술에 키스를 하든, 누가 그의 가슴팍에 머리를 뉘어 잠옷을 축축하게 적시든, 그 누가 상관할 사람이 있으랴!

……개츠비와 내가 현관에서 기다리고 있을 때 뷰캐넌 부부의 저택 홀을 건너 불어오는 잔잔한 바람 속에 전화벨 소리가 실려 들려왔다.

"주인어른의 시체요?" 수화기에 대고 집사가 고함을 질렀다. "죄송하지만 부인, 날이 이렇게 무더워서야 어떻게 시체에 손이나 댈 수가 있나요?"

그가 실제로 전화에 대고 한 소리는 "네, 네, 그러죠"였다.

그는 수화기를 내려놓고 땀으로 번들거리는 얼굴로 우리 쪽으로 오더니 뻣뻣한 밀짚모자를 받아 챙겨주었다.

"부인께서 응접실에서 기다리고 계십니다." 그는 쓸데없이 방향까지 가리키며 이렇게 말했다. 이렇게 무더울 때 불필요한 몸짓은 생명이 있는 것들을 욕보이는 행위였다.

차양으로 그늘이 진 방은 어둡고도 서늘했다. 데이지와 조던은 선풍기에서 불어오는 바람에 펄럭거리는 하얀 드레스를 잡아누르며 거대한 소파에 누워 있었다.

"우린 움직일 수 없어요." 두 여자가 동시에 말했다.

햇빛에 그을린 피부 위에 하얗게 분을 바른 조던의 손가락이 잠시 동안 내 손가락 위에 얹혔다.

"그런데, 우리 폴로 선수 토머스 뷰캐넌 씨는?" 내가 물었다.

그와 때를 같이 해 홀에서 전화를 받고 있는 그의 거칠고 퉁명스럽고 허스키한 목소리가 들렸다.

개츠비는 진홍색 양탄자 한가운데 서서 넋이 나간 눈빛으로 주변을 두리번거리고 있었다. 데이지는 개츠비를 쳐다보며 그 애교스럽고 흥분에 찬 듯한 웃음을 터뜨렸다. 그녀의 가슴팍에서 잔잔한 분가루가 날려 허공으로 흩어졌다.

"들리는 말에 의하면, 톰의 여자한테서 온 전화래요." 조던이 귓속말로 소곤거렸다.

우리는 모두 말이 없었다. 홀에서는 짜증을 부리는 목소리가 점점 커지고 있었다. "그럼 좋아. 자네한테 차를 아예 팔지 않겠어. 나는 자네한테 하등의 의무도 없으니까. 그리고 점심 시간에 이렇게 귀찮게 구는 건 절대 용납할 수 없어!"

"수화기를 누르고 저러는 거야." 데이지가 빈정대는 투로 말했다.

"아냐, 그렇지 않아." 내가 데이지에게 장담했다. "저건 진짜 거래야. 내가 우연히 거기에 대해 알게 됐다고."

톰이 문을 왈칵 열어젖히고 그 큼직한 덩치로 잠시 문을 막고 서 있다가 후다닥 방 안으로 들어왔다.

"아, 개츠비 씨!" 그는 싫은 기색을 능청스레 감추며 널찍하고 펑퍼짐한 손을 내밀었다. "만나서 반갑습니다. 자네 닉도……."

"시원한 음료수 좀 주세요." 데이지가 소리쳤다.

톰이 다시 방에서 나가자 데이지는 자리에서 일어나 개츠비에게 가더니 그의 얼굴을 끌어내려 입에다 키스했다.

"내가 당신을 사랑하는 거 알죠." 그녀가 종알거렸다.

"여기 숙녀가 한 사람 있다는 걸 잊으셨나봐." 조던이 말했다.

데이지가 무슨 소리냐는 투로 둘러보며 말했다.

"너도 닉한테 키스해."

"저속하고 통속적인 여자 같으니라고!"

"난 상관 안 해!" 데이지가 이렇게 소리 지르고는 벽돌로 만든 벽난로에서 나막신 춤을 추기 시작했다. 그러다 덥다는 생각이 든 데이지가 머쓱해하며 소파에 가서 앉는 순간 깔끔한 차림의 보모가 어린 여자애를 데리고 방으로 들어왔다.

"우리 귀이-한 공주님!" 데이지가 팔을 내밀며 노래하듯 나직이 읊조렸다. "사랑하는 어머니에게 오렴."

아이는 보모의 손에서 벗어나 방을 가로질러 수줍은 듯하며 어머니의 드레스에 파묻혔다.

"우리 공주님! 이런, 엄마가 네 노란 머리에 하얀 가루를 묻혔구나. 자, 이제 일어나서 '안녕하세요' 하고 인사해야지."

개츠비와 나는 차례로 몸을 굽혀 미적미적 내미는 작은 손을 잡았다. 그 뒤 개츠비는 놀란 듯한 표정으로 아이를 계속 쳐다보았다. 지금까지 그 아이의 존재를 진짜로 믿은 적이 한 번도 없었던 것 같다.

"점심시간이 되기 전에 옷을 차려입었어요." 아이가 고개를 돌려 데이지에게 암팡스럽게 말했다.

"엄마가 네가 이쁘게 하고 있는 모습을 자랑하고 싶어서 그런 거야." 데이지의 얼굴이 아이의 앙증스런 흰 목에 난 주름에 가 닿았다.

"넌 엄마의 꿈이야. 너무나 소중한 꿈."

"네." 아이가 조용히 대답했다. "조던 이모도 하얀 드레스를 입었네요."

"엄마 친구들이 마음에 드니?" 데이지는 개츠비와 마주보도록 아이를 돌려 세웠다. "이분들 잘생기지 않았니?"

"아빠는 어디 있어요?"

"얘는 아빠를 닮지 않았어요." 데이지가 설명했다. "우리 애는 나를 닮았어요. 머리도 그렇고 이목구비도 그렇고."

데이지는 다시 소파에 앉았다. 보모가 한걸음 앞으로 다가와 아이 손을 잡으며 말했다.

"이제 가자, 패미."

"잘 가, 우리 귀염둥이!"

예의범절 훈련을 잘 받은 아이는 아쉬운 듯 뒤를 한번 돌아본 뒤 보모의 손에 이끌려 문 밖으로 나갔다. 그때 마침 톰이 얼음을 가득 채운 진리키 네 잔을 들고 다시 나타났다.

개츠비는 제 몫의 잔을 집어 들었다.

"정말 시원해 보이는군요." 이 말을 하는 개츠비의 얼굴에는 긴장한 표정이 역력했다.

우리는 게걸스럽게 쭉 들이켰다.

"어디서 읽었는데 말이죠, 태양이 해마다 점점 더 뜨거워지고 있다는 거예요." 톰이 사근사근 말했다. "이러다가는 얼마 안 가서 지구가 태양 속으로 빨려 들어가버리고 말 것 같아요. 아니, 가만있어 봐. 아마 그 반대였지. 그러니까 태양이 해가 갈수록 점점 더 식어가고 있답니다."

그러고는 개츠비에게 "밖으로 나갑시다" 하고 제의했다.
"집 주변을 한번 돌아보시죠."

나는 그들과 함께 베란다로 나갔다. 더위에 지쳐 늘어진
초록빛 해협에 작은 돛단배 하나가 시원한 바다를 향해 천
천히 떠가고 있었다. 개츠비는 잠시 그 배를 눈으로 좇았다.
그는 손을 들어 만 건너편을 가리키며 말했다.

"우리 집은 바로 저 건너편이죠."

"그러게요."

우리의 눈길은 삼복더위 해안가에 몰려온 해초와 뜨거운
잔디밭과 장미꽃밭을 따라가고 있었다. 배가 하얀 날개를
펄럭이며 시리도록 푸른 수평선을 배경으로 천천히 움직였
다. 그 앞에는 바다와 축복받은 섬들이 조개 모양으로 넉넉
히 펼쳐져 있었다.

"저게 바로 재미야." 톰이 고개를 끄덕이며 말했다. "저 사
람하고 같이 바다에 한 시간쯤 나가 있었으면 딱 좋겠군."

우리는 햇빛을 가려 어둑어둑한 다이닝룸에서 점심을 먹
고, 긴장감이 도는 유쾌한 분위기에서 시원한 맥주를 마셨다.

"우리, 오늘 오후에 뭘 할까요?" 데이지가 외쳤다. "그리
고 내일은? 삼십 년 후에는?"

"음울한 소리 집어치워." 조던이 말했다. "상쾌한 가을이
시작되면 다시 숨통이 트일 테니까."

"하지만 지금은 너무 더워." 데이지가 금방 울음이라도 터뜨릴 것처럼 우겨댔다. "그리고 모든 게 너무 뒤죽박죽이고. 우리 전부 시내로 나가요!"

그녀의 목소리는 더위와 씨름하며 겨우겨우 빠져나와 무의미하던 소리가 말 형태를 갖추게 했다.

"마구간을 고쳐 차고를 만든다는 소리는 들었는데 말이죠, 차고를 고쳐 마구간을 만든 사람은 내가 처음이죠." 톰이 개츠비에게 말했다.

"시내에 가고 싶은 사람?" 데이지가 끈질기게 물었다. 개츠비의 눈길이 데이지에게로 흘러갔다. "아!" 데이지가 외쳤다. "당신은 참 멋져 보여요."

두 사람은 서로 눈을 마주친 채, 주위에 아무도 없이 단 두 사람만 있는 것처럼 서로를 응시했다. 데이지는 애써 눈길을 테이블 쪽으로 떨구었다.

"당신은 항상 멋있어 보여요." 데이지가 그 말을 되풀이했다.

그녀는 개츠비를 사랑한다고 말한 것이었고, 톰 뷰캐넌은 그것을 눈치 챘다. 그는 충격을 받았다. 톰은 입을 약간 벌린 채 개츠비를 쳐다보다가, 다시 데이지 쪽으로 눈을 돌렸다. 마치 그제야 데이지가 오래전부터 알고 있는 사람인 것을 알아본 것처럼.

"당신은 광고에 나오는 그 남자를 닮았어요." 데이지가

천진난만하게 말을 이었다. "광고에 나오는 그 남자 있잖아
요……."

"좋아." 톰이 재빨리 끼어들었다. "나는 꼭 시내에 가고
싶어졌어. 자자, 우리 다 같이 시내에 가자고."

톰은 여전히 개츠비와 자기 아내를 번뜩이는 눈으로 번
갈아 쏘아보며 자리에서 일어났다. 하지만 아무도 꼼짝하
지 않았다.

"거 참!" 그가 약간 성질을 부리며 말했다. "대체 왜 이러
는 거야? 시내 갈 생각이면 출발을 하자고!"

자신을 진정시키느라 덜덜 떨리는 손으로 그는 잔에 남은
마지막 맥주로 입술을 축였다. 데이지의 목소리가 마침내 우
리를 자리에서 일어나 펄펄 끓는 자갈 차도로 나가게 했다.

"그냥 이렇게 가는 거예요?" 데이지가 이견을 달았다. "이
렇게? 누구 담배 피우고 싶은 사람은 한 대 피우게 하지도
않고?"

"전부 점심 때 담배 피웠잖아."

"아, 우리 그냥 재미있게 놀도록 해요. 너무 더워서 짜증
부리기도 귀찮아."

톰은 대답을 하지 않았다.

"당신 하고 싶은 대로 하세요." 데이지가 말했다. "조던,
이리 좀 와봐."

두 여인은 외출 준비를 하러 이 층으로 올라가고, 세 남자

는 발로 뜨거운 자갈을 뒤적거리며 그 자리에서 기다렸다. 서쪽 하늘에는 달의 은빛 곡선이 벌써 걸려 있었다. 개츠비가 무슨 말을 꺼내려 하다가 마음을 바꾸었지만, 이미 톰은 개츠비가 무슨 말을 하길 기다리며 몸을 돌린 채 개츠비를 정면으로 바라봤다.

"여기 마구간이 있습니까?" 개츠비가 겨우겨우 입을 열어 물었다.

"이 길을 따라 한 사분의 일 마일 떨어진 곳에 있죠."

"아."

정적이 흘렀다.

"뭐하러 시내에 나가는 건지 모르겠어요." 톰이 쌀쌀맞게 툭 말했다. "여자들 머릿속에 든 생각이란⋯⋯."

"마실 것 좀 챙겨 갈까요?" 데이지가 위층 창문 밖으로 물었다.

"내가 위스키를 좀 챙길게." 톰이 대답했다. 그는 집 안으로 들어갔다.

개츠비는 굳은 표정으로 내 쪽으로 고개를 돌렸다.

"이 사람 집에서는 아무 말도 못 하겠어요, 노형."

"데이지는 정말 조심성 없이 말하죠." 내가 한마디 거들었다. "그 목소리는 완전히⋯⋯." 나는 말을 주저했다.

"그녀의 목소리는 완전히 돈으로 꽉 차 있죠." 그가 불쑥 말했다.

바로 그것이었다. 전에는 미처 깨닫지 못했던 것이었다. 그녀의 목소리는 돈으로 가득 차 있었다. 그 안에서 오르락내리락하는 것은 사라지지 않는 마력이었다. 그 은방울 구르는 듯한 목소리, 심벌즈의 노래 같은 목소리…… 저 높이 하얀 궁전에 사는 왕의 딸, 황금빛 아가씨에게서 나오는…….

톰은 일 리터들이 술병을 수건으로 싸서 집에서 나왔고, 그 뒤를 이어 데이지와 조던이 금속 질감의 조그맣고 꼭 끼는 모자를 쓰고 팔에는 하늘하늘한 망토를 걸친 채 따라 나왔다.

"내 차로 갈까요?" 개츠비가 제안했다. 그는 뜨겁게 달아오른 자동차의 녹색 가죽 시트를 만져보았다. "그늘에 차를 세워뒀어야 하는 건데."

"이 차는 수동 변속 기어입니까?" 톰이 물었다.

"그렇습니다."

"그럼 당신이 내 쿠페를 타시지요. 내가 당신의 차를 몰고 시내로 가겠습니다."

개츠비는 이 제의가 못마땅했다.

"기름이 별로 충분치 않을 텐데요." 개츠비가 반대했다.

"기름 충분해요." 톰이 거칠게 대답했다. 그는 연료 계측기를 살펴봤다. "그리고 만약 기름이 떨어지면 약국에 들르면 됩니다. 요즘은 약국에서 별의별 걸 다 살 수 있거든요."

뜬금없는 이 엉뚱한 말에 잠시 침묵이 흘렀다. 데이지는 눈살을 찌푸리며 톰을 쏘아보았고, 개츠비의 얼굴에는 말로 표현하기 어려운 표정이 스쳐 지나갔다. 분명 낯선 표정이긴 하지만 마치 누가 말로 표현하는 것을 들어본 적이 있는 것처럼 어렴풋이 알 것도 같은 그런 표정이었다.

"뭐해, 데이지." 톰이 손으로 데이지를 개츠비의 차가 있는 쪽으로 떠밀며 말했다. "이 곡마단 마차로 내가 데려다줄게."

톰이 차 문을 열었지만 데이지는 자기를 감싸고 있는 팔을 뿌리치고 빠져나왔다.

"당신은 닉하고 조던을 태우고 가요. 나는 쿠페를 타고 따라갈게요."

데이지는 개츠비의 코트를 만지작거리며 개츠비 옆에 섰다. 조던과 톰과 나는 개츠비의 자동차 앞 좌석에 탔고, 톰이 기어를 시험 삼아 조작해본 뒤 숨이 턱턱 막히는 열기 속으로 차를 몰아 질주해 나가자 두 사람은 시야에서 멀어져 사라졌다.

"알고 있었어?" 톰이 물었다.

"뭘 말이야?"

톰은 조던과 내가 모든 걸 처음부터 다 알고 있었다는 걸 눈치 챈 듯, 정색을 하고 우리를 쳐다봤다.

"너희들은 내가 꽤 어리숙한 인간이라고 여기지, 안 그래?" 그가 말했다. "그게 사실일지도 모르지. 하지만 말이야, 내게도 직감 같은 게 있어서 간혹은 무슨 행동을 해야할지 알려준다 이거야. 너희들은 아마 못 믿을지 모르지만, 과학에 의하면 말이야……."

그는 잠시 말을 멈췄다. 톰은 보다 목전에 놓인 사태에 대한 생각에 정신이 번쩍 들어 막막한 과학적 이론의 심연에 막 빠져들기 직전 거기서 빠져나왔다.

"이 작자에 대해서 좀 간단하게 알아봤거든." 그가 말을 이었다. "좀 더 자세히 알아볼 수도 있었는데 말이야. 내가 미리 알고 있었더라면……."

"점쟁이한테라도 가봤어요?" 조던이 놀리듯이 말했다.

"뭐라고?" 우리가 웃음을 터뜨리자 그는 어리둥절해하며 우리를 쳐다보았다. "점쟁이?"

"개츠비에 대해서 물어보려고요."

"개츠비에 대해서! 아냐, 그게 아냐. 내 말은 내가 그의 과거에 대해 조사를 좀 해봤다는 거지."

"그래서 그 사람이 옥스포드 출신이라는 걸 알게 됐다, 그 말이죠." 조던이 한 수 거들어주었다.

"옥스포드 출신!" 그가 믿을 수 없다는 투로 말했다. "소가 웃을 소리! 그 작자는 분홍색 양복을 입고 다니는 작자야."

"그래도 어쨌거나 옥스포드맨이죠."

"뉴멕시코에 있는 옥스포드." 톰이 업신여기는 투로 비웃으며 말했다. "아니면 그런 비슷한 곳이겠지."

"이봐요, 톰. 당신이 그렇게 잘났으면 그 사람을 점심에
왜 초대했대요?" 조던이 발끈하며 따졌다.

"데이지가 오라고 한 거잖아. 우리가 결혼하기 전부터 알
던 사람이라니까. 모르지, 둘이 어디서 어떻게 알게 된 사이
인지!"

술기운이 가시면서 우리는 모두 더 예민해졌고, 그걸 인
식하며 한동안 모두 입을 다물고 차를 달렸다. 그러다 닥터
T. J. 에클버그의 빛바랜 눈이 도로 저편에서 시야에 들어오
자 개츠비가 기름에 대해 한 말이 생각났다.

"시내까지 갈 만큼은 충분해." 톰이 말했다.

"하지만 바로 여기 주유소가 있는걸요." 조던이 반대했
다. "이렇게 푹푹 찌는 날씨에 차가 서버리면 어떡해요."

톰은 신경질적으로 브레이크를 밟았고, 우리를 태운 차
는 윌슨의 가게 간판 아래로 미끄러져 들어가 흙먼지를 일
으키며 급정거했다.

잠시 후 가게 주인이 나오더니 휑한 눈으로 차를 멀뚱히
응시했다.

"기름 좀 넣어줘!" 톰이 거칠게 소리 질렀다. "우리가 경
치나 감상하려고 차를 세웠을 것 같아?"

"제가 좀 아파서요." 윌슨이 꼼짝하지 않으며 대답했다.
"하루 종일 앓았어요."

"어디가 아파서 그래?"

"모든 게 끝장났어요."

"그럼. 내가 직접 넣을까?" 톰이 물었다. "전화상으로는 멀쩡하더구면."

그늘진 문간에 기대 서 있던 윌슨이 겨우 몸을 움직였다. 그러고는 가쁘게 숨을 몰아쉬며 기름 탱크 마개를 열었다. 태양 아래 그의 얼굴은 초록빛이 감돌았다.

"점심시간을 방해하려고 했던 건 아닌데요." 그가 말했다. "제가 돈이 좀 급하게 필요하다 보니 선생님의 그 오래된 차를 어떻게 하실 작정이신지 궁금해서 전화를 드렸던 겁니다."

"이 차는 어때?" 톰이 물었다. "지난주에 샀거든."

"노란색이 근사하네요." 윌슨이 주유 손잡이에 힘을 주며 말했다.

"살 생각 있어?"

"구미가 당기지만 그 차는 사양하고요." 윌슨이 보일 듯 말 듯 미소를 지었다. "다른 차로는 돈을 좀 만들 수 있는데요."

"갑자기 돈은 왜 필요한 거야?"

"여기 너무 오래 살았어요. 좀 떠나고 싶어요. 아내와 함께 서부 쪽으로 갈 생각을 하고 있어요."

"자네 아내도?" 톰이 놀라 소리쳤다.

"지금 십 년째 그 타령인걸요." 윌슨은 잠시 주유기에 몸을 기대고 손으로 햇빛을 가렸다. "이번에는 원하든 안 원하든 갈 수밖에 없어요. 아내를 데리고서요."

쿠페가 먼지를 일으키며 쌩 하고 우리 곁을 지나갔다. 흔들어주는 손도 잠시 비쳤다.

"기름 값 얼마야?" 톰이 거칠게 물었다.

"지난 이틀 사이에 기가 막힌 일을 알게 됐어요." 윌슨이 말했다. "그래서 떠나고 싶다는 생각을 하게 된 거고요. 차 문제로 선생님을 귀찮게 했던 것도 그래서고요."

"기름 값 얼마지?"

"일 달러 이십 센트요."

맹렬하게 내리쬐는 더위 때문에 정신이 혼미해지기 시작했다. 나는 윌슨이 아직은 톰을 의심하고 있지 않다는 사실을 깨닫기까지 조금 시간이 걸렸다. 윌슨은 머틀이 다른 세상에서 자기와는 동떨어진 생활을 하고 있다는 정도까지 눈치를 챘고, 그 충격으로 인해 실제로 몸져 눕게 되었던 것이다. 나는 윌슨을 쳐다보다가 톰에게로 눈을 돌렸다. 톰도 자신이 그의 처지와 같다는 사실을 알게 된 것이 채 한 시간도 되지 않은 터였다. 문득 나는 무슨 인종이냐, 얼마나 많이 배웠느냐의 차이는 병을 앓느냐 멀쩡하냐 하는 차이에 비하면 너무 미미하다는 생각이 언뜻 들었다. 같은 충격을 받았어도 윌슨은 거의 용서받을 수 없는 죄를 지은 사람처럼 앓고 있지 않은가. 마치 불쌍한 어린 소녀에게 임신이라도 시킨 사람마냥.

"그 차를 자네에게 넘겨주겠네." 톰이 말했다. "내일 오후
에 차를 보내지."

그 동네는 벌건 대낮에도 뭔가 막연히 사람 마음을 불편
하게 하는 곳이었는데, 나는 마치 뒤통수를 조심하라는 경
고를 받은 양 고개를 돌렸다. 잿더미 너머로 닥터 T.J. 에클
버그의 거대한 눈이 내려다보고 있는 것이 보였지만, 곧 나
는 불과 이십 피트도 되지 않는 곳에서 유별나게 뚫어지도
록 우리를 지켜보고 있는 다른 눈이 있음을 알아차렸다.

정비소 건물 위층 창문 가운데 하나에 커튼이 살짝 옆으
로 젖혀져 있고, 머틀 윌슨이 그 틈으로 자동차를 내려다보
고 있었다. 그녀는 워낙 정신이 팔려 있는 바람에 누가 자기
를 쳐다보고 있다는 것조차 의식하지 못하고 있었다. 그녀
의 얼굴에는 마치 피사체가 천천히 사진으로 현상되고 있
는 것처럼 만감이 하나씩 하나씩 드러나고 있었다. 그 표정
은 신기할 정도로 낯익은 것이었다. 그것은 내가 여자들의
얼굴에서 자주 보아왔던 것이었다. 하지만 머틀 윌슨의 얼
굴에 나타난 표정은 무엇 때문인지 전혀 알 수가 없다고 생
각했는데, 무서운 질투심에 사로잡혀 휘둥그레진 그녀의
눈이 톰이 아니라 미스 베이커에게 꽂혀 있다는 것을 깨달
았을 때에야 그 표정을 이해할 수 있었다. 미스 베이커를 톰
의 아내로 착각한 것이다.

생각이 단순하던 사람이 혼란스러워지기 시작하면 그보다 더 심한 혼란은 없다. 우리가 차를 타고 달리는 동안 톰은 공포의 채찍질을 느끼고 있었다. 한 시간 전까지만 해도 든든하고 서로 침범하지 않았던 아내와 정부가 별안간 자기의 통제권에서 빠져나가고 있었다. 톰은 본능적으로 자동차 가속기를 밟았다. 데이지를 따라잡아야 한다는 생각도 있었지만, 윌슨에게서 멀찌감치 떨어지고 싶다는 생각 때문이었다. 차가 애스토리아를 향해 시속 오십 마일 속도로 내달리다가 거미줄 같은 대들보가 우뚝우뚝 솟은 대교에 이르자 여유작작 달리고 있는 파란 쿠페가 시야에 들어왔다.

"50번가 주변에 있는 대형 상영관들이 시원해요." 조던이 말했다. "전 사람들이 다 휴가를 떠나고 없는 한적한 여름날 오후의 뉴욕을 사랑해요. 뭔가 관능적인 느낌이 들거든요. 농익은 것처럼. 오만 가지 신기한 과일이 내 손아귀에 떨어질 것 같은 그런 느낌 있잖아요."

이 '관능적'이라는 말은 안 그래도 심란한 톰의 속을 더욱 뒤집어놓았지만 톰이 대들어 따질 틈도 없이 쿠페가 정지하더니 데이지가 우리에게 차를 옆으로 가까이 대라는 신호를 보냈다.

"우리 어디 갈 거지?" 데이지가 소리 질렀다.

"영화 보러 가는 게 어때?"

"이렇게 더운데······." 데이지가 투덜댔다. "그럼 너희들이나 가. 우리는 드라이브 하다가 나중에 합류할게."

"어디 길 모퉁이에서 만나도록 해. 담배 두 대 피우고 있는 사람이 있으면 난 줄 알아." 데이지는 억지로 발랄한 척하며 이렇게 농담했다.

"여기서 이렇게 옥신각신하고 있을 수 없어." 톰이 조급증을 내며 말했다. 트럭 한 대가 뒤에서 욕을 퍼붓듯 경적을 빵빵 울렸기 때문이다. "센트럴파크 남쪽 플라자 호텔 앞으로 내 차를 따라와."

톰은 몇 번이나 고개를 돌려 쿠페가 잘 따라오는지 살폈고, 차량에 막혀서 그 차가 뒤처지면 다시 시야에 들어올 때까지 속도를 늦추었다. 톰은 그들이 옆길로 빠져 자기 인생에서 영원히 사라져버리지 않을까 겁을 내고 있다는 생각이 들었다.

그러나 두 사람은 사라져버리지 않았다. 그 뒤 어찌어찌하다 보니 우리는 플라자 호텔 특실 응접실에 모두 다 모이게 되었다.

결국 우리 일행을 전부 그 방으로 몰아넣고만 그 끈질기고 격렬했던 입씨름에 대한 기억은 나지 않지만, 그 와중에 내 속옷이 축축이 젖은 뱀처럼 다리 위로 말려 올라들고 간헐적으로 땀방울이 서늘하게 등골을 타고 흘러내렸던 것만은 선명하게 기억이 난다. 이 상황은 원래 데이지가 욕실을 다섯 개 빌려서 냉수욕을 하자고 제안한 데서 시작되었는데, 나중에 '박하술을 마실 수 있는 곳'이라는 보다 구체적인 형태를 띠게 되었다. 우리는 하나같이 그것은 미친 생각이라고 거듭거듭 말했다. 어리둥절한 직원 앞에 다 같이 한 입으로 떠들어대면서 우리는 우리가 하는 짓이 재미있다고 생각했다. 아니면 재미있는 척했던 것이거나…….

그 방은 숨이 턱 막힐 만큼 컸고, 시간이 벌써 오후 4시가 되었음에도 불구하고 창문을 열어도 불어오는 것은 센트럴파크의 뜨끈뜨끈한 관목 바람뿐이었다. 데이지는 거울 앞으로 가서 우리를 등진 자세로 머리를 매만졌다.

"방이 굉장하네요." 조던이 조신한 말투로 이렇게 종알거리자 방에 있는 사람들이 모두 웃음을 터뜨렸다.

"창문 하나 더 열어줘." 데이지가 뒤도 돌아보지 않는 채 말했다.

"창문이 더 없는걸."

"그럼, 전화를 해서 도끼 하나 가져오라고 해야겠네."

"지금 할 일은 말이야, 더위 따윈 잊어버리는 거야." 톰이 짜증스레 말했다. "자꾸 덥다, 덥다 하면 열 배는 더 더운 법이야."

톰은 수건을 벗겨 술병을 꺼내 테이블 위에 놓았다.

"부인을 그냥 가만 좀 놔두시지 그래요, 노형." 개츠비가 말했다. "시내 가자고 한 사람은 노형이잖아요."

잠시 침묵이 흘렀다. 전화번호부가 못에서 미끄러져 바닥에 퍽 하고 떨어지자 조던이 "미안해요" 하고 종알거렸지만, 이번에는 아무도 웃지 않았다.

"내가 주울게요." 내가 나섰다.

"내가 벌써 주웠어요." 개츠비가 말했다. 그는 끊어진 줄을 들여다보고 "흠!" 하며 묘한 표정을 짓더니 전화번호부를 의자에 집어 던졌다.

"당신 거, 말 한번 참 재미있게 하네요, 안 그래요?" 톰이 쏘아붙였다.

"무슨 말 말이죠?"

"거 '노형'이라는 말 말이요. 그건 어디서 주워들은 호칭이요?"

그때 데이지가 거울에서 몸을 돌리며 끼어들었다. "이것 보세요, 톰. 당신이 그렇게 감정 돋운 말이나 할 작정이라면 난 여기 일 분도 더 있지 않겠어요. 박하술에 탈 얼음이나 좀 전화로 주문하세요."

톰이 수화기를 집어 들자 꾹꾹 눌려 있던 열이 전화기 속으로 폭발해 나갔고, 우리는 아래층 연회장에서 들려오는 멘델스존의 결혼행진곡에 귀를 기울이고 있었다.

"이렇게 더운 날씨에 결혼한다고 생각해봐!" 조던이 딱하다는 듯 탄식했다.

"그래도, 난 6월 중순에 결혼했는걸." 데이지가 기억을 더듬어 말했다. "루이빌 그 뜨거운 6월에 말이야. 누구 기절한 사람도 있었지. 기절한 사람이 누구였어요, 톰?"

"빌럭시." 톰이 퉁명스레 대답했다.

"맞아. 빌럭시라는 이름의 남자. '블록' 빌럭시. 그 사람은 진짜로 블록을 만드는 사람이었는데, 테네시 주 빌럭시 출신이었어."

"사람들이 그 남자를 우리 집으로 실어 갔었죠." 조던이 거들었다. "교회에서 두 집 건너면 우리 집이었으니까. 그런데 삼 주일이 지나도록 갈 생각을 안 해서 아빠가 결국 나가달라고 말했어요. 그 사람이 떠난 다음 날 아빠가 돌아가셨죠." 잠시 후 그녀는 사람들이 엉뚱하게 알아들을지 모른다고 생각했는지 "서로 관련된 일은 아니었어요" 하고 말했다.

"나도 멤피스에서 온 빌 빌럭시라는 사람과 알고 지낸 적이 있는데." 내가 말했다.

"그는 그 사람의 사촌이에요. 그 사람이 떠나기 전에 그 집안 내력을 다 알게 됐죠. 그 사람이 준 알루미늄 골프채를 지금도 내가 쓰고 있어요."

결혼식이 시작되면서 음악 소리가 잦아들고 그 대신 창문을 통해 긴 환호 소리가 실려 들어왔다. 이어 간헐적으로 "우와아!" 하는 외침이 들리다가 마침내 재즈 음악이 쿵작쿵작 터지면서 춤이 시작됐다.

"우린 이제 늙어가고 있어. 젊었다면 우리도 일어나서 춤을 출 텐데." 데이지가 말했다.

"빌럭시를 잊지 마." 조던이 데이지에게 주의를 주었다. "어디서 그 사람을 알게 된 거예요, 톰?"

"빌럭시?" 톰은 정신을 집중하느라 애를 썼다. "난 모르는 사람이었어. 그 사람은 데이지가 아는 사람이었지."

"아니에요." 데이지가 부인했다. "나도 본 적 없는 사람이었어요. 그는 자가용을 타고 왔었죠."

"뭐, 그 사람은 당신을 안다고 그러더구먼. 루이빌에서 자랐다고 했지. 에이사 버드가 막판에 데리고 와서는 그 사람이 한 자리 끼어도 되겠냐고 물었지."

조던이 살짝 웃었다.

"아마 고향에 도착할 때까지 무전취식하기로 작정했던가 봐요. 그 사람 말로는 자기가 당신의 예일대 시절 과대표였다고 하던데."

톰과 나는 멍하게 서로를 쳐다보았다.

"빌럭시가?"

"첫째, 우리 과에는 대표라는 사람이 없었고……."

개츠비의 발이 초조하게 바닥을 탁탁 치자 톰이 갑자기 개츠비를 째려보며 물었다.

"그런데, 개츠비 씨는 옥스포드맨인 걸로 알고 있는데."

"반드시 그렇다고는 할 수 없습니다."

"아, 그게 아니죠. 당신이 옥스포드 다녔다고 사람들이 말을 하던데."

"그 말은 맞아요. 옥스포드에 다니긴 다녔죠."

잠시 말이 끊어졌다가 톰이 취조하듯 모욕적인 어투로 말했다. "빌럭시가 뉴헤이븐에 갔을 때쯤 선생은 거기 갔던 거로구만."

또다시 말이 끊어졌다. 그때 웨이터가 노크를 하더니 으깬 박하와 얼음을 가지고 들어왔지만 그가 "감사합니다"라고 한 뒤 조용히 문을 닫고 나갈 때까지도 그 침묵은 깨뜨려지지 않았다. 마침내 엄청난 소문의 진위가 밝혀지려는 참이었다.

"거기 다녔었다고 내가 말했죠." 개츠비가 말했다.

"그 말은 알아들었는데, 언제 다녔었는지가 궁금하군요."

"그게 1919년이었어요. 한 오 개월 거기 있었죠. 그래서 내가 정확히 옥스포드맨이라고 말할 수 없는 겁니다."

톰은 이 소리를 듣고 우리도 자기만큼이나 황당해하는지 확인하려고 우리를 휙 둘러봤다. 하지만 우리는 모두 개츠비만을 바라보고 있었다.

개츠비가 이어 말했다. "휴전협정이 끝나고 나서 일부 장교들에게 주어진 기회였죠. 영국이나 프랑스에 소재한 어느 대학이든 원하는 곳을 선택해서 갈 수 있었습니다."

나는 일어나서 그의 등을 탁 쳐주고 싶었다. 예전에도 그랬던 적이 있듯이, 개츠비에 대한 완전한 신뢰가 되살아나는 그런 순간이었다.

데이지가 얼굴에 살짝 미소를 띤 채 일어나더니 테이블 쪽으로 갔다.

"위스키 병을 열어요, 톰. 그럼 내가 박하술을 만들어줄게요. 그걸 마시고 나면 자기가 그렇게 멍청해 보이진 않을 거예요……. 어머, 이 박하 좀 봐!"

"잠깐만." 톰이 불쑥 외쳤다. "개츠비 씨한테 한 가지만 더 물어봅시다."

"말씀하십시오." 개츠비가 정중하게 말했다.

"당신은 도대체 우리 집에서 무슨 일을 꾸미고 있는 거죠?"

마침내 그 말이 공개적으로 터져 나와 개츠비는 잘됐다고 생각했다.

"문제를 일으키는 건 그분이 아니에요." 데이지가 두 사람을 번갈아 쳐다보며 간절하게 말했다. "당신이 문제를 일으키고 있어요. 제발, 좀 진정하세요."

"진정하라!" 톰이 그 말이 믿기지 않는다는 듯 되받아쳤다. "근본도 모르는 작자가 어디서 굴러 와서 자기 마누라하고 정분을 나누어도 그냥 가만 앉아서 구경만 하는 게 요즘 최신식 사고방식인 것 같은데. 만약 당신도 그런 생각을 갖고 있다면 나까지 그렇게 하도록 할 수는 없어. 요새 사람들이 이렇게 가족생활이나 가족제도 따윈 코웃음만 치고 있으니, 좀 있으면 전부 다 팽개쳐버리고 백인하고 흑인하고 교혼까지 하려 들겠지."

열이 받혀 한바탕 횡설수설하느라 얼굴이 벌겋게 달아오른 톰은 마치 문명의 최후 보루를 홀로 지키며 서 있는 사람 같았다.

"여기 있는 우린 전부 백인인데요." 조던이 중얼거렸다.

"나도 알아. 난 그다지 인기 있는 사람도 아니고, 거창한 파티를 여는 사람도 아냐. 누구하고든 사람을 사귀려면 자기 집을 돼지우리같이 만들어야 하는 것 같은데. 현대 세상에서는 말이야."

다른 사람처럼 나도 화가 나기는 마찬가지였지만, 나는 톰이 입을 벙긋 할 때마다 웃음이 터져 나오려고 했다. 톰은 천하에 바람둥이에서 완벽한 청교도로 둔갑해 있었다.

"내가 한마디 할게요, 노형." 개츠비가 입을 뗐다. 하지만 데이지는 그가 무슨 생각을 하고 있는지 짐작하고 있었다. "제발, 그만두세요!" 데이지가 어쩔 줄 몰라 하며 말을 막았다. "제발 우리 모두 집으로 돌아가요. 다들 집으로 돌아가는 게 어때요?"

"그거 좋은 생각이야." 나는 자리에서 일어섰다. "자자, 톰. 아무도 술 마시고 싶어하는 사람 없어."

"난 개츠비 씨가 하려는 말을 들어야겠어."

"당신의 아내는 당신을 사랑하지 않습니다." 개츠비가 말했다. "그녀는 한 번도 당신을 사랑한 적이 없어요. 그녀가 사랑하는 사람은 납니다."

"당신, 미쳤군!" 톰이 반사적으로 소리를 질렀다.

그러자 개츠비는 역력히 흥분한 표정으로 자리에서 벌떡 일어났다.

"그녀는 한 번도 당신을 사랑한 적이 없어요, 알겠어요?" 그가 외쳤다. "그녀가 당신과 결혼한 것은 단지 내가 가난했기 때문이고, 나를 기다리다가 지쳤기 때문이에요. 아주 끔찍한 실수였지만 그녀가 마음속으로 사랑하고 있었던 것은 오로지 나 한 사람 외에는 아무도 없었다고요!"

사태가 이 지경에 이르자 조던과 나는 그 자리를 피하려고 일어섰지만, 톰과 개츠비는 서로 경쟁이라도 하듯 단호한 어조로 우리더러 그대로 있으라고 했다. 마치 두 사람 다 숨길 것이 하나도 없는 데다, 그들의 감정싸움에 대리로 한몫 끼게 해주는 것이 무슨 특권이나 되는 것처럼.

"앉아, 데이지." 톰의 목소리는 아버지 같은 어투를 더듬어 찾으려 했지만 뜻대로 되지 않았다. "그동안 무슨 일이 있었던 거야? 하나도 빠짐없이 다 들어야겠어."

"무슨 일이 있었는지는 내가 다 말하지 않았습니까." 개츠비가 말했다. "지난 오 년 동안이나요. 당신이 몰랐다뿐이지."

톰은 데이지에게 휙 고개를 돌렸다.

"이 작자를 오 년 동안 만나왔단 말이야?"

"못 만났었다는 말입니다." 개츠비가 말했다. "아뇨, 우린 만날 수 없었어요. 하지만 우리 두 사람은 그동안 줄곧 서로를 사랑해왔습니다, 노형. 당신만 모르고 있었죠. 때로는 웃음이 나오기도 했죠." 하지만 그의 눈에는 웃음의 흔적이 없었다. "당신이 그걸 모르고 있다는 생각을 하면 말이죠."

"아하, 그게 전부란 말이지." 톰은 마치 성직자처럼 두터운 손가락을 탁탁 두드리며 의자 뒤로 몸을 기댔다.

"당신 미쳤군!" 그가 폭발했다. "오 년 전에 무슨 일이 있었는지에 대해서는 내가 말을 할 수 없어요. 왜냐하면 그때는 내가 데이지를 몰랐으니까. 그리고 당신이 뒷문으로 식료품 배달을 하지 않는 한, 어떻게 데이지에게 일 마일 이내 거리까지 접근할 수 있었는지 나는 죽었다 깨어나도 이해를 할 수 없어요. 하지만, 그 나머지는 전부 다 벼락 맞아 죽을 거짓말이요. 데이지는 나와 결혼할 때도 나를 사랑했고, 지금도 나를 사랑하고 있어요."

"아닙니다." 개츠비가 고개를 절레절레 흔들며 말했다.

"데이지는 날 사랑한다니까. 문제는 가끔 데이지가 머릿속에 바보 같은 생각을 품고 자기가 무슨 짓을 하고 있는지 모르는 경우가 있다는 거지만." 그는 똑똑한 척 고개를 끄덕였다. "그러나 무엇보다 나 역시 데이지를 사랑한다는 거요. 가끔 한 번씩 내가 제멋대로 설치고 다니며 바보짓을 하기는 하지만, 그래도 나는 항상 제자리로 돌아오고 마음속으로는 늘 데이지를 사랑하고 있어요."

"당신 정말 역겨워요." 데이지가 말했다. 데이지가 내 쪽으로 고개를 돌리더니 목소리를 한 옥타브 낮춘 채 섬뜩한 비난으로 온 방을 가득 채웠다. "우리가 왜 시카고를 떠났는지 알아, 닉? 그 '제멋대로 설치고 다니는' 이야기를 사람들이 너한테 왜 안 해주는지 참 이상도 하지."

개츠비가 데이지 쪽으로 걸어가 그녀 옆에 섰다.

"데이지, 이제 그건 모두 끝났어요." 그가 진지하게 말했다. "이제는 아무래도 상관없어요. 그냥 그에게 사실대로 말해요. 당신이 그 사람을 한 번도 사랑한 적이 없다고. 그러면 모든 것이 다 영영 지워질 테니까."

데이지는 눈 뜬 장님처럼 개츠비를 쳐다보았다. "아니……내가 어떻게 저 사람을 사랑할 수 있겠어요……. 정말이지 어떻게?"

"당신은 저 사람을 전혀 사랑한 적이 없어요."

데이지는 망설였다. 그녀의 눈은 호소하는 듯 조던에게 갔다가 내게 왔다가 했다. 마침내 자기가 무슨 짓을 하고 있는지 깨달은 것처럼. 그리고 아예 처음부터 어떤 짓도 할 의도가 전혀 없었던 것처럼. 하지만 이미 엎지른 물이었다. 너무 늦어버린 것이다.

"나는 저이를 사랑한 적이 전혀 없어요." 데이지는 이렇게 말했지만, 마지못해 하는 투가 역력했다.

"카피올라니˙에서도?" 톰이 불쑥 따져 물었다.

"그래요."

아래층 무도장에서 뜨거운 열바람을 타고 웅성웅성 질식할 것 같은 화음이 실려 올라왔다.

"당신 신발이 젖지 않게 하려고 펀치볼˙˙에서 내가 당신을 안고 내려왔던 그날도?" 그의 어조에는 어떤 허스키한 자상함 같은 것이 담겨 있었다. "데이지?"

"제발 이러지 말아요." 그녀의 목소리는 여전히 냉랭했지만, 이제 증오의 흔적은 사라지고 없었다. 데이지는 개츠비를 바라보았다. "저기요, 제이." 그녀가 말했다. 하지만 담배에 불을 붙이려는 손은 떨리고 있었다. 갑자기 데이지는 담배와 불붙은 성냥개비를 카펫에 내팽개쳐 버렸다.

"아, 당신은 너무 많은 걸 원하는군요!" 데이지가 개츠비에게 울부짖었다. "나는 지금 당신을 사랑해요. 그걸로 충분하지 않나요? 이미 지난 일은 나도 어쩔 수 없어요." 데이지는 어쩔 줄 몰라 하며 흐느끼기 시작했다. "나는 사실 한때 저이를 사랑했단 말이에요. 하지만 당신도 사랑했어요."

개츠비가 눈을 번쩍 떴다 감았다.

˙ 하와이 군도의 오하우 섬에 있는 공원이다.

˙˙ 하와이 오하우 섬 호놀룰루 북쪽에 있는 분화구이다.

"나도 사랑했었다고요?" 개츠비가 '도'라는 말에 힘을 주며 그 말을 되풀이했다.

"그 말조차도 거짓말이오." 톰이 매정하게 말했다. "데이지는 당신이 살아 있는지도 몰랐단 말이오. 저기, 데이지와 나 사이에는 당신이 결코 알 수 없는 것들, 데이지나 나나 결코 잊어버릴 수 없는 일들이 있어요."

그 말은 실제로 개츠비를 자근자근 물어뜯고 있는 듯했다.

"데이지와 단 둘이서 이야기하고 싶어요." 그가 우겼다. "지금 그녀는 너무 흥분해서……."

"단 둘이 있어도 내가 톰을 전혀 사랑한 적이 없다는 말은 할 수 없어요." 데이지가 가련한 목소리로 인정했다. "그건 사실이 아니니까요."

"물론 아니고 말고." 톰이 동의했다.

데이지는 남편 쪽으로 고개를 돌렸다. "누가 들으면 당신이 엔간히 거기에 대해 신경 쓰는 사람인 줄 알겠어요." 데이지가 말했다.

"물론 신경을 쓰고 있지. 이제부터는 당신에게 더 잘해줄 거야."

"이해를 못 하시는군요." 개츠비가 당황한 기색을 보이며 말했다. "이제 당신은 데이지에게 더 잘해주고 자시고 할 일이 없을 겁니다."

"왜 없죠?" 톰이 눈을 부릅뜨고 웃어 젖혔다. 이제는 자신의 감정을 다스릴 여유가 생긴 것이다. "그건 왜 그런대요?"

"데이지가 당신을 떠날 거니까요."

"무슨 헛소리!"

"하지만 사실이에요." 데이지가 눈에 띄게 힘들어하면서 말했다.

"데이지는 나를 떠나지 않을거요!" 톰의 말이 갑자기 개츠비를 위에서 내리눌렀다. "그녀의 손가락에 끼워줄 반지까지도 훔쳐야 하는 그런 허접한 사기꾼 때문에 떠나는 일은 더더욱 없을 거요."

"더 이상 못 견디겠어요!" 데이지가 외쳤다. "아, 제발. 우리 여기서 나가요."

"당신은 대체 정체가 뭐요?" 톰이 시비를 걸었다. "당신은 마이어 울프샤임하고 어울려 다니는 패거리 중 한 사람이죠. 내가 그 정도는 어쩌다 보니 알게 됐어요. 당신이 하는 일을 좀 조사해봤는데, 내가 내일 더 깊이 캐볼 작정이오."

"그건 좋을 대로 하시오." 개츠비가 담담하게 말했다.

"당신의 그 '약국'이라는 것도 뭔지 알아냈소." 그는 우리 쪽을 쳐다보며 속사포로 말을 했다. "이 사람과 울프샤임이라는 사람이 여기하고 시카고에 있는 도로변 약국을 여러 곳 매입해서는 돈만 주면 곡주를 팔아온 거야. 그게 이 사람이 벌여온 알량한 수작 중에 하나지. 나는 이 사람을 처음 봤을 때 딱 밀주업자라고 찍었는데, 그다지 크게 빗나간 게

215

아니었어."

"그래서 그게 어쨌다는 겁니까?" 개츠비가 점잖게 말했다. "당신의 친구 월터 체이스도 거기에 한몫 끼인 걸 보면 자존심이라곤 없는 사람인가 보죠."

"그런데 당신은 그가 궁지에 빠졌을 때 모른 척했지, 안 그렇소? 뉴저지의 교도소에 한 달씩이나 가 있게 했죠. 원 세상에! 월터가 당신에 대해서 무슨 소리를 하는지 당신이 들어봤어야 하는 건데!"

"그 사람이 우리에게 왔을 때는 완전히 빈털터리였습니다. 돈을 좀 만지게 되니 무척이나 좋아했다고요, 노형."

"나보고 '노형, 노형' 그러지 말아요!" 톰이 버럭 소리를 질렀다. 개츠비는 아무 말도 하지 않았다. "월터는 당신을 도박법 위반으로 걸고넘어질 수도 있었지만, 울프샤임이 겁을 줘서 입을 다물고 있기로 했던 겁니다."

낯설긴 하지만 알아는 볼 수 있는 표정이 개츠비의 얼굴에 다시 떠올랐다.

"그 약국에서 벌이는 일은 푼돈에 불과하고, 월터가 겁이 나서 나한테 이야기를 못 하고 있긴 하지만 당신은 뭔가 꿍꿍이짓을 하고 있어." 톰이 천천히 말을 이었다.

나는 데이지를 힐끗 쳐다봤다. 그녀는 겁에 질린 채 개츠비와 자기 남편 그리고 턱 모서리에 눈에 보이지는 않지만 정신을 집중하고 있는 물체의 균형을 잡기 시작한 조던을 번갈아 쳐다봤다. 그러다 나는 다시 개츠비에게 눈을 돌렸는데, 그의 얼굴 표정을 보고 깜짝 놀랐다.

그의 표정은 뭐랄까, 이건 그의 정원에서 사람들이 쑥덕대던 그에 대한 중상모략은 전혀 염두에 두지 않고 하는 말인데, 마치 '사람을 죽인 듯한' 그런 표정이었다. 한순간 그의 굳은 표정은 그렇게 기가 막힌 방식으로밖에 표현할 길이 없었다.

그 표정이 사라지자 그는 데이지에게 흥분조로 이야기하기 시작하며 모든 것을 다 부인하고, 또 자기에게 썬 혐의들에 대해 자신의 명예를 옹호했다. 그러나 말을 하면 할수록 데이지가 점점 깊이 움츠러들기만 하자 결국 그는 포기해 버리고 말았다. 오후가 점점 깊어갈수록 이제는 이룰 수 없는 꿈만이 손에 잡히지 않는 것을 잡으려 애쓰며, 방 저편으로 사라져버린 목소리를 향해 희망을 버리지 않은 채 몸부림치고 있었다.

그 목소리는 다시 집으로 가자고 애원하고 있었다.

"제발, 톰⋯⋯. 이제 더 이상 참을 수가 없어요."

겁에 질린 그녀의 눈은 자기가 어떤 마음을 먹었었든, 어떤 용기를 가졌었든, 분명 모두 다 사라져버리고 없음을 보여주고 있었다.

"두 사람이 먼저 집으로 출발해, 데이지." 톰이 말했다. "개츠비 씨의 차로."

그녀는 놀란 눈으로 톰을 바라보았지만, 톰은 관대한 경멸로 계속 고집했다.

"가라니까. 그는 당신을 괴롭히지 않을 거야. 내 생각에 그는 건방진 불장난이 끝장난 걸 깨달았어."

두 사람은 말 한마디 없이 가버렸다. 꿈에서 깨어나, 유령처럼 돌발적이고도 단발적으로 한순간 여기 있다가 그다음 순간 사라져버렸다. 안타까워하는 우리들의 마음에서조차.

잠시 후 톰이 일어나더니 따지도 못한 위스키 병을 수건으로 싸기 시작했다.

"이거 좀 마실래, 조던? 닉?"

나는 대답을 하지 않았다.

"닉?" 톰은 다시 물었다.

"뭐라고?"

"좀 마실 거야?"

"아니……. 오늘이 내 생일이라는 게 막 생각났을 뿐이야."

나는 이제 서른 살이 되었다. 내 앞에는 험하고 모진 또 한 차례의 십 년 여정이 펼쳐졌다.

우리가 톰과 함께 쿠페에 올라타 롱아일랜드로 출발한 것은 7시경이었다. 톰은 의기양양하게 껄껄 웃어대며 쉬지 않고 지껄여댔지만 그의 목소리는 도로변의 이질적인 번잡스러움이나 머리 위 고가 철도의 쿵쾅대는 폭음만큼이나 조던과 나에게는 아득하게 들릴 뿐이었다. 인간의 동정심에는 한계가 있는 것이어서, 우리는 등 뒤에서 멀어지는 도시의 불빛과 더불어 그들의 비극적인 말다툼도 저절로 아물아물 스러져가는 것을 다행스러워했다. 서른 살……. 이후 십 년간 혼자 외로이 살아갈 가능성이 짙고, 알고 지낼 독신자들은 점점 줄어들 것이고, 열정으로 부풀어 있던 서류 가방은 점점 얇아질 것이고, 머리숱도 점점 줄어들 것이다. 하지만 내 옆에는 조던이 있었다. 그녀는 데이지와는 달리 이미 말끔히 잊힌 꿈을 계속 끌고 다니는 짓은 하지 않을 만큼 똑똑한 여자였다. 어두컴컴한 대교를 지날 때 그녀의 지친 얼굴이 내 어깨 위로 나른하게 기대왔고, 달래듯 살포시 잡아주는 그녀의 손 덕분에 나는 서른 살이 되었다는 그 가공스러운 충격에서 서서히 벗어날 수 있었다.

그렇게 우리는 선선한 저녁노을을 뚫고 죽음을 향해 차를 계속 달렸다.

재의 계곡 주변에서 커피숍을 운영하고 있는 그리스 청년 마이클리스가 사건을 조사하는 데 주요 증인이었다. 그는 무더위에도 불구하고 5시가 넘을 때까지 잠을 자다 일어나 주유소 쪽으로 어슬렁어슬렁 걸어갔다가 자기 사무실에서 심하게 앓고 있는 조지 윌슨을 보게 되었다. 윌슨은 자기 머리카락 색깔만큼이나 창백한 얼굴을 하고 온몸을 부들부들 떨고 있었다. 마이클리스는 윌슨에게 가서 좀 누워 있으라고 타일렀지만, 윌슨은 그렇게 하면 장사는 어떡하느냐며 말을 듣지 않았다. 이웃 사람이 계속 그를 타이르고 있는데, 머리 위에서 뭐가 격렬하게 와당탕거리는 소리가 들렸다.

"내 아내를 저기 위에 가두어 뒀어." 윌슨이 처연하게 말했다. "모레까지 저기 저렇게 잡아두었다가 우리 이곳을 뜰 작정이야."

마이클리스는 깜짝 놀랐다. 두 사람은 사 년간 이웃으로 지냈지만 윌슨은 전혀 그런 말을 할 수 있는 사람으로 보이지 않았기 때문이었다. 대개 그는 일에 지쳐 있는 사람이었고, 일을 하지 않을 때는 문 앞 의자에 앉아서 도로를 지나가는 차량이나 사람을 멀뚱멀뚱 바라보고 있었다. 누구라도 그에게 말을 걸면 어김없이 속없는 사람처럼 허허 웃어주기만 하는 사람이었다. 그는 자기 자신이 아니라 마누라를 위해 사는 사람이었다.

그래서 당연히 마이클리스는 무슨 일이 있었던 건지 알아내려고 애를 썼지만 윌슨은 단 한마디도 털어놓지 않았다. 대신 그는 그 이웃 사람이 어느 날 어느 시간에 뭘하고 있었는지 물어보며 의심하는 눈길로 쳐다보기 시작했다. 마이클리스가 거북함을 느끼기 시작할 때쯤 몇몇 노동자들이 자기 커피숍으로 가기 위해 문 앞을 지나갔고, 이 기회를 틈 타 마이클리스는 나중에 다시 와볼 작정을 하고 그 자리를 떴다. 하지만 그는 후에 다시 가보지 않았다. 다른 이유가 있는 게 아니라 그냥 그걸 잊어버렸던 것 같다. 저녁 7시가 약간 넘은 시각에 그가 다시 밖에 나왔을 때 주유소 아래층에서 큰 소리로 악을 써대는 윌슨 부인의 목소리가 들려오는 바람에 그는 앞서 나누었던 대화를 다시 기억하게 됐다.

그는 "때려봐!" 하고 그녀가 울부짖는 소리를 들었다. "나를 밀어 쓰러뜨리고 때려보라고! 이 더럽고 치사한 겁쟁이야!"

잠시 후 그녀는 두 손을 흔들고 고함을 지르며 어둑어둑한 땅거미 속으로 달려 나갔다. 그가 문간에서 움직일 틈도 없이 일은 이미 끝나고 말았다.

신문에서 부른 대로 그 '죽음의 자동차'는 정지하지 않았다. 차는 시나브로 깊어가는 어둠 속에서 튀어나와 잠시 비극적으로 흔들흔들하더니 다음 커브길 근처로 사라지고 말았다. 마이클리스는 자동차 색깔조차 확실하게 말할 수 없었다. 제일 처음 현장에 도착한 경찰관에게 그는 자동차 색깔이 연한 초록색이라고 말했다. 뉴욕 쪽으로 가던 다른 자동차는 한 백 야드쯤 가다가 멈추더니 급히 머틀 윌슨이 있는 곳으로 차를 되몰아 왔다. 그때는 이미 그녀의 목숨이 도로 선상에서 끔찍하게 끊어져 있었고, 그녀의 끈적끈적한 붉은 피가 먼지와 뒤범벅이 되어 있었다.

마이클리스와 그 남자가 먼저 그녀에게로 달려갔지만, 아직도 땀으로 축축하게 젖은 그녀의 블라우스를 찢었을 때 그녀의 왼쪽 가슴이 마치 헝겊 조각처럼 너덜거리고 있는 것이 보였기 때문에 그 아래 있는 심장 박동소리는 들어볼 필요도 없었다. 그녀의 쩍 벌어진 입은 양쪽으로 찢어져 있었다. 마치 그처럼 오랫동안 쌓고 쌓아온 엄청난 생명력이 왈칵 밖으로 빠져나오면서 잠시 질식당했던 것처럼.

우리가 탄 차가 아직 현장에서 상당히 떨어진 지점까지 왔을 때 서너 대의 승용차와 사람들이 모여 있는 것을 보았다.

"자동차 사고야! 잘됐군. 드디어 윌슨이 돈벌이 좀 하게 생겼으니." 톰이 말했다.

그는 차 속도를 줄였지만 정지시킬 의도는 없었는데, 우리가 좀 더 가까이 가면서 주유소 문 앞에서 사람들이 숨을 죽이며 긴장한 얼굴을 하고 있는 것을 보자 자기도 모르게 브레이크를 밟았다.

"무슨 일인지 보고 가자고. 그냥 잠깐 구경만" 하고 그가 미심쩍은 투로 말했다.

그제야 나는 주유소에서 공허한 통곡 소리가 끊임없이 들려오고 있음을 알게 됐고, 우리가 쿠페에서 나와 문을 향해 걸어가자 그 소리는 숨 가쁘게 연거푸 "아이고, 세상에!" 하며 울부짖는 곡소리로 바뀌었다.

"여기 무슨 끔찍한 일이 벌어진 거구만." 톰이 흥분해서 말했다.

톰은 까치발을 하고 다가가서 빙 둘러서 있는 사람들 머리 너머로 주유소 안을 들여다보았다. 흔들거리는 철망 바구니에 든 노란 불빛 하나만이 정비소 안을 비추고 있었다. 그러다 톰이 목구멍에서 거친 비명을 내뱉더니 그 억센 팔로 사람들을 마구 밀쳐내면서 안으로 들어갔다.

사람들은 투덜거리며 다시 빙 둘러 모였고, 한동안 나는 전혀 어떤 것도 볼 수 없었다. 그러다 새로 온 사람들 때문에 줄이 흐트러지는 바람에 조던과 나는 별안간에 안으로 떠밀려 들어가게 됐다.

그 찌는 듯 무더운 밤에 냉병을 앓고 있는 것처럼 머틀 윌슨의 시신은 담요로 한번 싸고 그 위에 또 담요로 싼 채 벽 옆 작업대에 놓여 있었고, 톰이 꼼짝 않고 그 위에 몸을 구부리고 있는 뒷모습이 보였다. 톰 옆에는 오토바이 경찰관이 땀을 뻘뻘 흘리며 조그만 수첩에 이름을 받아 적었다 고쳤다 하며 서 있었다. 처음에 나는 그 정비소 건물 안에 시끄럽게 울려 퍼지는 그 높은 신음소리가 어디서 들려오는 것인지 알 수 없었다. 그러다 윌슨이 볼록 솟은 사무실 문지방에 서서 문설주를 두 손으로 움켜잡은 채 몸을 앞으로 뒤로 흔들거리고 있는 게 보였다. 어떤 남자가 나지막한 목소리로 그에게 말을 하고 있었고, 가끔은 그의 어깨에 손을 얹으려 했지만, 윌슨은 그게 들리지도 보이지도 않았다. 그의 눈은 흔들리는 불빛에서 벽 옆에 놓인 테이블로 천천히 떨구어지다가 다시 휙 하니 불빛 쪽으로 튕겨 올랐고, 그러는 가운데 그는 끊임없이 비참하게 목 놓아 울부짖었다.

"아, 세상에! 아, 세상에! 아, 하나님! 아, 하나님!"

이윽고 톰이 머리를 홱 쳐들더니 멍한 눈으로 정비소 안을 한 바퀴 획 둘러보고 나서 경찰관에게 뭐라고 알아듣기 힘든 말을 중얼거렸다.

"M. A. V……." 경찰이 말했다. "O……."

"아니. R." 남자가 수정해주었다. "M. A. V. R. O."

"나 좀 봅시다!" 톰이 불퉁하게 말했다.

"R." 경찰이 말했다. "O……."

"G……."

"G……." 톰의 펑퍼짐한 손이 자기 어깨를 탁 치자 경찰관은 눈을 들어 그를 쳐다보며 물었다. "왜 그러시죠, 선생?"

"무슨 일이 일어났어요? 그걸 알고 싶어요."

"차에 치었어요. 즉사했죠."

"즉사했다……." 톰이 경찰관을 빤히 쳐다보며 그 말을 되풀이했다.

"그 여자 분이 도로로 뛰어들었어요. 그 나쁜 새끼는 차를 멈추지도 않았고요."

"차가 두 대 있었어요." 마이클리스가 말했다. "하나는 오고, 하나는 가고. 아시겠어요?"

"어디로 가고 있었죠?" 경찰관이 날카롭게 물었다.

"한 대씩 양 방향으로 가고 있었죠. 그런데 부인이……."
그의 손이 담요를 향해 들렸다가 중간에서 멈추고 떨구어
졌다. "부인이 그쪽으로 달려 나갔는데, 뉴욕에서 오던 차
가 부인을 바로 들이박았어요. 시속 삼십에서 사십 마일로
달리다가."

"여기 이 가게 이름이 뭐죠?" 경찰관이 물었다.

"이름 같은 건 없습니다."

피부색이 약간 검고 잘 차려입은 검둥이가 그 곁에 다가
왔다.

"노란 차였소." 그가 말했다. "커다란 노란색 차. 그리고
새 차였소."

"사고를 목격했어요?" 경찰관이 물었다.

"아뇨. 하지만 그 차가 이 길로 달려갈 때 내 옆을 지나갔
죠. 사십 마일보다 더 빨랐어요. 오십이나 육십 마일 정도."

"여기 와서 이름 좀 적읍시다. 좀 비켜주세요. 이 사람 이
름을 적어야 하니까."

이렇게 오가는 대화 중 몇 마디가 윌슨 귀에 가 닿았는지,
사무실 문에서 흔들흔들거리며 숨이 막힐 듯 울부짖고만
있던 윌슨이 갑자기 딴 소리로 울부짖어 외쳤다.

"그 차가 어떤 차였는지는 내게 말해줄 필요도 없어요!
나는 그게 무슨 차였는지 알고 있으니까!"

톰을 지켜보고 있던 나는 그의 외투 아래 어깨 뒷부분 근

육 덩어리가 굳어지는 것을 보았다. 그는 잽싸게 윌슨에게 걸어가 그를 똑바로 쳐다보며 서더니, 그의 두 팔뚝을 꽉 움켜잡았다.

"정신을 똑바로 차려야 해." 톰이 걸걸한 목소리로 달래는 듯 말했다.

윌슨이 톰의 눈을 쳐다봤다. 그는 발끝으로 불쑥 일어서려 했지만 톰이 똑바로 잡아주지 않았다면 무릎을 꿇고 도로 주저앉아버릴 것 같았다.

"내 말 들어봐." 톰이 그를 살짝 흔들며 말했다. "나는 조금 전에 여기 도착했어. 뉴욕에서 오다가. 내가 이야기했던 그 쿠페를 자네에게 가져오던 중이었어. 내가 오늘 오후에 몰았던 그 노란 차는 내 차가 아니었어. 알아듣겠어? 난 오후 내내 그 차를 보지 못했다고."

톰이 하는 말을 들을 수 있을 정도로 가까이 있는 사람은 그 검둥이와 나밖에 없었지만, 경찰관이 그 어조에서 뭔가 낌새를 잡은 게 있는지 예리한 눈초리를 보냈다.

"무슨 이야기를 하고 있는 거죠?" 그가 캐물었다.

"나는 이 사람 친굽니다." 톰이 고개를 들었지만 손은 윌슨의 몸을 꽉 움켜잡고 있었다. "이 사람 말이 사고를 낸 차를 자기가 안다는군요. 노란 차였답니다."

어떤 희미한 직감에 이끌린 경찰관이 의심쩍은 눈으로 톰을 쳐다봤다.

"선생의 차는 무슨 색이죠?"

"내 차는 파란색 찹니다. 쿠페죠."

"우리는 뉴욕에서 곧장 오던 길이었습니다." 내가 말했다.

우리보다 약간 뒤처져 차를 몰고 있던 어떤 사람이 이 사실을 확인해주자 경찰관은 다른 곳으로 관심을 돌렸다. "자, 그 이름을 다시 똑바로 이야기해주시면……."

톰은 윌슨을 인형 집어 들 듯 번쩍 집어 들어 사무실로 데려가더니 그를 의자에 앉혀두고 나왔다.

"누구든 와서 저 사람하고 같이 좀 앉아 있어 주시오" 하고 그는 고압적인 태도로 불쑥 내뱉었다. 톰은 가장 가까이 있던 두 남자가 서로를 쳐다보다가 미적미적 사무실로 들어가는 것을 지켜보았다. 그들이 사무실로 들어가자 톰은 문을 닫아준 뒤, 테이블에서 애써 눈을 돌린 채 한 걸음 계단을 내려왔다. 톰은 내 곁을 지나면서 낮은 소리로 말했다. "가자."

남의 눈을 의식하며 톰이 고압적인 태도로 사람들 사이의 길을 텄고 우리는 아직까지 꾸역꾸역 모여들고 있는 군중 틈을 뚫고 나왔다. 그 와중에 혹시나 하는 희망으로 부른 지 삼십 분은 족히 지났을 의사가 왕진 가방을 들고 우리 옆을 황급히 지나갔다.

톰은 도로가 구부러진 곳을 지나칠 때까지는 서행을 하다가 그 후부터는 힘껏 가속기를 밟아 우리가 탄 쿠페는 밤을 뚫고 세차게 내달렸다. 잠시 후 목이 쉰 듯한 흐느낌이 나지막이 들렸고, 나는 톰의 얼굴 위로 눈물이 펑펑 쏟아져 흐르고 있는 것을 보았다.

"망할 놈의 겁쟁이 같으니라고!" 그가 울먹이며 말했다. "그는 차를 세우지도 않았어."

어둠 속에서 수런수런하는 나무들 사이로 갑자기 뷰캐넌 부부의 집이 두둥 떠올랐다. 톰은 현관 옆에 차를 세우고 담쟁이덩굴 사이로 창문 두 개에 불이 화사하게 켜져 있는 이층을 올려다보았다.

"데이지는 집에 있군." 그가 말했다. 차에서 막 내리려는데 톰이 나를 힐끗 쳐다보더니 약간 미간을 찌푸리며 말했다.

"자네를 웨스트에그에 내려줄 걸 그랬어, 닉. 오늘 밤에 우리가 할 수 있는 건 아무것도 없으니까."

그는 완전히 달라진 태도로 침통하게, 하지만 단호하게 말했다. 달빛이 내린 자갈길을 걸어 현관으로 가는 도중에 그는 어떻게 할 것인지 몇 마디 간략한 말로 정리했다.

"내가 택시를 불러 자네 집까지 데려다주도록 할게. 그리고 택시를 기다리는 동안 자네하고 조던이 부엌에 가서 사람들을 시켜 저녁을 차려달라고 해. 뭐라도 먹을 생각이 있다면 말이야." 그러고는 문을 열고 말했다. "들어와."

"아냐, 됐어. 하지만 택시는 불러주면 고맙겠어. 밖에서 기다릴게."

조던이 내 팔을 붙잡고 말했다.

"들어오지 않을래요, 닉?"

"아니에요. 됐어요."

나는 조금 어지러웠고 혼자 있고 싶었다. 하지만 조던은 잠시 더 미적거렸다.

"이제 겨우 9시 30분인데." 그녀가 말했다.

어떻게 내가 그 집에 들어가고 싶다는 생각을 할 수 있었 겠는가. 나는 그날 하루 동안 그들로 인해 충분히 시달렸고, 갑자기 생각해보니 그들 중에는 조던도 끼어 있었다. 조던 은 내가 이런 생각을 하고 있다는 낌새를 내 표정에서 알아 차렸는지, 갑자기 홱 돌아서서 현관 계단을 뛰어올라 집 안 으로 들어가버렸다. 두 손으로 머리를 감싸고 몇 분 동안 앉 아 있자니 집사가 전화기를 집어 들고 택시를 부르는 소리 가 들렸다. 그 뒤 나는 정문에서 기다릴 요량으로 차도를 따 라 집에서 멀어져 걷기 시작했다.

채 이십 마일도 가지 않았을 때 누가 내 이름을 부르는 소 리가 들리더니 개츠비가 두 그루의 잡목을 뚫고 길에 나타 났다. 그때 나는 기분이 꽤 이상했던 것이 틀림없다. 왜냐하 면 달 아래 그의 분홍색 양복이 환하게 빛난다는 것 외에는 아무 생각도 할 수 없었으니까.

"여기서 뭐해요?" 내가 물었다.

"그냥 여기 서 있었죠, 노형."

왠지 그것이 가증스런 처사로 보였다. 왜냐하면 그가 금방이라도 그 집을 털 작정을 하고 있는지도 모를 일이라는 생각이 들었기 때문이다. 어두운 잡목 더미 뒤에 숨어 있는 사악한 얼굴들, '울프샤임 일당'의 얼굴들을 보게 된다고 해도 나는 놀라지 않았을 것이다.

"도로에서 사고가 난 것 봤어요?" 잠시 후 그가 물었다.

"봤습니다."

그는 잠시 머뭇거렸다.

"그 여자가 죽었어요?"

"네."

"그런 줄 알았어요. 데이지에게도 그럴 거라고 말했죠. 매도 한꺼번에 다 맞아버리는 게 나으니까. 데이지는 잘 견뎌냈어요."

그는 마치 데이지의 반응만이 중요한 것인 양 말했다.

"나는 샛길을 이용해서 웨스트에그로 갔죠." 그는 말을 계속했다. "그리고 차를 내 차고에 넣어두었어요. 아무도 우리를 본 사람은 없다고 생각하지만, 그래도 확신할 수 없는 일이니까."

이때는 이미 그가 너무나 혐오스러웠기 때문에 그의 생각이 틀렸다는 말을 해줄 필요성조차 느끼지 못했다.

"그 여자는 누구였죠?" 그가 물었다.

"그 여자의 이름은 윌슨이었어요. 남편이 자동차 정비소 주인이죠. 도대체 어쩌다가 그런 일이 일어난 거죠?"

"아, 그게, 내가 핸들을 꺾어주려고 하는데……." 그는 말 끝을 흐렸고, 나는 갑자기 사건의 진실에 대한 짐작이 갔다.

"데이지가 운전하고 있었어요?"

"그래요." 잠시 후 그가 대답했다.

"하지만 물론 내가 운전하고 있었다고 말할 거예요. 그게 어떻게 됐냐 하면, 우리가 뉴욕을 떠날 때 그녀는 아주 신경 이 곤두서 있었는데, 운전을 하면 마음이 진정될 거라고 그 녀는 생각했죠. 그런데 우리가 반대 방향에서 오는 차 옆을 지나가려고 하는 찰라 이 여자가 갑자기 우리가 탄 차를 향 해 뛰어들었어요. 순식간에 벌어진 일이긴 하지만, 그 여자 는 우리를 자기가 아는 어떤 사람인 줄 생각하고 우리에게 뭔가 말을 하려고 했던 것 같아요. 처음에는 데이지가 그 여 자를 피해 다른 차 쪽으로 방향을 틀었지만 겁에 질려서 그 만 다시 차를 돌려버린 거죠. 내 손이 핸들에 닿는 순간 나 는 그 충격을 느꼈는데, 그 충격으로 봤을 때 아마 그 여자 는 즉사했을 거요."

"그 충격으로 그 여자는 갈갈이……."

"말하지 말아요, 노형." 그가 움찔했다. "어쨌든. 데이지 가 그대로 차를 몰고 달아나버렸어요. 차를 멈추게 하려고 했지만, 데이지는 그렇게 할 수 없었죠. 그래서 내가 비상 브레이크를 당겼어요. 그러자 그녀가 내 무릎 위로 쓰러지

231

고, 그 뒤부터는 내가 운전해 갔죠."

"데이지는 내일이면 괜찮아질 거예요." 그는 다시 말을 이었다. "나는 그냥 여기서 오늘 오후에 있었던 그 불쾌한 일 때문에 톰이 그녀를 괴롭히지나 않는지 지켜볼 작정이었어요. 그녀는 방에 들어가 문을 잠그고 있는데, 혹시라도 그가 폭력적으로 나오면 불을 껐다 켰다 하기로 했어요."

"톰은 데이지에게 손을 대지 않을 거예요." 내가 말했다. "그는 데이지 생각을 하고 있지 않으니까."

"난 그자를 믿지 않아요, 노형."

"얼마나 오래 기다릴 작정입니까?"

"밤새도록. 필요하다면 말이오. 어쨌든, 두 사람이 다 잠자리에 들 때까지."

내 머릿속에 새로운 가능성이 떠올랐다. 만약 데이지가 운전하고 있었다는 것을 톰이 알게 된다면? 그렇게 되면 그는 거기에 무슨 연관성이 있다고 생각하게 될지 모른다. 무엇이라도 생각할 수 있는 것이니까. 나는 집을 바라보았다. 아래층에는 불이 켜진 창문이 두세 개 있었고, 이 층에는 핑크빛 불빛이 빛나는 데이지의 방이었다.

"여기서 기다리세요. 무슨 소동이 벌어질 기미가 있는지 내가 가서 살펴보고 올게요." 내가 말했다.

나는 돌아서서 잔디밭 가장자리를 따라 다시 걸어가서는 자갈길을 조용히 가로질렀다. 그리고 발끝으로 조심스럽게 베란다 계단까지 걸어 올랐다. 거실 커튼이 열려 있었지만 사람은 아무도 없었다. 삼 개월 전 그 6월의 어느 날 밤 우리가 함께 저녁식사를 했던 현관을 지나 식료품실 창문으로 짐작되는 조그만 장방형 불빛에 이르렀다. 블라인드는 내려져 있었지만 나는 창틀에 갈라진 틈을 발견했다.

데이지와 톰은 부엌 식탁을 사이에 두고 마주 앉아 있었고, 그들 사이에는 식어버린 닭튀김 한 접시와 맥주 두 병이 놓여 있었다. 톰은 맞은편에 앉아 있는 데이지에게 열심히 무슨 말을 하면서 진지한 모습으로 제 손을 데이지 손 위에 얹어 감싸고 있었다. 데이지는 가끔씩 톰을 올려다보며 알겠다는 듯 고개를 끄덕였다.

두 사람은 즐거운 표정이 아니었고, 두 사람 다 닭고기나 맥주에는 손도 대지 않았다. 그렇다고 두 사람이 불행한 모습을 하고 있는 것도 아니었다. 그 광경에는 부인할 수 없는 자연스러운 친밀감이 있었고, 누구라도 그 장면을 보았더라면 두 사람이 함께 무슨 음모를 꾸미고 있다고 말했을 것이다.

까치발로 살금살금 현관에서 걸어 나올 때 내가 타고 갈 택시가 어두운 길을 따라 집을 향해 달려오는 소리를 들었다. 개츠비는 좀 전의 그 차도 지점에서 나를 기다리고 있었다.

"집 안이 조용해요?" 그가 초조하게 물었다.

"예. 모두 조용합니다." 나는 잠시 머뭇거리다 말했다. "집에 가서 좀 자도록 하세요."

그는 고개를 저었다.

"데이지가 잠자리에 들 때까지 여기서 기다리고 싶어요. 잘 자요, 노형."

그는 상의 주머니에 두 손을 찔러 넣은 채 그 집을 지켜보기 위해 내게서 등을 돌렸다. 마치 내가 있으면 그 철야의 신성함이 훼손되기라도 하는 것처럼. 그래서 나는 그를 뒤로한 채 걸어가기 시작했다. 아무 소용도 없는 일이지만, 달빛 아래에서 계속 지켜보고 있도록 그를 내버려둔 채.

8장

나는 밤새 잠을 이룰 수 없었다. 해협에서는 안개 경보 경적이 끊임없이 울렸고, 나는 반쯤 아픈 상태에서 괴기스러운 현실과 잔인하고도 무시무시한 꿈 사이를 왔다 갔다 하며 뒤척이고 있었다. 해가 뜰 무렵 개츠비의 저택 차도로 택시가 들어가는 소리가 들려 나는 즉시 침대에서 뛰쳐나와 옷을 주워 입기 시작했다. 뭔가 개츠비에게 해줄 말, 뭔가 경고를 해줄 일이 있다는 생각이 들었고, 아침까지 기다리면 벌써 때가 늦을 것 같았다.

잔디밭을 건너가 보니 현관문이 아직 열려 있었고, 개츠비는 잠을 못 자서인지 실의에 빠져서인지 몰라도 축 늘어진 모습으로 홀 테이블에 몸을 기대고 있었다.

"아무 일 없었어요." 그가 힘없이 말했다. "계속 기다리고

있었는데, 한 4시쯤 데이지가 창가로 오더니 잠시 서 있다
가 불을 끄더군요."

담배를 찾으러 커다란 방들을 구석구석 뒤지고 다닌 그
날 밤만큼 그의 집이 그토록 거대하게 느껴진 적은 없었다.
우리는 장막 같은 커튼을 옆으로 밀쳐보고, 전기 스위치를
찾느라 헤아릴 수 없이 길고 어두운 벽도 더듬어보았다. 한
번은 유령 같은 피아노 건반 위로 와장창 소리를 내며 넘어
지기도 했다. 구석구석에 형언할 수 없을 만큼 먼지가 쌓여
있었고, 방마다 며칠 동안 환기라고는 시키지 않은 듯 퀴퀴
한 냄새가 났다. 전에 보지 못한 테이블 위에 놓인 담뱃갑을
찾아냈는데, 그 안에는 말라비틀어진 담배가 두 개비 들어
있었다. 우리는 거실에 있는 프랑스식 창문을 활짝 열어젖
히고 앉아 담배 연기를 어둠 속으로 날려 보냈다.

"어디로 피신하셔야 할 것 같습니다." 내가 말했다. "사람
들이 분명 당신의 차를 추적해내고 말 거니까."

"지금 피신하란 말입니까, 노형?"

"한 일주일 동안 애틀랜틱시티에 가 있든지, 아니면 저
위 몬트리올에 가 있든지요."

그는 그럴 생각이 없었다. 데이지가 어떻게 할 것인지 알
기 전에는 절대 데이지를 떠날 수 없었다. 그는 한 가닥 마
지막 희망 같은 걸 붙들고 있었고, 나는 도저히 그를 흔들어
서 거기에서 손을 떼고 벗어나게 할 수 없었다.

바로 그날 밤, 그는 댄 코디와 보낸 기이한 그의 젊은 시절 이야기를 내게 들려주었다. 그 이야기를 내게 해준 것은 '제이 개츠비'라는 인물이 톰의 무자비한 악랄함으로 인해 유리처럼 산산조각 나버렸고, 오래 계속되었던 화려한 파티의 비밀도 이미 밝혀졌기 때문이었다. 지금 생각해보면 그는 그때 무슨 이야기라도 주저 없이 사실대로 다 털어놨을 테지만, 무엇보다도 데이지에 대해 이야기하고 싶어했다.

데이지는 그가 난생 처음 알게 된 '곱게 자란' 여자였다. 그는 온갖 숨겨진 재주로 그런 부류의 사람들을 알게 되었지만, 그들과의 사이에는 항상 보이지 않는 가시 철조망이 놓여 있었다. 그녀는 마음이 설레도록 탐나는 여자였다. 그는 처음에는 캠프 테일러의 다른 장교들과, 그다음부터는 혼자서, 데이지의 집에 갔다. 그 집은 놀라웠다. 그처럼 아름다운 집을 본 적이 없었기 때문이기도 하지만, 무엇보다 숨이 막힐 정도로 강렬한 인상을 준 것은 데이지가 그런 집에 살고 있기 때문이었다. 훈련소 텐트가 그에게 별 것 아닌 것처럼, 그런 집이 데이지에게는 별 것 아닌 것이었다. 그 집에는 무르익은 신비감이 깃들어 있었다. 위층으로 올라가면 그 어떤 침실보다 아름답고 멋진 침실이 있을 것만 같은, 복도에는 온통 즐겁고 눈부신 일들이 일어나고 있을 것 같은, 케케묵은 로맨스가 아니라 금년에 출시된 번쩍번쩍한 자동차처럼 신선하고, 숨을 쉬고, 향기로운 라벤더에 로

맨스가 미리 담겨져 있을 것 같은, 시들 기미가 보이지 않는 꽃들 가운데 무도회가 열리고 있을 것 같은 그런 집이었다. 더구나 수많은 남자들이 벌써부터 데이지를 사모하고 있다는 사실은 더더욱 그를 가슴 벅차게 했다. 그로 인해 그녀의 값어치가 더 높아졌기 때문이다. 그녀의 집 구석구석마다 그녀를 사모하는 남자들의 존재가 여전히 떨리는 감정의 그림자로, 그 메아리로, 허공을 가득 채우며 남겨져 있는 것이 느껴졌다. 하지만 그는 자기가 데이지의 집에 가게 된 것은 터무니없을 정도의 우연이 닿았기 때문이었음을 알고 있었다. 제이 개츠비라는 인물로서의 그의 앞날이 아무리 찬란했을지라도 그 당시 그는 근본 없는 무일푼의 청년에 불과했으며, 자신의 정체를 가려주고 있는 군복이라는 투명한 베일은 언제라도 그의 어깨에서 흘러내려 버릴지도 모를 일이었기 때문이다. 그래서 그는 자기에게 주어진 시간을 최선을 다해 이용했다. 그는 자기가 가진 모든 수단을 다 동원해 마침내 어느 고요한 10월의 밤, 데이지를 훔쳤다. 현실적으로 그에게는 그녀의 손을 잡을 수 있는 권리조차 없었기 때문에, 그녀를 훔칠 수밖에 없었다.

거짓된 가면을 쓰고 그녀를 훔친 것이 부인할 수 없는 사실이었으므로, 아마 그는 자신을 경멸했을지도 모른다. 내 말은 그가 있지도 않은 수백만 달러의 재산을 내세워 수작을 부렸다는 말이 아니라, 완전히 의도적으로 데이지에게 자신을 믿어도 좋다는 안도감을 주었다는 말이다. 그는 자신이 데이지와 거의 같은 계층 출신이며, 데이지를 충분히 책임질 능력이 있는 사람인 것처럼 데이지가 믿도록 했다. 사실은 그에게 그런 능력이 없었다. 그에게는 부유한 가족이라는 빽도 없을뿐더러, 인정사정 봐주지 않는 정부가 변덕을 부리면 그는 세상 어느 곳이라도 한방에 휙 날아가버릴 그런 처지에 있었다.

하지만 그는 그런 자신을 경멸하지 않았고, 상황도 자기가 생각했던 것과는 다른 방향으로 흘러갔다. 아마 애초에는 챙겨 먹을 수 있는 것만 챙겨 먹고 가버리면 그만이라는 생각을 갖고 있었는지 모르지만, 이제 그는 무슨 수를 써서라도 '성배'를 쫓고야 말겠다는 결심을 단단히 굳혔다. 그는 데이지가 아주 특별한 여자라는 것을 알고 있긴 했지만, '곱게 자란' 여자가 얼마만큼이나 특별할 수 있는지는 미처 깨닫지 못했다. 데이지는 그녀의 부유한 집 속으로, 그 부유하고 부족할 것 없는 삶 속으로 사라져버리고, 개츠비에게 남은 것도 아무것도 없었다. 남겨진 것이 있다면 그녀와 결혼했던 것 같은 느낌, 그게 전부였다.

이틀 후 그들이 다시 만났을 때, 숨이 막힐 듯하고 오히려 왠지 배반당한 것 같은 느낌을 받은 사람은 개츠비였다. 그녀의 집 현관은 돈으로 산 호화스러운 별빛으로 환했고, 그녀가 개츠비 쪽으로 몸을 돌리고 개츠비가 그녀의 유혹적이고도 사랑스러운 입술에 키스할 때 긴 등나무 의자는 우아하게 삐걱거렸다. 데이지는 감기에 걸려 있었는데, 그로 인해 그녀의 목소리는 더 허스키하고 그 어느 때보다 매력이 넘쳤다. 개츠비는 부유함의 울타리 안에서 보존된 젊음과 신비스러움에 압도되었다. 그뿐 아니라 수많은 의상들, 아니 먹고살기 위해 치열한 투쟁을 벌이고 있는 가난한 자들을 아무렇지도 않게 편안하고 당당하게 내려다보는 자만으로 가득찬 은처럼 빛나는 데이지를 철저히 인식하게 되었기 때문이었다.

"내가 그녀를 사랑하고 있다는 사실을 알게 됐을 때 내가 얼마나 놀랐는지 도저히 말로는 표현할 수 없어요, 노형. 심지어 데이지가 나를 버려주었으면 하고 한동안 바라기도 했지만, 데이지 역시 나를 사랑하고 있었기 때문에 그녀는 그렇게 하지 않았지요. 나는 데이지가 알고 있는 것과는 다른 것들을 알고 있었기 때문에 데이지는 내가 아는 것이 많은 사람이라고 생각했지요……. 어쨌든, 그렇게 나는 야망과는 완전히 절연한 채 시시각각 그녀와의 사랑에 더더욱 깊이 빠져들고 있었는데, 언제부터인지 갑자기 이런 걸 개의치 않게 되더란 말이죠. 내가 앞으로 무엇을 할 것인지 그녀에게 속삭여주면서 더 좋은 시간을 가질 수 있는데, 거창한 일들을 이루는 게 무슨 소용이 있는가 싶은 생각이 들었죠."

그가 해외 근무를 떠나기 전 마지막 날 밤, 그는 데이지를 품에 안고 오랫동안 말없이 앉아 있었다. 그날은 쌀쌀한 가을날이었고, 방에는 벽난로가 타고 있어 그녀의 뺨이 발그스름하게 상기되어 있었다. 가끔 데이지가 움직여 그는 팔위치를 조금 바꾸었고, 짙게 빛나는 그녀의 머리카락에 입맞춤도 한 번 했다. 다음날로 예정된 긴 이별을 위해 깊은 추억을 남겨놓으려는 듯, 그날 오후 그들은 차분한 시간을 보냈다. 서로 사랑을 나눈 한 달 기간 중 그녀가 말없이 그의 외투 어깨 부분에 살짝 입맞춤할 때나, 혹은 마치 그녀가 잠이라도 자고 있는 듯 그녀의 손가락 끝을 살며시 어루만져줄 때만큼 서로 가깝게 느낀 적도, 서로 그처럼 깊이 마음을 나눈 적도 없었다.

전쟁에서 그는 혁혁한 활약을 했다. 그는 대위로 진급한 뒤 최전방으로 배치되었고, 아르곤 전투 후에는 소령이 되어 사단의 기관총 부대 지휘관이 되었다. 휴전 뒤 그는 온갖 노력을 다 기울여 귀국하려 애썼지만 무슨 착오가 있었는지 아니면 일이 꼬였는지 옥스포드로 보내지고 말았다. 이제 그는 걱정이 되기 시작했다. 데이지의 편지에서 초조한 절망 같은 것이 느껴졌기 때문이었다. 데이지는 왜 그가 오지 못하는지 이해할 수 없었다. 외부 세상의 압력을 느끼고 있던 그녀는 그를 보고 그의 존재가 자기 옆에 있다는 것을 느낄 수 있기를, 그리고 결국 자신이 하는 일이 옳은 일이라는 확신이 들게 해주기를 원하고 있었다.

왜냐하면 당시 데이지는 젊었을 뿐 아니라 그녀의 인위적인 세계에는 난초꽃의 향기와 즐겁고 흥겨운 우월의식, 그리고 새로운 곡조 속에 삶의 비애와 암시를 실은 채 그 해 최고의 리듬을 연주하는 오케스트라가 있었기 때문이었다. 밤이 새도록 색소폰이 〈빌 스트리트 블루스〉*의 절망적인 넋두리를 울부짖는 가운데 금빛과 은빛의 화려한 구두 수백 켤레는 빛나는 먼지를 풀풀 불러일으켰다. 어둑어둑한 티타임이 오면 방 안은 언제나 나지막하고 달콤한 열기가 끊임없이 고동쳤고, 새로운 얼굴들은 슬픈 나팔소리에 나부끼는 장미꽃잎처럼 마룻바닥 여기저기 흩날려 다녔다.

이런 미명의 불확실한 상황을 지나자 데이지는 다시 세상 속을 드나들기 시작했다. 그녀는 다시 여러 명의 남자들과 하루에도 여러 번의 데이트를 했다. 새벽녘이 되어서야 이브닝드레스의 구슬과 하늘하늘한 천이 자기 침대 옆 마룻바닥에서 시들어가는 난초와 뒤엉키도록 내버려둔 채 잠이 들곤 했다. 그런 생활을 하는 내내 마음 한구석에서는 뭔가 결단을 내려야 한다는 아우성이 들렸다. 그녀는 삶의 틀이 지금, 즉시 잡히길 원했고, 그 결단은 돈이든 사랑이든, 혹은 의심의 여지없는 현실성이든 손만 내밀면 잡을 수 있

---

* 블루스의 아버지라고 알려진 미국의 작곡가 크리스토퍼 핸디(William Christopher Handy)의 대표작으로 1916년에 발표하여 큰 히트를 기록했다.

는 어떤 조건에 의해 강제적으로 내려져야 하는 것이었다.

그 강제 조건은 봄이 한창 익어가던 무렵, 톰 뷰캐넌의 도착으로 구체적인 모습을 드러냈다. 그는 신체적으로나 지위 면에서 전체적으로 듬직한 면이 있었고, 그의 관심은 데이지의 기분을 우쭐하게 해주었다. 의심의 여지없이 그녀는 한편으로는 갈등을, 한편으로는 안도감을 느꼈다. 개츠비가 옥스포드에 있을 때 그런 사연이 담긴 편지가 도착했다.

어느덧 롱아일랜드에 새벽이 밝아와 우리는 아래층 나머지 창문도 모두 열었다. 집 안은 점차 어둠이 가시고 황금빛으로 가득 차기 시작했다. 나무의 그림자가 갑작스레 이슬 위에 드리워지고, 잠에서 막 깬 새들은 푸른 잎사귀 사이에서 지저귀기 시작했다. 대기 중에는 바람이라고는 할 수 없는 느리고 쾌적한 움직임이 있어 서늘하고 아름다운 하루를 기약하고 있었다.

"나는 데이지가 그 사람을 사랑했던 적이 있다고 생각하지 않아요." 개츠비가 창문에서 돌아서서 나와 싸울 듯이 빤히 쳐다보며 말했다. "노형, 그날 오후에 데이지는 아주 흥분해 있었다는 걸 절대 잊으면 안 돼요. 그 사람은 데이지가 겁을 먹을 수밖에 없는 식으로 모든 이야기를 했으니까. 그것 때문에 내가 아주 형편없는 사기꾼처럼 보이게 된 겁니다. 그리고 그 결과 데이지는 자기가 무슨 말을 하고 있는지도 거의 알지 못하고 있었던 겁니다."

그는 침통한 표정으로 자리에 앉았다.

"물론 아주 잠시 데이지가 그 사람을 사랑했을 수도 있어요. 처음 결혼했을 때 말이에요. 하지만 그때도 나를 더 사랑하고 있었단 말입니다, 아시겠어요?"

갑자기 그는 아리송한 말을 했다.

"어찌됐건 그건 그냥 남들은 사정을 모르는 이야기일 뿐이긴 하지만."

그 말에서 개츠비가 인식하고 있는 그 측정 불가한 사랑의 깊이가 대체 어느 정도였는지 짐작해보게 하는 것 외에, 뭘 의미하는 것으로 받아들일 수 있었을까?

톰과 데이지가 아직도 신혼여행 중일 때 프랑스에서 귀국한 그는 군대에서 받은 봉급을 다 털어 비참하지만 안 가고는 견딜 수 없는 루이빌행 여행길에 올랐다. 그는 거기서 일주일 머물면서 그 옛날 11월 밤에 데이지와 둘이서 걸었던 거리들을 다시 걸어 다녀도 보고, 데이지의 하얀 자동차로 함께 드라이브를 했던 구석진 장소들도 다시 찾아보았다. 데이지의 집이 그 누구의 집보다 더 신비롭고 즐거워 보였던 것과 마찬가지로, 비록 데이지가 떠나고 없어도 그 도시 자체에 대한 그의 인상은 낭만적인 아름다움이 지배적이었다.

그는 좀 더 열심히 찾았더라면 데이지를 찾아냈을지도

모른다는 생각과 데이지를 두고 떠난다는 생각을 하며 그 도시를 떠났다. 이제 빈털터리가 된 그가 탄 일반 객실은 무더웠다. 그는 열려 있는 승강용 통로로 나가 접는 의자에 앉았다. 기차역이 서서히 멀어지고 낯선 건물들의 뒷모습이 스쳐 지나갔다. 그러다 기차가 봄기운이 가득한 벌판을 달려갈 때 노란 전차 한 대가 기차와 경주라도 하는 듯 잠시 나란히 함께 달렸다. 그 전차에 타고 있던 승객들은 우연히 길을 가다가 데이지의 하얀 얼굴을 한 번쯤 보았던 사람들인지도 모른다.

철로가 꺾이자 이번에는 기차가 태양에서 점점 멀리 달아나고 있었다. 점점 저물어가는 태양은 마치 그녀가 한때 숨을 쉬었던 그 멀어져가는 도시에 축복을 내리느라고 빛을 활짝 펼치고 있는 듯했다. 한 줌 바람이라도 잡으려는 듯, 그녀와 함께했음으로 인해 아름다워진 그 도시의 한 조각만이라도 가져가 간직하려는 듯 그는 애틋하게 손을 앞으로 내밀었다. 그러나 눈물로 가려진 눈으로 바라보기에는 도시가 너무 빨리 지나가버렸고, 그는 그 도시의 가장 신선하고 아름다웠던 한 부분을 영원히 잃어버리고 말았음을 깨달았다.

우리가 아침 식사를 마치고 현관문을 나선 것은 9시였다. 밤사이 날씨가 갑자기 변해 대기 중에는 가을 기운이 감돌고 있었다. 개츠비의 예전 하인들 가운데 마지막으로 남은 정원사가 계단 밑으로 걸어왔다.

"오늘 수영장 물을 빼버리려 하는데요, 개츠비 씨. 낙엽이 곧 떨어지기 시작할 텐데, 그러면 항상 파이프에 문제가 생기거든요."

"오늘 하지 마세요." 개츠비가 대답했다. 그는 변명하듯이 나를 돌아보며 말했다. "사실 말이지, 난 저 수영장을 여름 내내 한 번도 사용하지 않았지 뭡니까."

나는 시계를 들여다보고 일어섰다.

"기차 시간이 12분밖에 안 남았네요."

나는 뉴욕으로 가고 싶지 않다. 직장에서 괜찮은 건수를 아직 잡지 못했다는 이유도 있었지만, 무엇보다 개츠비를 두고 떠나고 싶지 않았다. 나는 그 기차를 놓쳤고, 그다음 기차도 그냥 보낸 후에야 겨우 자리에서 일어날 수 있었다.

"나중에 전화 드릴게요." 마침내 내가 말했다.

"그러세요, 노형."

"정오쯤에 전화할게요."

우리는 천천히 계단을 내려갔다.

"데이지도 전화를 걸겠죠." 그는 나를 초조하게 쳐다봤다. 마치 내가 한 그 말에 믿어도 좋을 근거를 제시해주길 기대하고 있는 듯.

"나도 그러려니 생각해요."

"자, 그럼. 안녕히 계세요."

그와 악수를 나눈 뒤 나는 걸어 나가기 시작했다. 잡목 울타리 부분에 이르자 나는 뭔가 생각나는 것이 있어 뒤로 돌아섰다.

"그 사람들은 썩어빠진 무리예요." 내가 잔디밭을 가로질러 소리쳤다. "그 망할 놈의 인간들을 다 모아놓아도 당신 한 사람 가치밖에 안 돼요."

지금까지도 나는 내가 그때 그 말을 하길 잘했다고 생각한다. 나는 처음부터 끝까지 그를 인정해주지 않았기 때문에 그 말이 내가 그에게 해준 유일한 찬사였다. 처음 그는 공손하게 고개를 끄덕이더니, 그 뒤에는 마치 그 사실을 두고 그동안 우리가 희희낙락 공모해온 것처럼, 그의 얼굴에 알겠다는 듯한 미소가 환하게 떠올랐다. 그의 멋진 핑크색 양복이 하얀 계단을 배경으로 한 점 밝은색을 뿌려놓은 듯 보였고, 나는 삼 개월 전 그의 고풍스러운 저택에 처음 발을 들여놓았던 그 밤을 생각했다. 잔디밭과 차도는 개츠비를 부패한 인간이라고 지레짐작했던 사람들의 얼굴로 가득 붐비었고, 그는 부패할 수 없는 꿈을 감춘 채 저 계단에 서서 손을 흔들어 작별을 고했었다.

나는 그의 호의에 감사를 표했다. 우리는 언제나 그의 호의에 감사했다. 나나 다른 사람들이나.

"안녕히 계세요." 내가 외쳤다. "아침 잘 먹었습니다, 개츠비."

뉴욕에 도착한 나는 한동안 지겹게 쌓이는 주식 시세표를 작성하려고 끙끙대다가 회전의자에 앉은 채 그만 잠이 들고 말았다. 거의 정오가 되었을 때 전화 소리에 잠이 깬 나는 이마에 땀을 줄줄 흘리며 깜짝 놀라 일어났다. 그 전화는 미스 베이커에게서 온 것이었다. 그녀는 이맘때 종종 전화를 걸어왔는데, 그것은 호텔로, 골프 클럽으로, 자기 집으로 바쁘게 돌아다니느라 그녀의 동선이 늘 불확정적이었기 때문에 이런 식이 아니면 그녀가 어디 있는지 도무지 알 수 없었기 때문이다. 대개 전화선을 타고 들려오는 그녀의 목소리는 푸른 골프장의 잔디 조각이 사무실 창문으로 날아 들어오는 것처럼 싱싱하고 시원하게 들렸지만, 이날은 그 목소리가 거칠고 메마르게 들렸다.

"데이지 집에서 나왔어요." 그녀가 말했다. "지금 헴프스테드에 있는데, 오늘 오후에는 사우샘프턴에 갈 거예요."

그녀가 데이지의 집에서 나온 것이 약삭빠른 행동일지는 모르지만, 그녀의 그런 처신이 나는 불쾌했다. 그다음 그녀가 한 말은 나를 정색하게 만들었다.

"지난밤 당신은 나한테 상냥하게 대하지 않았어요."

"그런 상황에서 그게 어떻게 중요할 수 있어요?"

잠시 침묵이 흘렀다.

"어쨌거나, 당신이 보고 싶어요."

"나도 당신이 보고 싶어요."

"그럼 내가 사우샘프턴에 가지 말고 오늘 오후에 시내에 가면 어떨까요?"

"아니, 오늘 오후는 안 될 것 같아요."

"알겠어요."

"오늘 오후는 안 돼요. 여러 가지……."

이렇게 한동안 말이 오가다가 어느 순간 갑자기 말이 끊어져버렸다. 우리 두 사람 중 누가 거칠게 전화기를 놓아버렸는지는 모르지만, 나는 아무 상관도 하지 않았다는 것을 안다. 다시 그녀와 말을 못 하게 되는 일이 있더라도 나는 그날 티테이블을 사이에 두고 그녀를 만나 태평스럽게 이야기를 나눌 수 없었다.

몇 분 후 나는 개츠비의 집에 전화를 걸었지만, 통화 중이었다. 네 번 시도를 한 끝에 마침내 짜증이 난 교환원이 말하기를 디트로이트에서 오는 장거리 전화를 기다리느라 전화선이 계속 열린 상태에 있다는 것이었다. 나는 시간표를 꺼내 3시 50분발 기차 주변에 조그만 동그라미를 그렸다. 그 뒤 나는 의자에 깊숙이 기대 앉아 생각을 좀 해보려 애썼다. 그때가 막 정오 시간이었다.

그날 아침 기차를 타고 재의 계곡을 통과할 때 나는 일부러 객차의 반대편 좌석으로 건너가 앉았다. 그 지점에는 하루 종일 호기심 많은 구경꾼들이 모여든다. 아이들은 땅바닥에 검은 핏자국이 있는지 찾아낼 것이고, 수다스러운 인간은 거기서 일어난 사고 이야기를 하고 또 하다가 마침내 자기가 생각하기에도 점점 더 현실감이 사라져 더 이상 그 이야기를 할 수 없게 될 것이고, 그러다 머틀 윌슨의 비극적인 종말은 잊히고 말 것이다. 나는 이제 조금 과거로 돌아가 그 전날 밤 우리가 떠난 뒤 그 차고에서 무슨 일이 있었는지 이야기할까 한다.

그들은 머틀의 동생인 캐서린의 소재를 알아내는 데에 어려움을 겪었다. 그녀는 그날 밤 술을 안 마신다는 규칙을 깬 것이 틀림없었다. 왜냐하면 그곳에 도착했을 때 그녀는 인사불성으로 술이 취해 구급차가 이미 플러싱으로 떠나버렸다는 말도 알아들을 수 없었기 때문이다. 사람들이 이 사실을 그녀가 알아듣도록 설명해주자 그녀는 마치 이 사건 가운데 그 부분이 제일 참을 수 없는 부분이었던 것처럼 그 자리에서 바로 기절해버리고 말았다. 누군가가 친절인지 호기심인지 몰라도 그녀를 자기 차에 태워 언니의 시신을 뒤따라갈 수 있도록 해주었다.

자정이 훨씬 지난 시간까지 끊임없이 새로운 구경꾼들이 정비소 앞에 꾸역꾸역 몰려드는 가운데 조지 윌슨은 사무실에 있는 긴 의자에 앉아 몸을 앞뒤로 흔들고 있었다. 사무실 출입문은 한동안 열려 있었기 때문에 정비소 안으로 들어간 사람은 그 틈으로 안을 들여다보는 유혹을 뿌리칠 수 없었다. 마침내 누군가가 그것이 못할 짓이라고 말하며 문을 닫아버렸다. 마이클리스와 몇 명의 다른 남자들이 그의 곁에 있어 주었다. 처음에는 네다섯 사람이 같이 있다가, 나중에는 두세 명 남자만이 남아 있었다.

훨씬 늦게까지 가지 않고 있던 마이클리스는 마지막 남은 낯선 사람에게 십오 분만 더 있어 달라고 부탁한 뒤 자기 집으로 가서 커피 한 주전자를 끓여 왔다. 그 후 그는 혼자서 새벽녘까지 윌슨과 함께 있어 주었다.

새벽 3시쯤이 되자 알아들을 수 없이 중얼거리던 윌슨의 말에 변화가 생겼다. 그는 점점 차분해지더니 그 노란색 차에 대해 이야기하기 시작했다. 그는 그 노란색 차의 주인이 누군지 알아낼 방법을 알고 있다고 선언하더니 두 달 전 자기 아내가 뉴욕에 갔다가 얼굴에 멍이 들고 코가 퉁퉁 부은 채 돌아온 적이 있다는 말을 불쑥 꺼냈다.

그러나 그는 자기 입으로 한 이 말을 듣고는 몸을 움찔하고 "아, 이럴 수가!" 하며 다시 앓는 소리로 울부짖기 시작했다. 마이클리스는 서툴게나마 그를 진정시키려 애썼다.

"결혼한 지 얼마나 됐지요, 조지? 자자, 나 좀 봐요. 잠시 가만히 앉아서 내가 묻는 말에 대답 좀 해봐요. 결혼한 지 얼마나 됐어요?"

"십이 년 됐어."

"아이도 있었나요? 자자, 조지. 좀 가만히 앉아서……. 내가 질문 했잖아요. 아이가 있었어요?"

껍질이 딱딱한 갈색 딱정벌레들이 지겹도록 날아와 희미한 전등에 부딪치고 있었고, 마이클리스의 귀에는 밖에서 도로를 찢을 듯이 질주하는 자동차 소리가 전부 몇 시간 전 뺑소니를 쳤던 그 자동차 소리로 들렸다. 시체가 놓여 있던 작업대는 얼룩이 져 있었기 때문에 그는 정비소 안으로 들어가기가 싫었다. 그래서 그는 사무실 주변을 불편하게 어슬렁거리다가 가끔은 윌슨 옆에 앉아 윌슨을 좀 더 진정시켜보려 했다. 그 덕택에 아침이 밝았을 때 그는 사무실 안에 뭐가 있는지 훤하게 다 알게 될 정도였다.

"가끔 가는 교회가 있어요, 조지? 설령 오랫동안 나가지 않는 교회라도? 내가 그 교회에 전화해서 목사님을 좀 오시게 하면 당신과 이야기를 좀 나눌 수 있지 않을까요, 안 그래요?"

"난 아무 교회에도 나가지 않아."

"이런 일을 당했을 때를 생각해서 교회는 있어야 돼요, 조지. 한 번쯤은 교회에 나간 적이 있을 거 아니에요. 결혼식을 교회에서 올리지 않았어요? 이봐요, 조지, 내 말 좀 들어봐요. 교회에서 결혼을 하지 않았냐고요."

"그건 아주 오래전 일이지."

그 대답을 하느라 흔들거리는 그의 리듬이 깨졌다. 잠시 동안 그는 말이 없었다. 그러다 그의 흐릿해진 눈에 반쯤은 뭔가 정신을 차린 듯하고 반쯤은 아직 어리벙벙한 듯한 표정이 다시 떠올랐다.

"저기 저 서랍을 좀 열어봐." 그는 책상을 손가락으로 가리키며 말했다.

"어느 서랍 말이죠?"

"그거. 바로 그 서랍."

마이클리스는 제 손에서 제일 가까운 서랍을 열었다. 그 안에는 가죽과 은실을 꼬아서 만든 고가의 조그만 개 목줄 외에는 아무것도 없었다. 그 개 목줄은 산 지 얼마 안 된 새 것으로 보였다.

"이거요?" 마이클리스가 그것을 치켜들고 물었다.

윌슨은 빤히 쳐다보며 고개를 끄덕였다.

"어제 오후에 내가 그걸 발견했어. 아내가 거기에 대해 설명을 하려고 했지만, 난 그게 뭔가 수상쩍은 데가 있는 물건이라는 걸 알았지."

"부인이 이걸 구매했다는 말인가요?"

"아내가 그걸 화장지에 싸서 자기 옷장에 넣어두었더라고."

그걸 왜 수상쩍게 여기는지 이해가 가지 않은 마이클리스는 윌슨에게 그의 부인이 그 개 목줄을 구매하게 되었을 만한 이유를 여남은 가지 늘어놓았다. 윌슨은 이미 그 중에 몇 가지 이유를 머틀에게서 들었음이 분명했다. 윌슨이 "아, 세상에!" 하고 다시 입속말로 중얼거리기 시작했기 때문이다. 그로 인해 위로를 해주려던 사람도 몇 가지 해주려던 설명을 허공 중으로 날려버리고 말았다.

"그렇다면 그자가 내 아내를 죽인 거야." 윌슨이 말했다. 마이클리스의 입이 갑자기 쩍 벌어졌다.

"누구를 말하는 거죠?"

"다 알아내는 방법이 있어."

"당신 지금 제정신이 아니군요, 조지." 마이클리스가 말했다. "이번 일이 너무 견디기 힘들다 보니 지금 자기가 무슨 말을 하고 있는지 모르고 있어요. 아침까지 조용히 앉아서 좀 쉬는 게 좋겠어요."

"그 사람이 아내를 죽인 거야."

"그건 사고였어요, 조지."

윌슨은 고개를 내저었다. 그는 실눈을 뜨고 입을 약간 벌리며 마치 자기는 다 알고 있다는 투로 "흠!" 하는 소리를 냈다.

"난 알아." 그가 확신에 찬 듯 말했다. "난 남을 무조건 믿고 보는 사람이고 누구에게도 피해를 줄 생각을 하지 않는 사람이지만, 알아야 할 건 다 알아. 그 차 안에 타고 있던 남자였어. 머틀이 그 남자에게 말을 하려고 달려 나갔는데, 그는 차를 세우지 않았어."

마이클리스도 그걸 보긴 했지만, 거기에 어떤 특별한 의미가 있을 거라는 생각은 하지 않았다. 그는 윌슨 부인이 어떤 특정한 차를 세우려 한 게 아니라, 자기 남편으로부터 달아나고 있었던 것으로 믿었다.

"대체 왜 그랬겠어요?"

"속을 알 수 없는 여자야." 윌슨이 마치 그 질문에 대답하듯 말했다. "아아아……."

그는 다시 흔들거리기 시작했고, 마이클리스는 손에 쥔 개 목줄을 꼬며 서 있었다.

"혹시 내가 전화해줄 만한 친구라도 있어요, 조지?"

그것은 막연한 희망이었다. 마이클리스는 윌슨에게 친구가 한 명도 없다는 것을 거의 확신하고 있었다. 그는 자기 아내 한 명만으로도 몸이 모자라는 사람이었으니까.

얼마 후 창문에 푸른빛이 점점 짙어지며 방 안에 변화가 보이자, 새벽이 그리 멀지 않았다는 것을 알고 그는 기뻐했다. 약 5시쯤 되자 전등불을 꺼도 좋을 만큼 바깥이 충분히 푸르게 밝아왔다.

윌슨의 흐릿한 눈은 밖에 있는 잿더미로 향했다. 거기에는 조그만 회색빛 구름이 기이한 형상으로 잔잔한 새벽 바람에 이리저리 떠돌고 있었다.

"내가 아내에게 말했어." 윌슨이 오랜 침묵 끝에 입을 열었다. "나는 속일 수 있을지 몰라도 하나님은 속일 수 없다고." 그는 억지로 몸을 일으켜 창문 근처로 걸어가더니 얼굴을 창에 기댔다. "그리고 내가 말했지. '하나님은 네가 무슨 짓을 해왔는지, 네가 한 모든 짓을 다 알고 있다. 네가 나는 속일 수 있어도 하나님은 속일 수 없어!'"

월슨은 닥터 T. J. 에클버그의 눈을 보고 있었다. 캄캄한 밤의 어둠 속을 벗어나 창백하고 거대한 모습을 드러낸 에클버그의 눈을. 월슨의 뒤에 서 있던 마이클리스는 그런 월슨을 보고 충격에 사로잡혔다.

"하나님은 모든 걸 다 보고 계셔." 월슨이 그 말을 되풀이 했다.

"그건 광고판이에요." 마이클리스가 이렇게 납득시켜주려 했다. 문득 그는 창문에서 눈을 돌려 방 안을 바라보았다. 하지만 월슨은 얼굴을 창틀에 바싹 들이대고 여명을 향해 고개를 끄덕이며 한참 동안 그렇게 서 있었다.

6시쯤 되자 마이클리스도 지쳐버렸고, 그래서인지 바깥에 차가 서는 소리가 들리자 고맙기까지 했다. 그는 전날 밤 월슨을 함께 지켜보고 있다가 다시 오겠노라고 약속했던 사람 중 한 사람이었다. 마이클리스는 삼 인분 아침식사를 만들었지만 그 손님과 둘이서만 함께 먹었다. 월슨은 이제 좀 잠잠해졌기 때문에 마이클리스는 눈을 좀 붙이려고 집으로 갔다. 네 시간 후 잠이 깨서 급히 정비소로 돌아왔을 때 월슨은 어디론가 사라지고 없었다.

월슨이 시종일관 걸어서 움직인 동선을 후에 추적해보니 그는 처음엔 루스벨트 항구로 갔다가 그다음에는 개즈힐로 가서 그곳에서 먹지도 않을 샌드위치와 커피를 한 잔 샀다.

정오가 될 때까지 개즈힐에 도착하지 못한 걸로 보아 그는 틀림없이 지쳐서 걸음걸이가 늦었을 것이다. 여기까지는 그가 보낸 시간을 설명하기가 어렵지 않았다. '좀 미친 사람처럼 행동하는' 남자를 보았다는 아이들도 있었고, 길옆에 서서 이상한 눈초리로 자기를 빤히 쳐다보더라는 운전자들도 있었다. 그 뒤 세 시간 동안은 그의 행적이 묘연했다. 윌슨이 마이클리스에게 '알아내는 방법이 있다'고 한 말을 중요하게 여긴 경찰은 윌슨이 그 시간에 정비소를 여기저기 찾아다니며 노란색 자동차의 소재를 찾고 있었을 것으로 추측했다. 그렇지만 그를 보았다는 정비소 직원은 단 한 사람도 나타나지 않은 것으로 보아, 아마도 그는 자기가 알고 싶어하는 것을 찾아낼 보다 수월하고 확실한 방법을 갖고 있었는지 모른다. 오후 2시 30분, 그는 웨스트에그에 나타나 어떤 사람에게 개츠비의 집으로 가는 길을 물었다. 그러므로 이 시점에 윌슨은 개츠비의 이름을 알고 있었다.

오후 2시, 개츠비는 수영복을 입은 후 집사에게 만약 전화가 오면 그 내용을 수영장에 있는 자기에게 전해달라는 말을 남겼다. 그는 여름 동안 손님들을 즐겁게 해주었던 공기 매트리스를 가지러 차고에 들어갔고, 운전기사는 그 매트리스에 바람 넣는 것을 도와주었다. 그 뒤 개츠비는 무슨 일이 있어도 오픈카를 차고에서 끌고 나가지 말라는 지시를 내렸다. 운전기사는 이를 의아하게 여겼다. 왜냐하면 그 자동차의 오른쪽 앞부분을 수리해야 할 필요가 있었기 때문이다.

개츠비는 공기 매트리스를 어깨에 메고 수영장으로 향했다. 그는 한 번 멈춰 서서 그것을 조금 고쳐 멨고, 이걸 본 운전기사가 거들어주길 원하는지 물었으나 개츠비는 고개를 흔들고는 잠시 후 노란색이 짙어가는 나무들 사이로 사라져버렸다.

전화 메시지는 단 한 건도 오지 않았지만, 그래도 집사는 낮잠을 자지 않고 4시까지 대기하고 있었다. 전화 메시지가 오더라도 그 메시지를 받아줄 사람이 없어진 지 한참 시간이 흐른 후까지 대기하고 있었던 것이다. 나는 개츠비 자신이 그 메시지가 오지 않을 것으로 믿고 있었고, 더 이상 오든 말든 상관하지도 않았으리라는 생각이 든다. 만약 그게 사실이었다면, 그는 그 따뜻했던 옛 세상을 잃어버렸다고, 너무나 오랫동안 단 하나의 꿈만을 좇으며 살아온 데 대해 값비싼 대가를 치렀다고, 분명 느꼈을 것이다. 겁에 질린 나뭇잎 사이로 낯선 하늘을 올려다보며 장미라는 것이 얼마나 끔찍한 것인지, 거의 가꾸어지지 않은 잔디 위에 쏟아지는 햇살이 얼마나 쓰라린 것인지 그는 깨닫고 전율했을 것이다. 새로운 세상, 그 무상한 물질의 세계, 가여운 유령들이 공기를 들이마시듯 꿈을 들이마시며 하릴없이 여기저기로 떠밀려 다녔던 세상……. 마치 형체 없는 나무 사이를 헤

집고 자기를 향해 미끄러지듯 다가왔던…… 그 환영 같은
잿빛 형상*처럼…….

  울프샤임의 부하이기도 한 그의 운전기사가 총성을 들었
다. 후에 그는 기껏 한다는 소리가 그 총소리를 듣고도 별로
대수롭게 생각하지 않았다는 말뿐이었다. 나는 기차역에서
곧장 개츠비의 집으로 차를 몰았고, 내가 초조하게 앞 계단
을 급히 뛰어 올라갈 때 비로소 집에 있던 사람은 처음으로
무슨 큰일이 난 듯 경악했다. 하지만 나는 그때 이미 그들은
다 알고 있었다고 지금도 굳게 믿고 있다. 운전기사, 집사,
정원사 그리고 나, 우리 네 사람은 말없이 서둘러 수영장으
로 갔다.

  수영장 한쪽 끝에서 흘러나오는 맑은 물이 다른 쪽에 있
는 배수로를 향해 흘러가면서 겨우 감지할 수 있을 만큼 물
이 움직이고 있었고, 파도의 그림자 축에도 끼지 못할 잔잔
한 물결이 개츠비가 실린 공기 매트리스를 불규칙적으로
수영장 밑으로 움직여가고 있었다. 수면에 파문조차 일으
키지 못할 정도의 한 줄기 가녀린 바람마저도 그 예기치 못
한 짐이 흘러가는 예기치 못한 행로를 훼방 놓기에 충분했
다. 한 무더기의 낙엽이 떨어져 닿자 그것은 물 수면에 생긴

---

* '환영 같은 잿빛 형상'은 자기를 죽이기 위해 다가온 조지 윌슨을 묘사하고 있는 것이라
는 의견이 지배적이다. 이 단락 전체는 개츠비가 살해당하기 전 마지막 순간을 닉이 상상으
로 재구성하고 있는 장면이라는 것을 염두에 두고 읽어야 한다.

얄팍한 붉은 동그라미를 따라 마치 컴퍼스의 다리처럼 천천히 그 매트리스를 빙빙 돌렸다.

개츠비의 시신을 들고 우리가 집으로 가기 시작한 뒤에야 우리는 조금 떨어진 잔디밭에 쓰러져 있는 윌슨의 시체를 보았고, 이렇게 하여 대학살극은 막을 내렸다.

9장

그로부터 이 년이 지난 지금 내가 기억하는 그날의 나머지 사건과 그날 밤, 그리고 그다음 날은 오로지 경찰, 사진사 그리고 신문기자들의 끝없는 행렬이 개츠비의 현관문을 들락날락했다는 것뿐이다. 경찰은 정문을 가로질러 줄을 쳤고, 경찰관 한 명이 그 옆에 서서 구경꾼의 출입을 막고 있었지만, 어린 남자아이들은 곧 우리 집 뜰을 통해 개츠비의 집으로 들어갈 수 있다는 사실을 발견했고, 수영장 옆에는 언제나 두서 명의 아이들이 모여 입을 헤벌리고 있었다. 형사인 듯 믿음이 가는 태도를 지닌 누군가가 그날 오후 윌슨의 시신을 들여다보며 '광인'이라는 표현을 썼고, 어쩌다 그의 목소리가 권위 있게 들렸는지 그 표현은 다음날 아침 신문 기사에 주요 핵심어가 되었다.

신문 기사 대부분은 끔찍한 내용들로 추측성 기사나 부풀리거나 사실과 다른 내용들이었다. 수사 과정에서 마이클리스가 한 증언 때문에 월슨이 아내를 의심하고 있었다는 사실이 밝혀졌을 때 나는 모든 사실은 머지않아 선정적인 조롱거리로 전락하게 될 것이라고 생각했다. 하지만 무슨 말이라도 할 수 있었을 캐서린은 단 한 마디도 하지 않았다. 그녀는 그 사건에 대해 꽤 놀라울 정도의 성격을 보여주었다. 그녀는 새로 고친 눈썹 아래 단호한 두 눈으로 검시관을 바라보며 자기 언니는 개츠비를 만난 적이 전혀 없으며, 자기 언니는 남편과 아주 행복한 사이였으며, 그 어떤 탈선 행위도 한 적은 맹세코 없었노라고 진술했다. 그녀 자신조차 자기가 한 말에 설득당해서, 그 사건에 대한 말만 나와도 견디기 어려운 듯 손수건에 얼굴을 파묻고 엉엉 울었다. 그 사건을 단순하기 그지없는 사건으로 처리해버릴 수 있도록 월슨은 그저 '비탄에 빠져 정신이 돌아버린' 남자였던 걸로 결론이 났고, 그렇게 사건은 일단락되었다.

그러나 그 사건의 이러한 부분은 전부 부수적인 것이고, 핵심적인 것도 아니다. 알고 보니 나는 개츠비 측에 있는 사람이었고, 그런 사람은 내가 유일했다. 그 대참극 소식을 웨스트에그 빌리지에 전화로 알려준 순간부터 그에 대한 모든 추측, 사실상 그에 대한 모든 질문은 나에게 돌려졌다. 처음에는 놀랍고도 어리둥절했다. 그러나 개츠비가 자기 집에 뉘어져 움직이지도, 숨을 쉬지도, 말을 하지도 못하는 시간이 점점 길어질수록 책임을 져야 할 사람은 나라는 생각이 들기 시작했다. 왜냐하면 아무도 관심을 보이지 않았으니까. 관심이라는 것은 말하자면 누구라도 종말을 맞았을 때 어느 정도 막연하게나마 받을 권리가 있는 그 격앙된 인간적 관심을 말하는 것이다.

우리가 개츠비 시체를 발견한 지 삼십 분 후에 나는 본능적으로, 그리고 주저함 없이 데이지에게 전화를 걸었다. 하지만 데이지와 톰은 그날 오후 일찍 짐을 챙겨 떠나고 없었다.

"어디 간다는 주소를 남기지 않았습니까?"

"아뇨."

"언제 돌아온다는 말은요?"

"아뇨."

"혹시 짐작할 만한 곳이라도 있습니까? 어떻게 연락을 취할 방법이 없을까요?"

"모르겠습니다. 말씀드릴 수 없네요."

나는 개츠비를 위해 누군가를 데려오고 싶었다. 그가 누워 있는 방에 가서 그에게 염려하지 말라고 말해주고 싶었다. "내가 당신을 위해 누굴 데려올게요, 개츠비. 걱정 마세요. 그냥 나만 믿어요. 내가 당신을 위해 누굴 데리고 올 테니……."

마이어 울프샤임의 이름은 전화번호부에 없었다. 집사가

브로드웨이에 있는 그의 사무실 주소를 주길래 전화국에 전화를 걸었지만 내가 그 전화번호를 알게 되었을 때는 이미 5시를 훨씬 넘은 시각이었고, 아무도 전화를 받지 않았다.

"다시 한 번 전화를 연결해주시겠습니까?"

"세 번이나 했는데요."

"아주 중요한 일이라서요."

"안됐지만, 다 퇴근하고 없는 것 같습니다."

다시 거실로 돌아왔을 때 순간 방 안을 가득 채우고 있는 이들은 자신의 일 때문에 왔다가 가버린 사람들이구나 하는 생각이 스쳐 지나갔다. 그들이 시트를 걷고 무덤덤한 눈으로 개츠비를 내려다보고 있을 때 내 머릿속에서는 개츠비가 계속 항의하고 있었다.

'이봐요, 노형. 나를 위해 사람들을 좀 불러와 줘야 할 거 아니오. 좀 더 애를 써봐요. 나 혼자서 이 일을 감당해낼 수 없다고요.'

누군가가 나에게 질문을 하기 시작했지만 나는 그 자리를 피해 위층으로 올라가 그의 서랍 가운데 잠기지 않은 서랍들을 황급히 열어보았다. 그는 자기 부모님이 돌아가셨다는 말을 분명하게 말한 적이 없었다. 하지만 나는 아무것도 찾을 수 없었다. 벽에서 내려다보고 있는 잊혀진 폭력의 증표, 댄 코디의 사진 외에는.

이튿날 아침 나는 집사 편으로 뉴욕의 울프샤임에게 편

지를 보냈다. 그 편지에서 나는 정보를 좀 알려줄 것과 속히 다음 기차를 타고 와달라는 부탁을 했다. 그 편지를 쓸 때는 그런 요청이 쓸데없는 짓 같아 보였다. 그가 신문을 보면 틀림없이 바로 출발할 것이라고 생각했기 때문이다. 정오가 되기 전에 데이지에게서 전보가 도착할 것이라고 확신했던 것처럼. 그러나 전보도 오지 않았고 울프샤임도 도착하지 않았다. 다만 경찰과 사진사와 신문기자들만 더 왔을 뿐이었다. 집사가 울프샤임의 답장을 가지고 돌아왔을 때 나는 울분이 들기 시작했다. 개츠비와 내가 한 편이 되어 그들 모두에 맞서 싸우고 있는 느낌이 들었다.

친애하는 캐러웨이 씨.
이 일은 내 일생에서 가장 끔찍하고 충격적인 일 중 하나여서 나는 도저히 이것이 정말이라는 것을 믿을 수 없을 지경입니다. 그 남자가 저지른 그런 미친 행동에 대해 우리 모두 생각해봐야 하겠지요. 나는 지금 아주 중요한 일에 묶여 있어서 당장 갈 수도 없고, 이런 일에 말려들 수도 없습니다. 차후 내가 뭐라도 할 수 있는 일이 있으면 에드가를 통해 편지로 알려주시기 바랍니다. 이 소식을 듣고 나는 너무나 충격을 받아서 제대로 말이 나오지 않을 정도로 정신이 나갔습니다.

마이어 울프샤임으로부터.

그리고 서둘러 추신을 덧붙였다.

장례식 등에 대해 알려주십시오. 그의 가족에 대해서는
전혀 아는 게 없습니다.

그날 오후 전화벨이 울리고 교환원이 시카고에서 온 장
거리 전화라고 했을 때 나는 마침내 데이지가 전화를 한 것
이라고 생각했다.

하지만 전화가 연결되자 들려온 목소리는 아주 가늘고
멀게 들리는 남자의 목소리였다.

"슬레이글인데요……."

"네?" 생소한 이름이었다.

"정말 기가 막히는 일 아니에요? 전보 받으셨죠?"

"전보 같은 거 받은 적 없는데요."

"파크 녀석이 걸렸어요." 그가 재빨리 말했다.

"창구 너머로 채권을 넘겨줄 때 딱 그 사람들한테 걸려버
렸어요. 불과 오 분 전에 채권 번호를 알려주는 쪽지를 뉴욕
에서 받았다는 거예요. 이봐요, 거기에 대해 뭐 아는 게 있
으면 좀 말해줘요. 이런 촌구석에서는 아무것도 모르거든
요……."

"이봐요!" 나는 숨을 씩씩거리며 말을 잘랐다. "이보세요.
난 개츠비가 아닙니다. 개츠비 씨는 죽었어요."

전화기 저편에서는 오랫동안 아무 말이 없었다. 그러다 외마디 소리가 이어졌다. 그다음에는 뺙 하는 소리가 들리더니 전화가 끊어졌다.

헨리 C. 개츠라고 서명된 전보가 미네소타 주 어느 동네에서 도착한 것은 아마도 삼 일째였던 것으로 생각된다.

그 전보에는 발신인이 바로 출발할 것이며, 자기가 도착할 때까지 장례식을 연기해달라는 말만 적혀 있었다.

그 사람은 개츠비의 아버지였다. 그는 진지한 표정에 아주 노쇠하고 상심에 빠진 노인이었는데, 그 9월의 더운 날씨에도 긴 싸구려 방한 외투를 껴입고 있었다.

그는 감정에 북받쳐 끊임없이 눈물을 흘렸고, 내가 그의 손에서 가방과 우산을 받아들자 그가 듬성듬성한 백발 수염을 끊임없이 쓸어내리는 바람에 그의 외투를 벗기는 데 애를 먹었다.

당장이라도 쓰러지기 직전인 그를 음악실로 데리고 가 자리에 앉혀놓고 나는 사람을 시켜 먹을 것을 좀 가져오게 했다. 그러나 그는 먹을 생각을 하지 않고 우유도 손이 떨려 쏟고 말았다.

"시카고에서 신문을 봤다네." 그는 말했다. "시카고 신문에 좌악 깔렸더군. 그걸 보자마자 바로 출발했지."

"연락을 드릴 방도가 없었습니다."

그의 눈은 방 안을 끊임없이 두리번거렸지만 아무것도 눈에 들어오지 않았다.

"미친 사람이 한 짓이지." 그가 말했다. "분명 정신이 나갔던 거야."

"커피 좀 드시겠습니까?" 내가 권했다.

"아무것도 먹고 싶지 않네. 이제 난 괜찮아. 성씨가……?"

"캐러웨이입니다."

"그래. 난 이제 괜찮아. 지미는 어디 안치했지?"

나는 그의 아들이 누워 있는 거실로 노인을 데리고 가 거기 함께 있도록 하고 자리를 떴다.

어린 남자아이 몇 명이 계단으로 와서 홀을 들여다보고 있었다. 누가 도착했는지 내가 말해주자 아이들은 미적미적하며 돌아갔다.

잠시 후 개츠 씨가 문을 열고 밖으로 나왔다. 입이 약간 벌어지고 얼굴은 조금 상기되어 있었고, 눈에서는 눈물이 이따금씩 흘러내렸다.

그는 죽음을 무섭고 놀랍게 받아들일 나이는 지난 터라, 처음으로 높은 천정과 화려한 홀 그리고 홀에서 문을 열면 줄줄이 연결되는 커다란 방들을 둘러보았다. 그의 비통한 감정에 아들이 놀랍도록 자랑스럽다는 감정이 섞여들기 시작했다.

그를 부축해 이 층에 있는 침실로 데려갔다. 부친이 외투와 조끼를 벗는 동안 나는 그가 도착할 때까지 모든 일정을 연기해두었노라고 말했다.

"어떻게 하고 싶어하실지 몰라서요, 개츠비 씨."

"내 성은 개츠요."

"개츠 씨, 부친께서 시신을 서부로 가져가고 싶어하실지 모른다고 저는 생각했습니다."

그는 머리를 저었다.

"지미는 늘 여기 동부를 더 좋아했어요. 그 아이는 동부에서 이렇게 지위가 높아졌잖아요. 우리 아들하고 친구 사이였소?"

"네, 가까운 친구 사이였습니다."

"자네도 알다시피 걔는 앞날이 창창한 아이였지. 아직 젊은 나이에 여기 대단한 두뇌를 갖고 있었어."

그는 인상 깊게 자기 머리를 만졌고, 나는 동의한다는 듯 고개를 끄덕였다.

"만약 살아 있었더라면 위대한 인물이 됐을 거야. 음, 제임스 J. 힐* 같은 사람 말이야. 나라를 건설하는 데 힘을 보탰을 텐데."

"맞는 말씀입니다." 내가 거북스런 마음으로 대답했다.

그는 수를 놓은 침대 커버를 주섬주섬 벗기려 하다가 꼿

---

* 미국의 철도 재벌로, 피츠제럴드의 고향인 미네소타 주 세인트폴에서 살았다.

꽂이 그대로 누워버리더니 금세 잠이 들고 말았다.

그날 밤 누가 들어도 겁을 먹은 목소리로 누군가가 전화를 걸어와 내가 먼저 이름을 밝혀야 자기 이름을 밝히겠노라고 말했다.

"저는 캐러웨이입니다." 내가 말했다.

"아~!" 그는 안도한 듯 외치더니 "저는 클리프스프링어입니다"라고 말했다.

나 역시 안도했다. 개츠비의 장례식에 참석할 사람이 하나 나타났구나 싶었기 때문이다.

나는 신문에 부고를 내서 구경하기 위해 사람들이 몰려오는 것을 원하지 않았기 때문에 몇몇 아는 사람들에게 내가 직접 전화로만 연락을 하고 있었다.

그런데 올 만한 사람을 찾기가 힘들었다.

"장례식은 내일입니다." 내가 말했다. "여기 집에서 3시에 있을 겁니다. 참석할 의사가 있는 사람한테 좀 전해주셨으면 좋겠네요."

"아, 그럼요." 그는 허둥지둥 이 말을 내뱉었다. "누구를 보게 될 것 같진 않지만, 보게 되면 전해줄게요."

그의 말하는 투에 미심쩍은 구석이 있었다.

"물론, 당신은 참석하시겠죠."

"글쎄. 물론 참석하려 애는 써보겠지만요. 내가 전화를 한 이유는……."

"잠깐만요." 내가 말을 가로막았다. "그냥 오겠다고 확답을 주시지 그래요?"

"글쎄, 그게 말이죠……. 사실은 내가 여기 그리니치에 몇몇 사람들과 같이 머물고 있는데, 이 사람들이 내일 내가 자기들하고 있어주는 걸로 알고 있거든요. 사실은 야외에 놀러가는 그런 일인데, 물론 빠져나갈 수 있도록 최선의 노력은 다해볼게요."

나는 어처구니가 없어서 "하!" 하는 소리가 저절로 입에서 튀어나왔다. 그는 이 소리를 들었는지 안절부절못하는 투로 말을 이었다.

"내가 전화를 한 이유는 거기 놔두고 온 신발 때문입니다. 혹시 너무 폐가 되지 않는다면 집사를 시켜서 좀 보내주실 수 있을까요. 테니스화인데 그 신발이 없으면 정말 꼼짝도 못 하거든요. 제 주소는 B. F……."

나는 주소를 다 듣기도 전에 수화기를 내려버렸다.

그 뒤 나는 개츠비에게 측은한 마음이 들었다. 내가 전화한 어떤 신사는 개츠비가 그런 일을 당한 것은 자업자득이라는 투로 말을 하기도 했다.

그에게 전화를 건 게 잘못이었다. 그 신사는 개츠비가 주는 술을 얻어 마시고 그 술기운에 힘입어 제일 신랄하게 개츠비를 비웃어대던 사람 중 한 명이었기 때문에 내가 전화를 한 일은 처신을 잘못한 것이다.

장례식 날 아침 나는 마이어 울프샤임을 만나러 뉴욕에 갔다. 그러지 않고는 달리 연락할 수 있는 방법이 없는 것 같았다.

엘리베이터 소년이 알려준 대로 '스와스티카 지주 회사'라고 표시가 된 문을 열고 들어갔더니 처음에는 아무도 없는 것처럼 보였다.

몇 차례 "여보세요" 하고 불러도 대답이 없더니 마침내 칸막이 뒤에서 말다툼이 벌어지는 소리가 들리고, 이어서 귀엽게 생긴 유대인 여자가 안쪽 문에서 나타나 그 검은 눈동자로 사납게 나를 휙 훑어보았다.

"아무도 없어요." 그녀가 말했다. "울프샤임 씨는 시카고에 갔어요."

아무도 없다는 말은 뻔한 거짓말이었다. 왜냐하면 안에서 누군가가 틀린 음정으로 노래 〈로자리〉를 휘파람으로 불기 시작했기 때문이다.

"캐러웨이가 만나러 왔다고 말 좀 전해주십시오."

"시카고에 가 있는 사람을 데리고 올 순 없죠, 안 그래요?"

이때 방 저쪽에서 "스텔라!" 하고 부르는 목소리는 의심할 나위 없는 울프샤임의 목소리였다.

"데스크에 이름을 남겨두세요." 그녀가 재빨리 말했다. "돌아오시면 전해드릴게요."

"하지만 그분이 저기 있는 걸 아는데요."

그녀는 내 앞으로 한 발짝 가까이 다가오더니 성질이 난 듯이 두 손으로 자기 엉덩이를 아래위로 쓸어내리기 시작했다.

"당신 같은 젊은 사람들은 아무 때나 여기 쳐들어와도 된다고 생각하는데 말이에요" 하고 그녀가 잔소리를 퍼부었다. "난 이제 그게 지긋지긋하거든요. 그분이 시카고에 있다고 내가 말을 했으면 그분은 시카고에 있는 거라고요."

나는 개츠비 이름을 댔다.

"아~!" 그녀가 나를 다시 쳐다보고는 말했다. "잠깐만, 이름이 뭐라고 그랬죠?"

그녀는 안으로 사라졌다. 잠시 후 마이어 울프샤임이 문간에서 두 손을 앞으로 내밀고 진중하게 서 있었다.

그는 나를 사무실로 데리고 들어가더니 정중한 말투로 우리 모두에게 슬픈 시간이라고 말하고 궐련을 권했다.

"개츠비를 처음 만났을 때가 생각나는군요." 그가 말했다. "전쟁에서 받은 메달을 온통 달고 막 제대한 젊은 소령이었죠. 얼마나 형편이 어려웠는지 평상복을 살 돈이 없어서 군복만 계속 입고 다녀야 했어요. 내가 그를 처음 본 것은 그 사람이 일거리가 있는지 알아보려고 43번가에 있는 와인브레너의 당구장에 들어왔을 때였죠. 그는 며칠 동안 아무것도 못 먹은 상태였어요. 그래서 내가 '자, 나랑 점심이나 같이 합시다' 하고 말했죠. 한 삼십 분 만에 무려 사 달러어치도 넘는 음식을 먹어 치우더군요."

"선생님이 개츠비를 처음 사업에 발을 들여놓게 했습니까?" 내가 물었다.

"발을 들여놓았다니! 내가 출세를 시켜줬지."

"아, 예."

"아무것도 없는, 완전히 시궁창에서 건져서 그 사람을 내가 키워준 거죠. 나는 그 사람이 잘생기고 신사적인 청년이라는 것을 한눈에 알아본 데다, 자기가 오그스포드 출신이라고 말을 하기에 아주 꽤 쓸모가 있는 사람이라는 걸 알았죠. 나는 그 사람을 미국 재향군인회에 가입하게 했고, 거기서 꽤 잘나갔었지. 얼마 안 있어서 그는 올버니에 있는 내 고객을 위해 어떤 일을 했어요. 우리는 무슨 일을 하든 그렇게 두터운 관계였죠." 그는 뭉텅한 손가락 두 개를 치켜세우며 말했다. "항상 함께."

나는 그 두 사람 사이의 파트너 관계에 1919년 월드시리즈 사건도 포함되어 있는지 궁금했다.

"이제 그는 가고 없습니다." 내가 잠시 후 말했다. "선생님은 그의 가장 가까운 친구였으니, 오늘 오후 그의 장례식에 꼭 오고 싶어하실 것으로 알고 있습니다."

"나도 가고 싶소."

"그럼 오시죠."

그의 코털이 콧구멍 속에서 가볍게 떨리더니 그는 눈에 눈물이 가득 고인 채 머리를 흔들었다.

"그렇게 할 수 없어요. 난 그 일에 연루될 수 없어요." 그가 말했다.

"연루되고 말고 할 것은 전혀 없습니다. 이제 모두 끝난 일이니까요."

"누가 살해당하면 나는 어떤 식으로든 거기에 얽혀 들어가고 싶지 않아요. 항상 물러서 있어요. 내가 젊었을 때는 달랐죠. 내 친구가 죽으면 어떻게 죽었든지간에 끝까지 의리를 지켰죠. 감상적이라고 생각하실지 모르지만, 진심이에요. 최후의 막판까지 말입니다."

그가 자기 나름의 이유 때문에 오지 않기로 마음을 굳히고 있다는 것을 알고 나는 자리에서 일어났다.

"당신은 대학을 나온 사람이오?" 그가 갑자기 물었다.

잠시 나는 그가 '고래선'을 나한테 제안하려는 것으로 생각했지만, 그는 다만 고개를 끄덕이며 나와 악수를 나누기만 했다.

"죽고 나서가 아니라 살아 있을 때 우리의 우정을 보여주는 법을 배우도록 합시다." 울프샤임이 제안했다.

"그후에는 모든 걸 그냥 있는 그대로 내버려두자는 것이 내 소신이오."

그의 사무실에서 나왔을 때 하늘이 어둑어둑해졌고, 웨스트에그에 도착했을 때는 가랑비가 내리고 있었다.

옷을 갈아입고 옆방으로 갔더니 개츠 씨가 복도에서 신

이 나서 왔다 갔다 하고 있었다. 시간이 갈수록 아들과 아들의 소유물에 대한 뿌듯함이 점점 더 커져갔고, 이제는 내게 뭔가 보여주고 싶은 것까지 생겼다.

"지미가 이 사진을 내게 보내왔더랬어." 그는 떨리는 손가락으로 지갑에서 사진을 꺼냈다. "이걸 보게."

그것은 개츠비의 저택을 찍은 사진이었는데 워낙 많은 손을 거친 탓에 모서리가 닳고 손때가 묻어 지저분했다. 그는 사진 구석구석을 열심히 짚어 보여주었다. "이것 봐!" 하고는 내가 감탄하는 것을 보려고 내 눈을 쳐다봤다. 그 사진을 얼마나 자주 남들에게 보여주었는지 노인에게는 그 집 자체보다 사진이 더 현실적으로 보일 것 같았다.

"지미가 나한테 보내준 거야. 참 아름다운 사진이라고 생각해. 정말 잘 나왔어."

"아주 좋은데요. 최근에 개츠비를 만난 적이 있으세요?"

"이 년 전에 나를 보러 왔었는데, 그때 지금 내가 살고 있는 집을 사주었지. 물론 개가 집을 나가버리는 바람에 헤어지게 되긴 했지만, 이제 보니 그럴 만한 이유가 있었던 거야. 개는 자기 앞에 창창한 미래가 놓여 있다는 것을 알았던 거지. 그 뒤로 개는 성공을 했고, 나한테도 아주 넉넉하게 마음을 써주었지."

개츠 씨는 그 사진을 치우기가 싫은 듯, 내 앞에서 그 사진을 얼마 동안 더 들고 있었다. 그러다 사진을 지갑에 넣고

주머니에서 『호펄롱 캐시디』*라는 제목의 오래되고 낡은
책을 꺼냈다.

"이것 좀 보시게. 이 책이 걔가 어릴 때 가지고 있었던 책
이야. 이걸 보면 잘 알 수 있을 거야."

노인은 책 뒷장을 펼치더니 방향을 돌려 내게 보여주었
다. 아무것도 인쇄되지 않은 제일 뒷장 면지에 '계획표'라
는 말이 인쇄되어 있고, 날짜는 '1906년 9월 12일'이라고
적혀 있었다. 그 아래는 다음과 같이 쓰여 있었다.

기상 ··· 오전 6시

덤벨 운동과 벽타고 오르기 ······ 6시 15분~6시 30분

전기학 및 기타 공부 ············ 7시 15분~8시 15분

일 ···························· 8시 30분~오후 4시 30분

야구와 스포츠 ··························· 4시 30분~5시

웅변 연습, 자세 잡는 훈련 ····················· 5시~6시

발명에 필요한 공부 ························· 7시~9시

결심

새프터 당구장이나 ×××(이름 해독 불가능)에서 시간

---

* 미국 작가 클라렌스 멀포드(Clarence E. Mulford)가 '호펄롱 캐시디'라는 카우보이를
주인공으로 쓴 연작 소설로 모두 28편이다.

낭비하지 말 것.

담배를 끊고 껌을 씹지 말 것.

이틀에 한 번씩 목욕할 것.

매주 자기계발 책이나 잡지 한 권씩 읽을 것.

매주 5달러(줄을 그어 지웠다) 3달러 저축할 것.

부모님께 더 잘할 것.

"이 책을 아주 우연히 찾아냈지." 노인이 말했다. "많은 것을 말해주고 있지, 안 그런가?"

"그러네요."

"지미는 잘나갈 수밖에 없었어. 항상 이런 결심 같은 걸 마음에 두고 있었거든. 걔가 자기계발을 하려고 어떤 노력을 했는지 봤지? 항상 그런 면에서 아주 철저했지. 한번은 나보고 돼지같이 먹는다고 말을 하기에 내가 때려주기도 했지."

그는 책을 그대로 덮어버리기가 아쉬운 듯, 한 줄 한 줄 큰소리로 읽고 나서 간절한 눈빛으로 나를 바라보았다. 아마도 내가 그걸 다 베껴 써두었다가 나도 따라해주기를 기대했던 것 같다.

3시가 거의 다 되었을 때 루터교 목사가 플러싱에서 도착했고, 나는 다른 차들이 행여 올까 싶어 나도 모르게 창문을 내다보기 시작했다.

개츠비의 아버지도 마찬가지였다.

시간이 지나자 하인들이 들어와 홀에서 대기하며 서 있었고, 노인은 초조하게 눈을 깜박거리며 걱정스럽고도 막연한 듯 비를 탓했다. 목사가 손목시계를 몇 번이나 들여다보기에 나는 그를 옆으로 데려가 한 삼십 분만 기다려달라고 말했다. 하지만 아무 소용도 없었다. 아무도 오지 않았다.

5시쯤 해서 자동차 세 대로 이루어진 장례 행렬이 공동묘지에 도착해 굵은 비가 내리는 가운데 정문 옆에 멈췄다. 맨앞에는 섬뜩하게 검고 젖은 영구차가, 그다음에는 개츠 씨와 목사와 내가 탄 리무진 그리고 조금 후에는 네댓 명의 하인과 웨스트에그에서 온 우편배달부가 비에 흠뻑 젖은 채 개츠비의 스테이션 왜건을 타고 도착했다. 정문을 지나 공동묘지로 들어갈 때 차가 멈추는 소리가 들리더니 이어 누군가가 빗물이 고인 땅을 철벅거리며 오는 소리가 들렸다. 나는 뒤를 돌아보았다. 그 사람은 석 달 전 어느 날 밤, 서재에 꽂힌 개츠비의 장서를 보며 감탄하던 그 올빼미 눈의 남자였다.

그날 이후로 나는 한 번도 그를 본 적이 없었다. 나는 그 사람이 어떻게 장례식에 대해 알게 됐는지도, 그 사람 이름이 뭔지도 몰랐다. 비가 그의 두터운 안경 위로 마구 쏟아지자 그는 개츠비의 무덤을 덮고 있던 보호용 천막이 벗겨지는 것을 보기 위해 안경을 벗어 빗물을 닦았다.

그때 나는 잠시나마 개츠비를 생각해보려 했지만, 그는 이미 너무 멀리 가버렸고, 내가 기억할 수 있는 것은 단지 데이지가 조문 한 장, 꽃 한 송이도 보내지 않았다는 사실뿐이었다. 나는 화가 나지도 않았다. 어디서 누군가가 "비를 맞으며 죽어 있는 자에게는 복이 있으리라*" 하고 중얼거리는 소리, 그 뒤 올빼미 눈의 사나이가 우렁차게 "아멘!" 하는 소리가 들렸다.

우리는 빗속을 뚫고 차를 향해 재빨리 이동했다. 올빼미눈이 정문 옆에서 내게 말했다.

"집에는 가보지 못했네요."

"아무도 찾아오지 않았습니다." 내가 대답했다.

"뭐라고요?" 그가 깜짝 놀랐다. "아니, 저런 세상에! 수백명이나 그 집을 그렇게 들락거렸으면서……."

그는 안경을 벗더니 다시 안팎을 닦았다. "불쌍한 자식하고는." 그가 말했다.

가장 생생한 기억 가운데 하나는 크리스마스가 되면 대학 예비학교에서, 그 뒤에는 대학에서 서부에 있는 집으로 돌아오던 일이다. 시카고보다 더 먼 곳으로 가는 친구들은 이미 즐거운 연말 분위기에 잔뜩 젖어 있는 시카고 친구 몇

---

* 장례식 때 비가 오면 망자가 편안하게 영면할 수 있다는 미신이 있다.

명과 12월 어느 저녁 6시에 어둑어둑한 옛 유니언 역에 모여 서둘러 작별을 고하고는 했다. 이곳 저곳에서 온 여자아이들이 입고 있던 모피 코트와 하얀 입김을 내쉬며 나누던 잡담과 오래전부터 알고 지내던 지인이 눈에 띄면 머리 위로 흔들어주던 손과 끊임없이 쏟아지는 초대장도 기억한다. "오드웨이네 집에 갈 거니? 허시네 집은? 슐츠네 집은?" 그리고 장갑을 낀 손으로 꽉 움켜쥐고 있었던 길쭉한 초록색 기차표도 기억한다.

그리고 마지막으로 출입구 옆 철로에 크리스마스만큼이나 흥겨운 모습으로 서 있던 칙칙한 그 시카고-밀워키-세인트폴행 열차의 노란 기차간도 기억한다. 기차가 겨울 밤 속으로 달리기 시작하면 진짜 눈, 우리들의 눈이 눈앞에 펼쳐지면서 창문을 배경으로 반짝거렸고, 조그만 위스콘신 역의 희미한 가로등이 뒤로 스쳐 지나가는 가운데 살을 에는 듯한 차가운 기운에 몸이 움츠려 들었다. 저녁 식사를 마치고 차가운 객차 복도를 지나 제자리를 찾아갈 때 우리는 그 공기를 깊이 들이마셨다. 또다시 그 공기 속에 하나가 되어 녹아들기 전 한 시간 동안 이 지방과 하나됨을 절실히 느끼는 것이었다.

그것이 바로 나의 중서부 지방이다. 그곳은 그저 밀을 생산하던 그 너른 중서부의 평원이 아니었다. 또한 기억 속에서 사라진 스웨덴 이민자들의 마을도 아니었다. 내가 탄 기차는 거리의 가로등과 서리가 내리는 어둠 속에서 들리는 썰매 종소리와 불 켜진 창문 옆에 걸린 홀리나무 화환이 눈 위에 던진 그림자가 있는 곳으로 돌아가고 있었다. 나는 그 한 부분이다. 그 긴 겨울날을 떠올리면 조금은 엄숙해지는, 수십 년 동안 아직도 가문의 이름이 주소를 대신하는 도시의 캐러웨이 가에서 자란 데 대해 조금은 자부심을 느끼는 곳이다. 이제 나는 이 이야기가 결국은 서부 이야기였음을 깨닫는다. 톰과 개츠비, 데이지와 조던과 나, 모두 서부 사람들이었고, 아마 우리는 동부의 삶에 제대로 적응할 수 없도록 만든 어떤 결핍 같은 것을 공동으로 지니고 있었는지 모른다.

동부 지역이 나를 너무나 가슴 벅차게 해주었을 때조차도, 오하이오 주 너머로 지루하게 펼쳐져 불쑥 솟아 있는, 아이들이나 아주 늙은이들만 빼고 끊임없이 캐묻기를 좋아하는 그 작은 도시들보다 동부가 훨씬 우월하다는 것을 깨달았을 때조차도 동부는 항상 내게 뭔가 비틀어진 듯한 인상을 주었다. 특히 웨스트에그는 지금도 한층 기이한 꿈속에 나타난다. 그것은 내게 엘 그레코*의 밤 풍경 그림처럼 보인다. 전통적이면서도 동시에 괴기스러운 수백 채의 집들이 음산한 하늘과 빛을 잃은 달 아래 웅크리고 있는 그림.

* 이탈리아 태생의 스페인 화가로 극적이고 표현력이 풍부한 화풍으로 알려져 있다.

그 앞에는 양복을 차려입은 굳은 표정의 남자 네 명이 하얀 이브닝드레스를 입은 술 취한 여자가 실린 들것을 들고 길 옆 보도를 따라 걸어가고 있다. 들것 가장자리로 처져 덜렁 거리는 그녀의 손에는 보석들이 싸늘하게 반짝거리고 있다. 무거운 표정의 남자들은 어느 한 집에 들어가지만, 그것은 잘못 찾은 집이다. 하지만 그 누구도 여자의 이름을 모르고, 그 누구도 거기에 관심조차 없다.

개츠비의 죽음 후, 동부는 내 눈으로 아무리 똑바로 보려고 해도 소용없을 정도로 뒤틀어진 악몽처럼 나를 괴롭히기만 했다. 그래서 바스라질 것 같은 잎사귀들의 파란 연기가 공기 중으로 흩어지고, 빨랫줄에 걸린 젖은 빨래를 바람이 빳빳하게 말려줄 때, 나는 고향으로 돌아가기로 마음먹었다.

내가 떠나기 전에 해야 할 일이 하나 있었다. 그것은 어색하고 불편한 일이어서 그냥 그대로 내버려두는 것이 더 나았을지도 모른다. 그러나 나는 내가 남긴 쓰레기들을 부지런하지만 냉정한 바다가 다 쓸어가 주기를 기대하는 것이 아니라, 모든 것을 내 손으로 제대로 정리하고 싶었다. 나는 조던을 만나 우리 모두에게 일어났던 일과 그 뒤 나에게 있었던 일에 대해서 이야기했다. 조던은 의자에 완전히 파묻혀 눕다시피 앉아서 내 말을 들었다. 그녀는 꼼짝도 하지 않았다.

그녀는 골프를 치러 갈 복장을 하고 있었는데, 턱을 약간 거만한 듯 치켜든 자세, 가을 낙엽 빛을 닮은 그녀의 머리카락 색깔, 무릎에 벗어놓은 손가락 없는 장갑과 같은 갈색 색조를 띤 그녀의 얼굴 등이 마치 한 폭의 훌륭한 그림 같다는 생각을 한 기억이 난다. 내가 말을 마치자 그녀는 거기에 대한 대꾸 한마디 없이 다른 남자와 약혼을 했다고 말했다. 머리만 까딱하면 언제라도 결혼할 수 있는 남자가 여럿 있기는 했지만 나는 그 말을 의심했다. 하지만 놀라는 척해주었다. 잠시 한순간 내가 지금 잘못을 저지르고 있는 게 아닌가 하는 생각이 들었지만, 모든 것을 다시 재빨리 생각해본 뒤 작별을 고하려고 자리에서 일어섰다.

"어쨌거나 당신은 나를 걷어찼어요." 갑자기 조던이 말했다. "전화로 나를 버렸어요. 이젠 당신 따윈 아무 관심도 없지만, 나는 그런 일을 당해본 적이 없어서 한동안 조금 머리가 어지러웠어요."

우리는 악수를 나누었다.

"아, 그리고 기억나세요?" 그녀가 덧붙였다. "차 운전에 대해서 우리가 했던 말?"

"글쎄, 잘 기억이……."

"당신이 말했죠. 운전이 서툰 사람은 운전이 서툰 다른 운전자를 만날 때까지만 안전한 거라고. 그럼, 내가 운전이 서툰 운전자를 만났던 거네요, 그렇죠? 그러고 보면 그런

헛된 추측을 하다니, 내가 참 성급했던 거예요. 나는 당신이 꽤 정직하고 솔직한 사람이라고 생각했어요. 당신도 그 점에 대해서는 남 모르게 자부심을 갖고 있었잖아요."

"내 나이가 이제 서른입니다." 내가 말했다. "나 스스로를 속이고 그걸 영예롭게 생각하는 나이는 오 년 전에 지나갔어요."

그녀는 대답하지 않았다. 화도 나고, 약간은 그녀를 사랑하는 마음도 남아 있고, 또 깊은 회한도 느끼며 나는 돌아섰다.

늦은 10월의 어느 날 오후, 나는 톰 뷰캐넌을 보았다. 그는 내 앞에서 5번가를 따라 그 사람 특유의 기민하고 공격적인 걸음걸이로 걸어가고 있었다. 그의 손은 방해물이 나타나면 물리쳐버리려는 듯 몸에서 약간 떨어져 있었고, 그의 머리는 한 곳에 가만있지 못하는 눈에 맞춰 이리저리 휙휙 움직이고 있었다. 그를 앞지르지 않으려고 내가 발걸음 속도를 늦추자 그가 우뚝 서더니 미간을 찌푸리며 보석 가게 진열장을 들여다보기 시작했다.

그러다 갑자기 그가 나를 알아보고는 손을 내민 채 뒤로 걸어왔다.

"무슨 일이야, 닉? 나하고 악수하는 걸 피하는 거야?"

"잘 아는군. 내가 너를 어떻게 생각하고 있는지 잘 알고 있을걸."

"자네 미쳤군, 닉." 그가 재빨리 말했다. "아주 제대로 미쳤어. 자네가 도대체 무슨 소리를 하는 건지 난 모르겠어."

"톰." 내가 물었다. "그날 오후 월슨한테 뭐라고 말했어?"

톰은 한마디 말도 않고 나를 뚫어지게 쳐다봤고, 나는 그 월슨의 행방이 묘연했던 시간에 대해 내가 제대로 짐작하고 있었다는 걸 알았다.

나는 뒤돌아서려 했지만, 톰이 바짝 따라와 내 팔을 붙잡았다.

"나는 월슨에게 사실을 말해줬어." 톰이 말했다. "우리가 떠날 준비를 하고 있는데 월슨이 우리 집 문 앞에 나타났길래 사람을 시켜서 우리가 집에 없다는 말을 하니까 억지로 위층으로 올라가려고 하는 거야. 그 차 주인이 누군지 말해주지 않으면 나를 죽여버릴 정도로 제정신이 아니었어. 그 집에 있는 내내 그는 주머니 속에 있는 리볼버 권총에서 손을 떼지 않고 있었어." 톰은 울분을 참을 수 없는 듯 말을 끊었다. "내가 그자에게 말을 해준 게 어쨌다고 그래? 그 작자는 자업자득이었어. 데이지를 속인 것과 똑같이 그 작자는 자네 눈도 속였어. 하지만 아주 지독한 놈이었지. 그는 강아지를 치듯이 머틀을 치고도 차를 멈추지 않았어."

나는 더 이상 할 수 있는 말이 없었다. 그건 사실이 아니라는, 차마 입 밖으로 내뱉지 못할 그 단 하나의 사실 외에는.

"내가 편하게 지냈다고 생각한다면……. 이봐, 내가 그 아파트를 정리하려고 갔다가 찬장에 놓여 있는 그 빌어먹을 개 사료 박스를 보고는 아이처럼 울고 말았다고. 아 정말, 너무 끔찍하더라고…….”

나는 톰을 용서할 수도 없고, 그렇다고 좋아하지도 않지만, 그 사람은 자기가 저지른 일을 완벽하게 정당한 것으로 믿고 있다는 것을 알았다. 모든 것이 너무 제멋대로이고 혼란스러웠다.

톰과 데이지는 제멋대로 사는 인간들이었다. 그들은 물건이든 사람이든 박살을 내버리고는 자기네들의 돈이나 엄청난 무관심, 아니면 두 사람을 함께 지켜주는 것이면 무엇이든지 그 속으로 달아나버리고, 다른 사람들이 자기들이 저질러놓은 일을 뒤치다꺼리하도록 내버려두었다.

나는 톰과 악수를 했다. 문득 내가 어린애하고 이야기하고 있는 것처럼 느껴져서 악수를 하지 않는 것이 오히려 웃기는 일같이 보였다.

그 뒤 톰은 진주 목걸이를 사거나 혹은 커프스 단추를 사러 보석 가게로 들어갔고, 그로써 내 중서부 고향의 양심을 영원히 저버렸다.

내가 떠날 때 개츠비의 집은 여전히 비어 있었다. 그의 잔디밭의 풀은 우리 집 풀만큼이나 길게 자라 있었다. 마을의 택시 기사 중 한 사람은 어김없이 출입문을 약간 지난 지점에 잠시 차를 세우고 집 안을 손가락으로 가리키고 난 후에야 요금을 받았다. 어쩌면 사고가 난 그날 밤 데이지와 개츠비를 태우고 이스트에그로 갔던 그 운전사인지도 모르고, 어쩌면 그는 제 나름대로 그 사건에 대한 이야기를 꾸며냈을는지도 모른다. 나는 그 이야기를 듣고 싶지 않아서 기차에서 내리면 일부러 그를 피했다.

나는 토요일 밤을 늘 뉴욕에서 보냈다. 개츠비가 열었던 그 눈부시고 화려한 파티가 내 기억 속에 너무나 생생하게 남아 있다 보니 집에 있으면 아직도 그의 정원에서 음악 소리와 웃음소리가 아련하게 끊임없이 들려왔고, 그의 차도에 오르내리는 자동차 소리도 귀에 쟁쟁거렸기 때문이다. 그러던 어느 날 밤 나는 실제 자동차 소리를 들었고, 자동차 헤드라이트 불빛이 집 앞 계단을 비추고 있는 것을 보았다. 하지만 누가 온 건지는 알아보려 하지 않았다. 아마도 지구의 반대쪽에 있다가 파티가 끝난 줄 모르고 찾아온 최후의 손님이었으리라.

떠나기 전 마지막 날 밤, 나는 트렁크에 짐을 다 싸고 자동차도 식료품상에 팔아넘긴 뒤, 그 저택으로 건너가 다시 한번 어느 한 저택의 말도 안 되는 엄청난 몰락을 바라보았다. 하얀 돌계단에 어떤 아이가 벽돌 조각으로 음란한 욕설을 써놓은 것이 달빛 아래 뚜렷이 드러나 보이길래 나는 계단을 따라가며 신발로 문질러 지워버렸다. 그러고 나서 해변으로 어슬렁어슬렁 내려가 모래사장 위에 벌렁 드러누웠다.

해변에 늘어선 별장 대부분은 이제 철이 지나 봉쇄되어 있었고, 롱아일랜드 해협을 지나가는 나룻배 한 척에서 그림자처럼 비치며 움직이는 희미한 불빛을 제외하고는 그 어떤 불빛도 보이지 않았다. 그리고 달이 점점 하늘 높이 떠오르면서 허름한 집들이 어둠 속으로 녹아들어버리자, 나는 한때 네덜란드 선원들의 눈에 신세계의 싱그러운 초록빛 젖가슴처럼 활짝 피어올랐을 이 섬의 옛 모습을 서서히 깨닫게 되었다. 이제 사라져버린 나무들, 개츠비의 저택을 위해 길을 터준 나무들은 한때 인간의 모든 꿈들 가운데 가장 마지막이자 가장 위대했던 꿈에 속삭이며 유혹했을 것이다. 덧없이 흘러가버리고 말 마법 같은 한순간, 인간은 이 대륙의 존재 앞에서 숨을 죽이며, 자신이 이해할 수도 없고, 감히 바랄 수도 없는 상상 속의 아름다움에 빠져들었을 것이다. 그리고 인류 역사상 마지막으로 놀라움을 느낄 수 있는 재능과 맞먹는 그 무엇과 맞닥뜨렸을 것이다.

나는 거기 앉아서 그 오래된, 미지의 세계를 곰곰이 생각했다. 그리고 개츠비가 데이지의 부두 끄트머리에서 빛나는 초록색 불빛을 처음 발견했을 때 느꼈을 그 경이로움을 생각했다. 그는 머나먼 길을 돌아 이 푸른 잔디밭에 이르렀고, 그의 꿈은 손만 내밀면 닿을 것처럼 너무나 가까워 보였을 것이다. 개츠비는 그 꿈이 이미 자신에게서 멀리 멀어지고 말았음을, 공화국의 어두운 벌판이 밤의 장막 아래 끝없이 펼쳐지는 도시 저 너머 광활하고 어두운 어떤 곳에 가 있다는 사실을 알지 못했다.

개츠비는 그 초록색 불빛을, 해마다 우리 눈앞에서 조금씩 조금씩 뒤로 멀어져가는 그 극도의 희열을 품은 미래를 믿었다. 그것은 우리를 영영 저버리고 말았지만, 그래도 괜찮다. 내일 우리는 좀 더 빨리 달릴 것이고, 좀 더 멀리 팔을 뻗을 것이기 때문에. 그리하여 어느 맑게 개인 날 아침 우리는…….

그렇게 우리는 조류를 거슬러 가는 배처럼 계속 앞으로 노를 저어가는 것이다. 끊임없이 과거 속으로 끌려갈지라도.

위대한 소설,『위대한 개츠비』

1998년 초 뉴욕의 랜덤하우스 출판사 편집위원회가 선정한 20세기 가장 위대한 100대 영문 소설의 순위에서 F. 스콧 피츠제럴드의『위대한 개츠비(The Great Gatsby)』가 제임스 조이스(James Joyce)의『율리시즈(Ulysses)』를 이어 두 번째로 '위대한 소설'이라는 영예를 차지했다. 동 출판사가 실시한 독자 여론조사에서도『위대한 개츠비』는 인기와 지명도에 있어서 13위에 올라 당시 비평계 일각에서는 이러한 조사 결과에 대하여 반신반의하는 반응을 보였을 정도였다. 랜덤하우스 출판사 편집위원회의 순위 조사 결과는 정확성 여부를 떠나『위대한 개츠비』가 20세기 가장 위대한 미국 소설을 넘어 명실공히 세계 고전의 반열에 올랐음을 재확인해주는 것이었다.

많은 위대한 문학 작품이 당대에 제대로 된 평가를 받지 못했듯이『위대한 개츠비』역시 초판이 출판되었을 때 이 소설에 대한 당시 독자와 비평가들의 반응은 냉담했다. 소설의 판매 실적도 당연히 부진했다. 이러한 상황은 화려한 라이프스타일을 유지하면서도 늘 경제적인 불안감에 시달렸던 피츠제럴드를 더욱 초조하게 만들었다. 피츠제럴드가 이처럼 의기소침해 있을 때『위대한 개츠비』초판 발행 출판사 스크리브너스(Scribner's)의 편집인 퍼킨스(Maxwell Perkins)는 이 소설에 대한 석연찮은 반응은 그것이 전례가 없이 생소한 스타일의 작품이라서 비평가들이 온전한 평가를 위한 적합한 언어를 찾지 못한 탓이라는 말로 피츠제럴드를 위로했다.

피츠제럴드 또한 자신의 야심작『위대한 개츠비』에 대한 당시의 반응이 자신의 기대치에 미치지는 못했지만, 이 소설이 그가 이전에 발표한 작품과는 비교할 수 없는 역작임을 믿어 의심치 않았다.

그의 이러한 신념을 확신하게 해준 독자 중의 한 사람은 당시 시인이자 비평가로 주목받았던 현대 영시의 선구자 엘리엇(T. S. Eliot)이었다. 엘리엇은『위대한 개츠비』를 읽고 피츠제럴드에게 보낸 편지에서 "헨리 제임스 이후 미국 소설의 첫걸음을 내딛은 작품"이라며 격찬했다.

동시대의 여성 작가 워튼(Edith Wharton) 또한『위대한 개츠비』를 영국의 소설가 색커리(William M. Thackeray)의 소설과 버금가는 소설이라며 피츠제럴드를 격려했다.

돌이켜보면 이 소설에 대한 엘리엇과 워튼의 평가는 예언적이었다. 출판된 지가 거의 1세기가 지났지만 『위대한 개츠비』는 여전히 매년 수십만 부가 팔리는 스테디셀러로서 오늘날 대부분의 고등학교와 대학교에서 주요 현대소설로 읽혀지고, 비평가들의 지속적인 주목을 받고 있다. 당대 비평가들이 이 소설을 평가할 수 있는 제대로 된 비평적 언어를 찾지 못했다고 한 퍼킨스의 말 또한 통찰력을 가진 것이었다. 퍼킨스는 피츠제럴드와 절친한 사이였으며 『위대한 개츠비』의 집필과 초안의 수정 과정에서 작가에게 많은 조언을 했던 인물이다.

『위대한 개츠비』에 대한 재평가가 본격적으로 이루어지기 시작한 것은 제2차 세계대전이 진행 중이던 1940년대부터였다. 이 당시 영향력 있던 비평가 트릴링(Lionel Trilling)은 어느 서평에서 "『위대한 개츠비』에 무게가 실려 있다면 그 무게는 해가 거듭될수록 불어나 더욱 무거워질 것"이라며 이 소설의 밝은 앞날을 예고했다.

현시대의 대표적 문학비평가 중 한 사람인 블룸(Harold Bloom)은 "서정적 소설(lyrical novel)", "감수성의 승리(a triumph of sensibility)"라는 말로 이 소설을 높이 평가했다. 블룸은 『위대한 개츠비』가 지닌 특징과 장점을 가장 함축적인 언어로 표현한 현대 비평가 중 한 사람이다.

『위대한 개츠비』는 '데이지'라는 한 여성을 위해 자신의 모든 것을 희생하는 '개츠비'라는 남자의 무모하고 순애보적인 사랑 이야기를 작가 특유의 서정적·감각적 언어로 다룬 일종의 연애소설이다. 이 소설에서는 또한 데이지를 둘러싼 그녀의 남편 '톰 뷰캐넌'과 그녀의 옛 연인 개츠비의 삼각관계가 빚어내는 배신과 질투, 기혼 남녀의 부정 행위, 살인과 복수와 같은 극적인 사건으로 독자들을 자극하고 몰입하게 하는 멜로드라마적인 요소가 발견된다. 그러나 이 소설은 독자들에게 일시적인 감흥을 불러일으키고 금방 잊혀져버리는 일회성 멜로물이나 감상적 연애소설에서 찾아보기 힘든 다양한 함의와 복잡성을 담고 있다.

『위대한 개츠비』는 낭만적 사랑을 추구한 주인공 개츠비가 물질적인 성공을 이룬 뒤 오 년 전 헤어져 이미 다른 남자의 아내가 된 데이지를 되찾으려 하지만 결국 실패한다는 비교적 단순한 줄거리의 소설이다. 그러나 『위대한 개츠비』는 개츠비라는 한 개인의 비극적인 사랑 이야기만이 아니란 점에서 단순하지 않다. 자신의 모든 것을 바쳐 사랑했던 데이지로부터 개츠비가 되돌려 받은 것은 그녀의 배신과 자신의 죽음이라는 쓰라린 대가였다. 그러나 주목할 점은 이 소설이 개츠비를 파멸에 이르게 하고 배신한 가해자가 톰이나 데이지라는 개인이라기보다 그와 그녀가 속했던 시대였음을 암시한다는 사실이다.

『위대한 개츠비』는 제1차 세계대전 이후 물질주의와 도덕적 해이로 얼룩졌던 광란의 시대 혹은 재즈 시대로 명명되는 1920년대 미국의 일그러진 민낯을 노출하려는 작가의 역사의식이 작동하고 있다. 세계대전의 막바지에 참전한 미국은 곧바로 전쟁이 끝난 덕분에 오랫동안 치른 전쟁의 여파로 어려운 상황에 처했던 유럽 국가들과는 달리 급격한 산업 발달과 주가 급등으로 전례 없는 경제적 호황을 누렸다. 이 당시 미국에서는 금주법이 발효 중이었지만, 사회 전반적으로 전통적인 가치관과 도덕적 기준이 무너지고 물질주의, 향락주의가 만연했다. 이러한 세태는 도박자, 밀주업자들이 엄청난 부를 축적하는 데 기여했다. 개츠비는 이러한 시대가 만들어낸 인물임과 동시에 이 시대의 희생물이다.

피츠제럴드는 또한 이 소설에서 개츠비를 중심으로 벌어지는 사고와 사건을 통해 오랫동안 미국인의 정신을 지배해왔던 '아메리칸 드림(the American Dream)'이라는 불확실한 신념이 어떻게 왜곡되고 변질되었는지를 비판적인 시각으로 보여준다. 그리고 그것이 가진 한계를 주요 등장인물들의 언행을 통해 폭로한다. 개츠비는 아메리칸 드림의 원조인 벤저민 프랭클린(Benjamin Franklin)을 모방하

며 자신의 원대한 꿈을 실현하려 했던 인물이다. 그러나 그
또한 물질적인 성공을 아메리칸 드림의 성취와 동일시하는
당대의 가치관을 무비판적으로 수용한다. 그 결과 그는 불
법적으로 성취한 물질적인 성공을 자신의 시대착오적인 낭
만적 이상주의를 성취하는 유일한 도구로 삼는다. 그러나
물질주의에 의존한 그의 이상주의는 뷰캐넌과 데이지로 대
변되는 극단적 물질주의와 현실주의에 의해 무참하게 짓밟
히는 아이러니를 연출한다. 이러한 개츠비의 경험은 1920
년대 미국 동부의 문화적 산물임과 동시에 작가 피츠제럴
드가 체험했던 뼈아픈 개인사의 일부이기도 하다.

피츠제럴드도 개츠비와 마찬가지로 가난하다는 이유로
사랑하는 여성으로부터 상처받은 경험이 두 차례 있었다.
그는 1914년 세인트폴에서 일리노이 주 레이크포리스트
출신의 16세 소녀 지니브러 킹(Ginevra King)을 만나 사랑
에 빠졌지만, 가난하다는 이유로 그녀의 집안으로부터 수
모를 당하고 그녀를 포기해야만 했던 적이 있다. 이후 그
가 두 번째로 사랑한 젤다(Zelda Sayre) 역시 그와 결혼하
기 전에 같은 이유로 그와의 약혼을 파기한 적이 있었다.
젤다가 결국 그와 결혼을 결심하기로 마음을 바꾼 것은 피
츠제럴드의 첫 번째 장편 소설 『낙원의 이쪽(This Side of
Paradise)』이 상업적으로 성공할 가능성을 보였기 때문이
었다.

이러한 경험은 이후 그의 모든 작품에 중요한 모티브가 되었다. 이것은 또한 피츠제럴드를 부에 대한 거부감을 느끼는 동시에『위대한 개츠비』의 주요 인물들처럼 돈이 가진 위력과 매력에 이끌리는 양가적인 감정을 지닌 작가로 만들었다. 위대한 소설가로서 자신의 이름을 남기겠다는 열망이 있었던 그는, 작가로서 자신의 소설이 상업적으로 성공해야 한다는 강박관념과 예술가로서 돈벌이를 위해 자신의 재능을 희생해야 하는 현실에 자괴감을 느꼈다. 그가 생전에 발표한 거의 170편에 가까운 단편소설 대부분은 아내 젤다의 간병비와 호화로운 생활을 영위하기 위해 쓴 것이다.

다른 많은 위대한 소설에서와 마찬가지로『위대한 개츠비』에도 작가 피츠제럴드 자신의 삶의 궤적이 드러난다. 하지만 그는 이 소설에서 자전적 소설 형식이나 전지전능한 시점을 취하지 않는다. 그는 작가 자신의 생각과 경험을 직접적으로 독자들에게 전달하기보다 작중인물인 '닉 캐러웨이'를 일인칭 내레이터로 내세워 작가의 개인적 경험과 소설적 경험 사이에 배치한다. 이러한 서술 전략은 작가와 작품 간 거리를 확보하여 작가의 자전적인 요소를 보다 객관적 시선으로 볼 수 있게 한다. 동시에 작가와 작품이 분리됨으로 생기는 의미의 틈새는 이 소설의 독자들이 개입할 수 있는 해석의 공간을 생성시키는 역할을 한다.『위대한 개츠비』가 현대소설의 백미로 평가되는 데는 이와 같은 서술 전략이 주효했기 때문이다.

『위대한 개츠비』는 개츠비의 이야기가 아니라 내레이터 닉의 이야기라고 말하는 평자들이 있다. 그만큼 이 소설에서 닉의 역할은 큰 비중을 차지한다. 그러나 작품과 독자를 이어주는 매개체 역할을 하는 닉은 서술자인 동시에 소설에서 발생하는 사건, 사고의 목격자로 설정되었기 때문에 그가 일인칭 내레이터로서 소설에서 이미 과거에 있었던, 그리고 현재 일어나고 있는 모든 사건을 직접 듣고, 경험하고, 거기에 대한 모든 내용을 파악하여 독자들에게 전달하는 데는 한계가 있다. 닉이 직접 목격하지 못한 사건이나 사실(특히 데이지와 개츠비의 과거)에 대한 정보는 '조던 베이커'나 '울프샤임', '개츠비의 아버지'와 같은 제삼자의 입을 통해 파편적으로 독자들에게 전달된다. 이처럼 독자들이 파편화된 정보를 바탕으로 전체를 상상하도록 유도하고, 텍스트에 대한 다양한 해석이 가능하도록 하는 것은 현대소설의 전형적인 내레이티브 기법 중 하나이다.

피츠제럴드는 『위대한 개츠비』에서 현대소설의 또 다른 특징인 '과거의 회상(flashback)'과 같은 영화 기법을 보다 효과적이고 의도적으로 사용한다. 과거 회상 기법은 주인공 개츠비의 과거와 현재를 파편적으로 보여줌으로써 내

러티브를 과거에서 현재로 순차적으로 배열하는 19세기의 전통적인 소설 관례로부터 벗어난다. 이러한 내러티브 전략에는 소설의 주인공 개츠비의 정체성을 소설의 결말 부분에 이르기까지 베일에 가린 인물로 남겨두려고 한 작가의 또 다른 의도가 담겨 있다고 볼 수 있다.

『위대한 개츠비』를 "서정적 소설", "감수성의 승리"라고 했던 블룸의 주장은 이 소설이 독자들에게 무엇을 말하고 있는가보다, 그 '무엇'을 '어떻게' 말하고 있는지에 주목하라는 것을 에둘러 말하고 있다. 『위대한 개츠비』가 일회성의 감동을 주고 잊히는 단순한 사랑 이야기로 끝나지 않고, 독자들에게 복잡하고 다양한 함의를 암시하며 긴 여운을 남기는 요인은 다양하다. 그 중에서 으뜸이 되는 요인은 작가가 소설 곳곳에 포진시키고 있는 다양한 상징들이다.

소설 첫 장에서 개츠비가 자신의 저택에서 바라보던 바다 건너 이스트에그에 살고 있는 데이지의 집에서 나오는 초록 불빛은 희망과 꿈을 상징한다. 피츠제럴드는 개츠비의 꿈과 희망을 상징하는 이 초록 불빛을 소설 마지막 부분에서 닉을 통해 네덜란드 선원들이 경이롭게 바라본 신대륙의 초록빛과 연결시킨다. 이처럼 그는 개츠비라는 한 개인의 꿈과 희망을 미국의 역사, 미국의 꿈으로 확장하고 서로 겹치게 하여 소설에 깊이와 넓이를 더해준다.

이 소설 전반에 걸쳐 색깔은 또 다른 중요한 상징적 기능을 수행한다. 현대사회의 암울하고 절망적인 현실을 상징하는 회색, 가식적인 순수와 고고함을 상징하는 흰색, 피와 죽음을 상징하는 빨간색, 부정부패를 상징하는 노란색 그리고 물질주의를 상징하는 황금색이 여기에 포함된다. 개츠비가 자랑스럽게 여기는 노란색 롤스로이스 자동차는 신흥부자의 돈을 상징한다. 상류사회를 동경하며 물질적 욕망의 노예가 된 '머틀'은 아이러니하게도 자신이 열망한 돈을 상징하는 노란색 롤스로이스 자동차에 치어 비참하게 생을 마친다.

『위대한 개츠비』에서 반복되는 자동차 사건도 단순한 사건 이상의 의미를 내포하고 있다. 이것은 자동차가 1920년대의 문화적 아이콘이었음을 알려줌과 동시에 자동차로 인한 사건 사고는 혼란과 무질서 그리고 도덕적인 해이로 삶의 방향성을 상실한 당시 세태를 비판하고 강조하는 상징이다.

소설의 제2장 시작 부분에 등장하는 '재의 계곡(ashy valley)'에 대한 피츠제럴드의 묘사는 제1차 세계대전의 참상을 겪은 이후 "삶 속의 죽음", "죽음 속의 삶"을 살아가는 공허하고 암울한 현대인의 내면을 황무지로 표현한 엘리엇의 시를 연상시킨다. 소설 마지막에 닉이 언급한 네덜란드 선원들이 경이로운 시선으로 바라본 그 신대륙의 초록빛 젖가슴 같은 모습이 미국인의 꿈과 희망을 상징한다면, 재의 계곡은 절망과 좌절의 황무지로 전락한 1920년대 현실의 한 단면을 상징한다. 재의 계곡에서 벌어지는 모든 사건을 무기력하게 지켜보는 광고 장식물인 거대한 닥터 에클버그의 눈 또한 또 다른 객관적 상관물로서 신의 섭리가 더 이상 설 자리를 잃어버린, 도덕적 불모지로 변한 당대의 시대상을 암시한다.

닥터 에클버그의 이미지는 소설 마지막 부분 개츠비의 장례식장에서 올빼미 안경을 쓴 인물로 다시 등장한다. 개츠비의 장례식은 초라하고 쓸쓸하다. 닉이 개츠비의 모든 지인들에게 연락하여 장례식에 참석하도록 애를 썼지만 아무도 나타나지 않는다. 닉과 개츠비의 아버지를 제외하면 개츠비의 장례식에 참석한 유일한 조문객은 올빼미 눈의 사내이다. 장례식에서 개츠비를 두고 그가 내뱉은 짧은 한마디는 의미심장하다. 그는 개츠비를 "불쌍한 자식(The poor son of a bitch)"이라고 말한다.

올빼미 눈의 사내가 한 '불쌍한 자식'이라는 말은 독자들에게 '개츠비는 누구인가'라는 질문을 다시 하게 만든다. 그의 말은 또한 이 소설의 제목 '위대한 개츠비'와 '불쌍한 자식'이라는 의미상의 간극을 만들어 개츠비가 어떤 인물인가라는 질문을 더욱 대답하기 어렵고 복잡하게 만든다.

개츠비는 불법적인 수단으로 번 돈으로 벼락부자가 된 범죄자, 이미 다른 남자의 아내가 된 여성을 유혹한 잠재적인 가정 파괴자, 죽은 후에도 자신이 호의를 베푼 모든 이들로부터 외면당한 인물, 철없는 어린아이들도 그의 집 계단에 음란한 욕설의 낙서로 비난하는 문제가 있는 인물로 '불쌍한 자식'이다. 일부 비평가와 독자들은 개츠비의 이와 같은 부정적인 면을 열거하며 소설 제목 '위대한 개츠비'는 다분히 반어적이라고 주장한다. 특히 이 소설의 내레이터 닉의 신뢰성에 대해 의문을 제기하는 독자일 경우 더욱 그러하다.

닉의 신뢰성과 작중 역할에 대한 독자들의 판단은 주인공 개츠비에 대한 평가에 직접적인 영향을 미친다. 그를 어떻게 평가하는가에 따라서 주인공 개츠비와 소설 『위대한 개츠비』에 대한 해석이 달라질 수 있기 때문이다.

개츠비와 마찬가지로 닉 또한 이 소설에서 전혀 흠결이 없는 인물이라고 할 수 없다. 그는 이 소설에서 가까운 친척 데이지의 남편 톰이 머틀과 불륜 관계를 맺고 있는 것에 대해 눈을 감아주며 그 현장에 참여하고, 개츠비와 유부녀인 데이지와의 밀회를 주선하는 등 도덕적으로 비난받을 만한 행위를 한다. 그는 성공한 흑인과 유대인의 외모를 비하하는 말을 서슴지 않는 백인 남성의 인종차별주의적인 태도,

그리고 조던 베이커가 거짓말을 하자 여성의 부정직함은 눈감아줄 수 있다며 남성우월주의자의 허세를 부린다. 그는 또한 조던 베이커와 교제하는 중에도 다른 여성들과 비밀리에 만나는 상상을 하는 등 데이지만을 헌신적으로 사랑하는 개츠비와도 비교되는 인물이다. 피츠제럴드는 이러한 닉을 소설 초안에서는 '건전한(decent)' 사람으로 묘사했다가 최종 수정본에서는 '건전한'이라는 말을 지우고 '정직한(honest)'이라는 말로 바꾼다.

닉은 완벽하게 건전한 인물이 아닐지 모른다. 하지만 내레이터로서, 그리고 작중인물의 한 사람으로서 그는 자신에게 불리하거나 허물이 될 만한 내용을 은폐하거나 축소하지 않고 독자들에게 정직하게 밝힌다. 이러한 "정직한" 닉의 태도는 위대한 개츠비를 재즈 시대의 사실적인 기록물로 만들려는 작가 피츠제럴드의 목적에 부합된다. 닉은 작중인물인 동시에 스토리를 이끌어가는 화자로 설정된 하나의 소설적 장치이다. 이런 점에서 볼 때 목격자이며 일인칭 화자 역을 맡은 닉을 톰의 불륜 현장에 동참하게 한 것은 당대의 문란한 성도덕과 무질서를 현장감 있게 독자들에게 재현하기 위해 피츠제럴드가 선택한 서사 전략의 하나로 해석 가능하다. 이것은 문학 작품에서 형식이 내용을 지배할 수 있다는 사실을 보여주는 좋은 예라고도 할 수 있다.

닉의 정체성에 대해 가능한 또 다른 해석은 그가 당대의 삶으로부터 분리된 초월적인 존재가 아니라 그 일부라는 것이다. 즉 그가 톰, 데이지, 조던 베이커로 대변되는 "썩은 무리"와 크게 다를 바가 없는 "한통속"으로 볼 수도 있다는 것이다. 이러한 관점에서 본다면 닉은 이 소설에서 비판하는 주체임과 동시에 스스로 그 비판의 객체라는 이중적인 역할을 수행하는 인물이다.

『위대한 개츠비』는 닉이 삼 년 전 자신이 겪었던 개츠비에 대한 경험을 독자들에게 전달하는 후일담이다. 따라서 소설 시작 부분에서 밝히고 있는 개츠비에 대한 그의 평가는 그의 삼 년 전 경험을 바탕으로 해서 내린 결론이라고 할 수 있다. 그렇기 때문에 닉의 말을 신뢰할 경우 개츠비에 대한 그의 평가는 이 소설의 독자들에게 독서 가이드라인을 제시한다. 그는 소설 서두에서 개츠비는 "자신이 경멸하는 모든 것을 대변하지만 결국 괜찮은 사람으로 드러났다"고 말한다. 닉을 신뢰할 수 있는 내레이터로 간주할 경우, 개츠비에 대한 그의 태도에는 일관성이 있다. 개츠비를 "괜찮은 사람"으로 보는 닉은 개츠비의 불법적인 재산 형성 과정을 필요 이상으로 구체적으로 묘사하거나 부각시키지 않는다. 그리고 그는 개츠비의 데이지에 대한 헌신적인 사랑을 중세의 궁정 연애(Courtly Love) 이야기의 주인공 남성이 흠모의 대상(여성)에게 그랬듯이 정신적인 것으로 묘사한다.

이런 점에서 개츠비는 여성을 성적 욕망의 대상으로 여기는 톰의 여성에 대한 동물적인 사랑과 차별화된다. 닉은 또한 개츠비의 재산 형성 수단이 불법적이었지만 그러한 행위의 동기가 돈에 대한 탐욕이 아니라 자신의 순수한 이상을 실현하기 위한 유일한 수단이었음을 암시함으로써 그에 대한 독자들의 부정적인 이미지를 희석시킨다.

닉에게 있어서 개츠비의 한계는 그가 현실을 무시한 이상과 꿈을 추구했다는 사실이 아니라, 그가 '데이지'라는 잘못된 대상을 자신의 이상으로 선택했다는 점이다. 소설 후반에서 닉은 톰과 데이지, 조던을 썩어빠진 무리라며 싸잡아 비난하면서, 개츠비는 이들 모두를 합친 것보다 더 값진 인간이라는 말을 한다. 이 장면에서 닉은 소설 시작 부분에서 개츠비가 "결국 괜찮은 사람으로 드러났다"고 했던 자신의 말을 독자들에게 재확인시킨다. 비록 개츠비의 이상주의가 톰과 데이지로 대변되는 물질주의에 벽에 부딪혀 산산조각 나지만, 닉에게 있어서 그는 "불쌍한 자식"이 아니라 "삶의 희망에 대한 고도의 감수성"을 타고난 "예외적"며 "괜찮은" 인물이었다.

그러나 소설의 마지막 장에서 개츠비를 "불쌍한 자식"이라고 표현한 올빼미 눈 사내의 생각 또한 일리가 있을지도 모른다. 아리스토텔레스가 그의 『시학』에서 밝히고 있는 비극의 조건은 범상치 않은 주인공의 죽음으로 드라마가 끝나야 하고, 그 주인공의 파멸에 대하여 관객들은 두려움과 연민(fear and pity)의 감정을 느껴야 한다는 것이었다. 그리스 비극의 주인공은 또한 자신에게 주어진 고통을 감수하고 자신의 지은 죄가 아닌 것까지도 자신의 몫으로 수용하는 자아희생적인 기품과 위엄을 보여야 한다. 이런 점에서 볼 때 개츠비에게는 그리스 비극의 주인공과 닮은 구석이 있다. 개츠비는 머틀을 죽게 한 데이지의 잘못을 덮어주고 자신이 대신 그 죄를 떠맡았기 때문에, 그를 살인자로 오인한 머틀의 남편 조지 윌슨에게 살해되는 억울한 죽음을 맞이한다. 독자들은 이러한 개츠비의 죽음에 일종의 페이소스를 느낀다. 어떤 점에서 개츠비의 자아 희생적인 행위는 데이지를 위한 것일 뿐만 아니라 자기 자신을 위한 것이다. 데이지는 그가 추구한 낭만적 이상주의가 육화된 존재였다. 따라서 그녀의 파멸은 곧 자신의 파멸을 의미하는 것이다.

소설의 제목처럼 개츠비를 위대한 인물이라고 말하기는 힘들지 모른다. 그러나 적어도 개츠비를 "불쌍한 자식"이라고 한 올빼미 눈 사내의 말은 개츠비는 "괜찮은" 인물이라고 한 닉의 말과 상충되지 않는다.

퍼킨스는 피츠제럴드에게 보낸 편지에서 그가 『위대한 개츠비』에서 "한 문장 안에 담아내는 의미의 분량, 한 문단으로 표현해내는 강도와 깊이는 더할 나위 없이 특출하다"

고 격찬했다. 실제로 피츠제럴드는 이 소설에서 명사, 형용사, 부사, 동사의 절묘한 선택과 조합을 통해 몇 문단 내지는 몇 페이지에 걸쳐 설명이 필요한 장면이나 내용을 단 한 개의 문장, 단 한 개의 문단에 담아낸다.

이 소설에서 작가가 선택한 단어에 대해서는 그것의 사전적인 의미보다는 그것이 가진 "어감"에 보다 세심하게 귀를 기울여야 할 경우가 많다. 아래 인용문은 피츠제럴드 문체의 특징을 잘 보여주는 예라고 할 수 있다.

"지구가 태양에서 휘청휘청 멀어질수록 조명빛은 점점 더 밝아지고, 이제 오케스트라가 노란 칵테일 뮤직을 연주해대면 오페라 같은 사람들의 목소리는 한층 더 고음으로 높아진다. 시간이 지나면서 유쾌한 말 한마디만 나왔다 하면 웃음은 더 쉽게, 더 헤프게 터져 나온다. 꾸역꾸역 새로 사람들이 도착할 때마다 모여 있던 사람들이 순식간에 흩어졌다 다시 모이면서 무리 지은 사람들의 구성도 점점 더 빨리 바뀌고, 이 가운데는 이미 한 자리에 머무르기보다 여기저기 돌아다니기 시작하는 여자들도 생긴다. 자신만만한 이 여자들은 듬직하고 진득하니 한 자리에 머물러 있는 사람들 사이를 헤집고 다니면서 짜릿하고 신나는 한순간 동안 그 무리의 주인공이 되었다가, 우쭐한 기분에 도취한 채 수시로 변하는 조명 아래 온갖 빛깔과 얼굴들이 썰물처럼 밀려왔다 밀려가는 그 광경 속으로 유유히 미끄러져 간다."

이 부분은 개츠비 집에서 벌어지는 화려한 파티 장면을 묘사하고 있으나 영어 원문의 문장과 단어를 자세히 분석해보면 같은 상황에서 관용적으로 쓰이지 않는 동사, 명사, 형용사, 부사, 대명사 등을 사용해 독특한 이미지와 뉘앙스를 이끌어내고 있음을 알 수 있다.

첫 시작 부분은 '해가 저문다'는 일반적인 표현 대신 술에 취해 비틀거리는 모습을 연상시키는 'lurch'라는 동사를 써서 "지구가 태양에서 휘청휘청 멀어진다"라고 표현함으로써 어둠이 깔리기 시작하면서 술기운이 무르익는 분위기를 연출하고 있다. 파티에 온 사람들이 점점 술에 취하면서 터뜨리는 웃음도 단순히 '터져 나온다'고 표현하지 않고 술을 흘리거나 쏟는 모습을 표현할 때 흔히 쓰이는 'spilled'와 'tipped out'이라는 표현을 쓰고 있다. 사람들의 경우에는 단순히 피상적으로 'opera of voices', 'groups', 'new arrivals', 'faces and voices and color' 등 3인칭 대명사를 씀으로써 군중 속의 각 개인이 지니는 개별성과 실체감을 지운다. 파티에 사람들이 모여 군중을 형성했다가 다시 흩어지는 움직임은 파도가 일고 부서지는 어감을 가진 'swell'과 'dissolve'라는 동사를 사용하여 바다의 이미지를 떠올리게 한다. 오케스트라가 연주하는 칵테일 뮤직을 표현하기 위해서는 작가는 'yellow'라는 단어를 형용사로 사용한다. 소설 전체적으로 황금과 돈을 상징하는 '노란색'을 사용함으로써 개츠비의 파티에 돈이 넘쳐나서 음악에서 까지 돈 냄새가 진동하고 있음을 암시한다. 이런 식의 비유적 표현(figurative language)으로 넘치는 이 소설을 한국어로 고스란히 옮기기란 거의 불가능일이어서 번역자로서는 아쉬움과 역부족을 느꼈다.

『위대한 개츠비』에는 또한 완결되지 않는 문장들과 대답 없는 질문들이 산재해 있다. 그 중 하나인 이 소설의 종결부는 가장 빼어나고 긴 여운을 남기는 문장으로 평가받고 있다. 이 책을 읽는 독자들이 이 부분을 특별히 눈여겨 읽어봤으면 하는 바람으로『위대한 개츠비』의 코다에 해당하는 문장을 옮겨보면 다음과 같다.

"개츠비는 그 초록색 불빛을, 해마다 우리 눈앞에서 조금씩 조금씩 뒤로 멀어져가는 그 극도의 희열을 품은 미래를 믿었다. 그것은 우리를 영영 저버리고 말았지만, 그래도 괜찮다. 내일 우리는 좀 더 빨리 달릴 것이고, 좀 더 팔을 멀리 뻗을 것이기 때문에. 그리하여 어느 맑게 개인 날 아침 우리는……

그렇게 우리는 조류를 거슬러 가는 배처럼 계속 앞으로 노를 저어가는 것이다. 끊임없이 과거 속으로 끌려갈지라도."

앞서 언급했듯이 '초록 불빛'은 아메리칸 드림을 상징한다. 개츠비는 해를 거듭할수록 점점 눈앞에서 멀어져가는 가슴 벅찬 아메리칸 드림의 미래를 믿었지만, 결국 그 드림은 이루어지지 않은 채 끝나고 말았다. 하지만 그것이 아메리칸 드림의 종말을 애도하는 조종(弔鐘)은 아니다. 내일 우리는 좀 더 빨리, 좀 더 길게 팔을 뻗어 잡으려 할 것이므로.

피츠제럴드는 그다음에 나오는 구절 '어느 맑게 개인 날 아침'에서 생략법(ellipsis)으로 문장을 도중에 그침으로써 독자에게 생각의 여지를 남긴다. 역류에 맞서서 헤쳐 나가는 배는 과거로 떠밀려갈 수밖에 없지만, 그럼에도 불구하고 아메리칸 드림을 꿈꾸는 이 배는 바닷물을 거슬러 멈추지 않고 앞을 향해 나아가리라는 가장 시적이며 많은 것을 생각하게 하는 마지막 문장은 이 소설의 결론이자 개츠비의 꿈과 좌절이 우리에게 전하려 했던 의미를 함축하고 있는지도 모른다.

1896 미네소타 주 세인트폴에서 에드워드 피츠제럴드와
매리 맥퀼란 사이에서 태어나다. 그의 이름 프랜시
스 스콧 키 피츠제럴드(Francis Scott Key Fitzgerald)
는 미국 국가인 〈스타 스팽글드 배너〉를 작사한 시인
이자 부계 쪽 친척인 프랜시스 스콧 키의 이름을 딴
것이다.

1909 첫 단편 작품인 「레이먼드 저당의 신비」가 세인트폴
아카데미에서 발행하는 문예지 『지금과 그때』에 발
표되다.

1911 뉴저지 주에 소재한 가톨릭 학교인 뉴먼 스쿨에 입
학, 피츠제럴드의 문학적 재능을 알아보고 이를 격
려해준 시고니 페이 신부를 만나다.

1913 프린스턴 대학에 입학하다. 이 대학에서 발행하는
『나소 문학 잡지』와 『프린스턴 타이거』에 단편, 희
곡, 시 등을 발표하다.

1914 세인트폴에서 일리노이 주 레이크포리스트 출신의
16세 소녀 지니브러 킹을 파티에서 만나 사랑에 빠
지지만 훗날 가난하다는 이유로 버림받는다. 이후
이 경험은 그의 모든 작품에 중요한 모티브가 된다.

1917 학점 미달로 대학을 중퇴한 후 프린스턴을 떠나 미
국 보병대 소위로 임관되다. 세계대전에 참전했다
가 문학의 꿈을 펼치지 못하고 죽을 것을 염려해 입
대하기 몇 주일 전에 장편 소설 『낭만적 에고이스트
(Romantic Egoist)』를 집필하다. 스크리브너스 출판
사로부터 이 소설의 출판은 거부당했지만, 그의 창
작성을 알아본 출판사에서 앞으로 더 많은 작품을
보내줄 것을 요청한다.

1918 앨라배마 주에서 복무하는 중 대법원 판사의 18세
딸 젤다 세이어를 만나 사랑에 빠진다. 『낭만적 에고
이스트』의 초고를 개작하여 셰인 레슬리를 통해 다
시 스크리브너스 출판사에 보내지만 출간을 거절당
하다.

1919 제1차 세계대전이 끝나 군에서 제대한 뒤 뉴욕으로
가 배런콜리어 광고 회사에 입사하지만 피츠제럴드

의 장래가 불안전하다는 이유로 젤다로부터 약혼을 파기당한다. 이후『낭만적 에고이스트』개작에 몰두, 스크리브너스의 맥스웰 퍼킨스가 '낙원의 이쪽'이라는 제목으로 이 소설을 출간하기로 결정한다.

1920 『낙원의 이쪽(This Side of Paradise)』 출간 이후 여러 잡지에 단편 소설과 기고문을 팔아 엄청난 성공을 이루고 돈을 벌자 젤다와 다시 약혼 후 뉴욕에서 결혼한다.

1922 두 번째 소설『저주받은 아름운 사람들(The Beautiful and Damned)』을 출판, 작가로서의 입지를 굳힌다.

1923 장편 희극『채소(The Vegetable)』가 애틀랜틱 시에서 시험 공연되었지만 실패하다. 이후 피츠제럴드는 빚을 갚기 위해 다섯 달 동안 단편 소설의 집필에 전념한다.

1924 프랑스로 이주해 그곳에서『위대한 개츠비(The Great Gatsby)』의 초고 집필에 들어간다.

1925 『위대한 개츠비』가 출간되다. 프랑스 몽파르나스에서 어니스트 헤밍웨이를 처음 만나 친분을 맺다.

1926 『위대한 개츠비』가 브로드웨이에서 공연되다.『부잣집 아이(The Rich Boy)』와 단편집『모든 슬픈 젊은이들(All the Sad Young Men)』이 출간되다.

1927 할리우드 영화사에서 일하기 시작하다.

1930 젤다가 신경쇠약 증세를 보이기 시작, 파리 외곽에 있는 병원에 입원했다가 병 치료를 위해 스위스로 이주하다.

1931 피츠제럴드의 부친이 사망한다. 젤다가 퇴원한 후 미국으로 귀국, 할리우드의 MGM(메트로-골드윈-메이어) 영화사에서 일하기 시작한다.

1932 젤다의 신경쇠약이 재발, 존스홉킨스 대학병원에 입원하다.

1934 젤다가 신경쇠약으로 쓰러져 볼티모어 인근 병원에 입원하다. 같은 해 4월 네 번째 소설『밤은 부드러워(Tender is the Night)』가 출간되다.

1936 젤다가 정신 병원에 입원하다. 피츠제럴드의 모친이 사망하다.

1937 빚에 시달리다가 다시 할리우드로 가 MGM 영화사와 계약을 맺고 영화 시나리오 작가로서 성공을 시도하다.

1939 할리우드에서 프리랜서로 일하면서 할리우드를 소재로 한 소설『겨울 카니발(Winter Carnival)』을 뉴욕 병원에서 완성하다.

1940 『마지막 거물(The Last Tycoon)』을 집필을 시작하다. 에스콰이어 지에 『팻 하비(Pat Hobby)』가 실린다. 12월 21일, 할리우드에서 심장마비로 사망하다.

12월 27일 메릴랜드 주의 로크빌 유니언 묘지에 묻
히다.
1941 미완성 유작인 『마지막 거물』이 출간되다.
1948 아내 젤다가 입원 중이던 병원에 발생한 화재로 사
망, 피츠제럴드와 합장되다.

옮긴이 황재광

계명대학교 영어영문학과에서 학사학위를 받은 후 교환학생으로 도미하여 뉴욕의 롱아일랜드대학교에서 영문학 전공으로 석사학위를 받았으며, 뉴욕대학교(NYU)에서 같은 전공으로 박사학위를 받았다. 현재 계명대학교에서 영어영문학과 교수로 재직 중이다. 역서로는『근대 영미시선』『19세기 미국 단편 걸작선』『하트 브레이커』『벤저민 프랭클린 자서전』『퐁텔리에 부인의 각성』『윌랜드』등이 있다.

위대한 개츠비

초판 1쇄 인쇄 2018년 1월 2일
초판 1쇄 발행 2018년 1월 10일

지은이 F. 스콧 피츠제럴드
옮긴이 황재광
발행인 조상현
편집인 정지현
디자인 Design IF
펴낸곳 더디퍼런스

등록번호 제2015-000237호
주소 서울시 마포구 마포대로 127, 304호
문의 02-712-7927
팩스 02-6974-1237
이메일 thedibooks@naver.com
홈페이지 www.thedifference.co.kr

ISBN 979-11-6125-060-1 04800
     979-11-6125-063-2 (세트)